Margot S. Baumann
Lavendelstürme

Das Buch

Saskia Wagners Leben ist aus den Fugen geraten. Der 27-jährigen Journalistin wurde gekündigt und seitdem führt sich ihr Freund David wie ein Pascha auf. Als es zum Streit kommt, verlässt sie die gemeinsame Wohnung und zieht zu ihrer Freundin Cécile. Diese erzählt ihr von der Weinlese im kleinen provenzalischen Dorf Beaumes-de-Venise und dass dort eine Aushilfe für die Sommersaison gesucht wird.

Schon immer eine Frau der schnellen Entschlüsse, bewirbt sich Saskia auf die ausgeschriebene Stelle und ein paar Wochen später steht sie am Bahnhof von Beaumes-de-Venise und wartet auf Jean-Luc Rougeon, ihren zukünftigen Arbeitgeber. Der attraktive Gutsbesitzer schüchtert die sonst so selbstbewusste Saskia auf den ersten Blick ziemlich ein. Auch bei anderen Menschen im Dorf löst ihr Erscheinen merkwürdige Reaktionen aus. Doch sie wäre nicht Saskia, wenn sie dieses Rätsel nicht ergründen könnte.

Die Autorin

Margot S. Baumanns Laufbahn als Geschichtenerzählerin begann in der zweiten Klasse, als sie ihrer damaligen Lehrerin erklärte, ihre Eltern hätten sie Fahrenden abgekauft.

Heute schreibt sie klassische Lyrik, Psychothriller und Romane über Liebe, Verrat, Geheimnisse und Sehnsuchtsorte. Für ihre Werke erhielt sie nationale und internationale Preise. Sie mag raue Küsten, schroffe Felswände, Musik, Hunde, das Leben im Allgemeinen, ihre Familie und träumt von einem Cottage am Meer. Die Autorin ist Mitglied des Berner Schriftstellervereins. Sie lebt und arbeitet im Kanton Bern (Schweiz). Mehr Infos finden Sie auf www.margotsbaumann.com.

MARGOT S. BAUMANN

Lavendelstürme

Deutsche Erstveröffentlichung bei
Tinte & Feder, Amazon EU S.á.r.l
5 Rue Plaetis, L-2338, Luxembourg
Oktober 2014

Copyright © der Originalausgabe 2014
by Margot S. Baumann
All rights reserved.

Umschlaggestaltung: bürosüd⁰ München, www.buerosued.de
Lektorat: Kati Schaefer
Satz: Monika Daimer, www.buchmacher.de

Gedruckt durch
Amazon Distribution GmbH
Amazonstraße 1
04347 Leipzig, Deutschland

ISBN: 978-1-477-82196-1

www.amazon.de/tinteundfeder

*Für meine Schwestern
Christine, Irene und Judith*

Über diesen Hügeln

*Und über diesen Hügeln liegt
ein Sehnen, das sich wendet,
ein Gleißen, das uns blendet
und uns zuletzt besiegt.*

*Und über diese Hügel streicht
ein Hoffen, das nicht endet,
ein Amen, das gespendet
und trotzdem nicht erweicht.*

*Und über diesen Hügeln bleibt
ein Warten auf das Neue,
ein Ziehen echter Reue,
das uns stets vorwärtstreibt.*

(Grabinschrift, Beaumes-de-Venise)

1

Saskia Wagner stand auf dem leeren Bahnsteig von Beaumes-de-Venise und blickte sich suchend um. Sie war müde, sehnte sich nach einer heißen Dusche und einer eiskalten Cola. Der Gurt der Reisetasche schnitt schmerzhaft in ihre nackte Schulter ein. Sie hob den Blick zur Bahnhofsuhr. 17 Uhr. Der Zug war pünktlich angekommen – ihr Abholdienst leider nicht.

Über dem verträumten Dorf in der Provence wölbte sich ein tiefblauer Himmel. In der Ferne sah sie im Dunst des späten Nachmittags die gezackten Ausläufer der Dentelles de Montmirail. Terrassenförmig angebaute Weinreben erstreckten sich bis weit ins Rhônetal hinab. Saskia atmete tief die würzige Luft ein: Rosmarin, Lavendel und Thymian. Unvergleichlich!

»Das wirst du bereuen!«, hatte ihr David hinterhergeschrien, als sie vor zwei Wochen ihre Sachen gepackt und die gemeinsame Wohnung in Biel verlassen hatte. Doch bis jetzt war seine Prophezeiung nicht in Erfüllung gegangen, denn obwohl die Anreise beschwerlich gewesen war, entschädigte sie dieser Ausblick für die vergangenen acht Stunden Fahrt. Doch wo zum Henker steckte ihr Empfangskomitee? Weit und breit war keine Menschenseele auszumachen, lediglich eine getigerte Katze sonnte sich auf einer halb zerfallenen Steinmauer.

»Na, Kätzchen?«

Das Tier hob den Kopf und blinzelte träge. Saskia schmunzelte, stellte die Reisetasche auf den Boden und kramte darin herum. Sie zog ein zusammengefaltetes Blatt hervor und überflog die Zeilen:

Ankunft des Zugs aus Avignon um 17.00. Hole Sie ab. Salutations, Jean-Luc Rougeon, Beaumes-de-Venise.

Saskia fiel ein, wann sie den Namen Beaumes-de-Venise zum ersten Mal gehört hatte.

Sie verwandelte die Schlafcouch ihrer Freundin Cécile gerade wieder in ein Sofa, als sie einen bunten Prospekt darunter entdeckte. Sie griff danach und betrachtete ihn neugierig: blühende Lavendelfelder inmitten sanfter Hügel, auf der zweiten Seite grüne Reben, die sich in schnurgeraden Reihen bis zu einem dunstigen Horizont zogen.

»Sag mal«, wandte sie sich an ihre Freundin aus Kindertagen, die verschlafen in der Küche stand und an ihrem Kaffee nippte. »Wo ist das denn?«

Saskia wedelte mit dem Flyer.

Cécile kniff die Augen zusammen.

»Was hast du denn da?« Mit schlurfenden Schritten durchquerte sie das Zimmer und griff nach dem Hochglanzprospekt. »Ach, du hast meine Wurzeln entdeckt!«

Saskia blickte sie erstaunt an. »Wurzeln?«, fragte sie und begann die Kissen zu ordnen.

»Oui, mes racines«, erklärte Cécile und fächelte sich mit dem Flyer Luft zu. »Schon wieder so heiß.«

Für Juni herrschten tatsächlich außergewöhnlich hohe Temperaturen und Saskia war nicht unglücklich darüber, dass sie nicht zu arbeiten brauchte. Ihre Freundin warf den Prospekt ohne weitere Erklärungen auf den gläsernen Wohnzimmertisch. Saskia wartete einen Moment, doch Cécile hatte anscheinend das Interesse an der Broschüre verloren.

»Was ist denn jetzt mit deinen Wurzeln?«, fragte Saskia daher ungeduldig.

»Ach das«, Cécile gähnte ausgiebig, »ich dachte, du wüsstest, dass meine Familie ursprünglich aus der Provence stammt.« Saskia schüttelte den Kopf.

»Also«, fuhr ihre Freundin fort, »als Anfang des zwanzigsten Jahrhunderts Rebläuse die Weinstöcke meines Großvaters vernichteten, ist er in die Schweiz ausgewandert. Oma sagte immer, sie sei froh gewesen, der Schufterei endlich zu entkommen. Damals hat mein Großonkel die Reben der Familie übernommen. Aber ich glaube, er hatte nicht mehr Glück als mein Opa.« Sie zog die Nase kraus. »Ich kann mich nicht mehr genau daran erinnern. Es ist ja auch schon eine Weile her. Wie dem auch sei, ein Teil meiner Verwandtschaft lebt heute noch in Beaumes-de-Venise. Nettes Kaff, im Sommer etwas überlaufen. Du solltest mal hinfahren, ich bin sicher, es würde dir gefallen.« Sie gähnte wieder und blickte auf ihre Armbanduhr. »Mince alors! Ich muss mich beeilen. Hast du ein Glück, dass dir gekündigt wurde. Was machst du heute?«

Saskia warf ihr einen skeptischen Blick zu. Als Glück hätte sie ihre Kündigung nicht bezeichnet, aber die freie Zeit war, vor allem bei dieser Hitze, nicht zu verachten.

»Ich weiß noch nicht, vielleicht baden gehen.«

»Du Glückspilz! Wollen wir tauschen? Bei dem Wetter quengelnden Kindern ihre Zahnspangen anzupassen ist nicht gerade meine Vorstellung eines perfekten Tages.«

Saskia lachte. »Nein danke.«

»Übrigens haben die Rougeons eine Website, solltest du dich für das Dorf interessieren. Schau doch mal im Internet nach. Vielleicht würde dir eine kleine Reise ganz guttun. Jetzt, ich meine …« Sie brach ab und schürzte die Lippen.

»Ja, mal sehen«, erwiderte Saskia gedehnt.

Cécile nickte und schloss die Tür, gleich darauf rauschte die Dusche.

Saskia wühlte in der Reisetasche nach ihrem Bikini. Mist, der hing noch zu Hause an der Wäscheleine. Zu Hause? War es das denn noch? Ein Zuhause? Nein, das war es im Grunde nie gewesen. Die Wohnung, die sie mit David teilte, war eher sein Zuhause. Seine Möbel, seine Bilder, seine CDs. Das wenige Inventar, das sie in den gemeinsamen Haushalt mitbrachte, hatte er mit der Zeit klammheimlich entsorgt.

David arbeitete als CEO in einer internationalen Sportartikelfirma und verdiente überdurchschnittlich gut. Im Gegensatz dazu war ihr Gehalt, als freie Journalistin beim *Seeländer Tagblatt*, geradezu lächerlich. Das hätte er locker aus der Portokasse zahlen können. Es gab sogar Momente, in denen er sie diesen Umstand spüren ließ. Aber damit nicht genug, hatte ein überregionaler Zeitschriftenverlag Saskias Lokalblatt vergangenen Monat aufgekauft und der ganzen Belegschaft gekündigt.

Saskia seufzte. Sie hatte zwar ein wenig Geld gespart und nach dem Tod ihrer Eltern eine Erbschaft gemacht, die ihr einen kleinen finanziellen Spielraum ließ, aber lange würde sie davon nicht leben können. Sie brauchte dringend einen Job!

Das war auch der Grund dafür, weshalb sie sich gestern mit David gestritten hatte.

»Schatz, eine Frage …« Saskia gab sich Mühe, nicht einfach loszuschreien. In ihr brodelte es, doch sie zählte innerlich langsam von zehn an rückwärts und holte dann tief Luft: »Wie wäre es, wenn du höflicherweise den Müll rausbringst? Oder wäre das eine zu große Mühe?«

»Ja, Süße, ganz wie du meinst.«

David lag ausgestreckt auf der schwarzen Ledercouch und blätterte im Sportteil der Tageszeitung. Er blickte bei seinen Worten nicht einmal auf.

Saskia spürte, wie ihr das Blut zu Kopf stieg. Nicht nur, dass er es überaus angenehm empfand, eine Gratishaushälterin in ihr gefunden zu haben, nein, seit sie entlassen worden war, benahm er sich wie ein Pascha. Die Grenze war eindeutig überschritten.

»Das glaube ich einfach nicht!« Sie stemmte die Hände in die Hüften und baute sich vor ihrem Freund auf. »Du solltest dich mal sehen! Ein Macho, wie er im Buche steht. Der sich von vorne bis hinten bedienen lässt. Ich habe wirklich keine Lust, dir ständig alles hinterherzuräumen und das Dienstmädchen zu spielen!«

David hob endlich den Kopf und blickte sie erstaunt an.

»Was ist denn mit dir los? Hast du deine Tage?«, fragte er und grinste spöttisch, dann verschränkte er die Hände hinter dem Kopf und fuhr fort: »Ich hatte heute ein Meeting nach dem anderen und bin todmüde. Also bitte, Schatz, trag den Müll selbst raus. Du hast schließlich den ganzen Tag nichts zu tun, oder? Da wird dir das doch sicher möglich sein.« Er wandte sich wieder seiner Zeitung zu und grummelte: »Wäre ja noch schöner, wenn ich mir von einer kleinen Provinzschreiberin in meiner eigenen Wohnung Vorschriften machen lassen würde.«

Saskia war zu perplex, um zu antworten, und starrte ihn mit offenem Mund an. Wie redete er denn mit ihr? Tränen der Wut und der Demütigung schossen ihr in die Augen. *So* dachte er also über ihre Beziehung? Gut zu wissen!

Sie drehte sich um, stieg auf den Dachboden, holte ihre Reisetasche herunter und fing an zu packen. Nach einer Weile fühlte sie sich beobachtet. Als sie den Kopf drehte, stand David mit verschränkten Armen im Türrahmen und sah ihr mit hochgezogenen Augenbrauen dabei zu, wie sie wütend ihre Kleider in die Tasche warf.

»Schatz, du reagierst mal wieder über. Lass den Mist und komm ins Wohnzimmer. Ich habe eine Flasche Wein aufgemacht.«

Saskia wusste, wenn sie jetzt antworten würde, kämen sehr hässliche Worte aus ihrem Mund, deshalb packte sie einfach stumm weiter. Als die Tasche voll war, quetschte sie sich an David vorbei und holte auch noch ihren alten, zerschabten Koffer vom Dachboden.

»Also echt, Saskia«, nörgelte David. »Du spinnst. Wie immer läufst du davon, wenn es ein Problem gibt. Das ist *so* typisch! Und wo willst du eigentlich hin? Unter einer Brücke schlafen?« Er schnalzte überheblich mit der Zunge. »Oder gibt's da einen Mann, von dem ich nichts weiß?«

Saskia schnaubte verächtlich. Natürlich, jetzt stand *sie* plötzlich unter Anklage. Sie ging ins Bad und verstaute Zahnbürste, Kamm und Schminksachen in ihrem Kulturbeutel. Langsam löste sich das Adrenalin in ihrem Körper auf, sie fühlte sich ausgelaugt und wollte nur noch weg.

»Dann hau doch ab!«, schrie David unvermittelt und sie zuckte erschrocken zusammen. »Ich kann morgen zehn deiner Sorte haben! Locker! Und die sind garantiert dankbarer für das, was ich ihnen biete.«

Daraufhin hatte er sich seine Autoschlüssel geschnappt und die Haustür zugeknallt. Saskia ihrerseits war zu Cécile und deren Schlafcouch geflüchtet. Cécile war ihre älteste Freundin, sie hatten zusammen das zweisprachige Gymnasium in Biel besucht und waren in ihrer Jugend unzertrennlich gewesen. Jetzt, als erwachsene Frauen, sahen sie sich zwar weniger, waren aber immer noch die besten Kameradinnen.

»Ich geh dann mal. Bis heute Abend.«

Céciles Worte holten Saskia in die Gegenwart zurück. Ohne eine Antwort abzuwarten, hastete ihre Freundin hinaus und die Haustür fiel ins Schloss.

Saskia stand währenddessen vor der Kaffeemaschine und schäumte Milch auf. Sie brauchte noch ein paar Sachen aus der Wohnung und überlegte, wann wohl der günstigste Zeitpunkt wäre, sie zu holen. Sie wollte David auf keinen Fall über den Weg laufen. Vor neun Uhr ging er selten in die Firma, arbeitete aber abends entsprechend lange, manchmal bis tief in die Nacht. Ihr blieb also noch Zeit.

Sie setzte sich mit einer Tasse Milchkaffee an den Wohnzimmertisch und klappte ihr Notebook auf. Während es sich ins Internet einwählte, schaute sie zum Fenster hinaus. Noch lag ein leichter Dunst über den Häusern der Stadt, der sich aber bald verflüchtigen würde. Es versprach auch heute wieder, ein schwüler Tag zu werden.

Céciles kleine Zweizimmerwohnung befand sich im sechsten Stock eines Hochhauses am Rande des Stadtparks und bot einen weiten Blick über Biel, den See und den Hügelzug des Chasserals.

Saskia wandte sich ihrem Notebook zu, zögerte einen Moment und tippte dann die Internetadresse von Beaumes-de-Venise ein. Sie gelangte auf die Hauptseite der Gemeinde, klickte sich durch die Fotogalerie der Umgebung und seufzte. Eine traumhafte Gegend! Sie las einen Artikel über die Geschichte des Dorfes, einen anderen über die angebauten Rebsorten, vertiefte sich in die Touristenattraktionen im Umkreis und entdeckte schließlich über einen weiterführenden Link eine Seite, die die ortsansässigen Winzer auflistete. Rougeon. Das musste die Familie sein, von der Cécile gesprochen hatte.

Auf der Hauptseite sah sie ein stattliches Herrenhaus, das zwischen grünen Reben thronte. Im Hintergrund erhoben sich blaue Berge. Die Umgebung erinnerte sie ein wenig an die Toskana, wo sie letztes Jahr mit David Urlaub gemacht hatte. Sie schüttelte die Erinnerung ab und klickte sich durch die Website der Winzerfamilie. Ein Bild zeigte Lavendelfelder, die bis an den Horizont reichten und in voller Blüte standen. Fast meinte Saskia, den würzigen Duft der Pflanzen zu riechen. Es war sicher atemberaubend, in dieser Zeit dort zu sein. Sie googelte rasch nach der Blütezeit des französischen Lavendels: Juli bis August. Plötzlich stockte sie.

Nous cherchons de tout de suite ou à convenir, aide … Wir suchen ab sofort oder nach Vereinbarung für die Sommersaison eine Hilfskraft für unsere Gastwirtschaft. Service, Mithilfe in der Küche, Gästebetreuung etc. Deutschkenntnisse Voraussetzung! Angemessene Bezahlung mit Familienanschluss.

Saskia blinzelte und schürzte die Lippen. Wäre es verrückt, sich auf diese Annonce zu melden? Es bestand wenig Hoffnung, während der Saure-Gurken-Zeit eine Anstellung bei einer Zeitung zu finden und eine Luftveränderung würde ihr, wie Cécile ihr geraten hatte, sicher guttun.

Ein paar ihrer besten Artikel hatte sie ihrer Spontaneität zu verdanken und auch jetzt überlegte sie nicht lange, sondern schickte eine E-Mail mit ihren persönlichen Daten und einer kurzen Bewerbung an die angegebene Adresse. Die Chance war zwar gering, dass man gerade sie für diese Stelle auswählen würde, trotzdem zitterte ihre Hand ein wenig, als sie auf den Senden-Button klickte. Ob sie Cécile zuerst hätte fragen sollen? Ach was, sie war alt genug, um selbst Entscheidungen zu treffen.

Saskia fuhr ihr Notebook herunter und klappte gut gelaunt den Deckel zu. Es würde so kommen, wie es kommen musste!

2

Jean-Luc Rougeon sah auf seine Armbanduhr. Mince alors, er kam zu spät zum Bahnhof! Die Glocken des nahen Kirchturms schlugen fünf Mal und Baptiste Pelletier, einer seiner besten Kunden, konnte sich immer noch nicht entscheiden, welchen ihrer Muskatweine er in sein Sortiment aufnehmen wollte.

Jean-Luc trommelte nervös auf die Holztheke, die nahezu die gesamte linke Seite des Kellergewölbes einnahm. Schon bald würden sich hier durstige Touristen die Klinke in die Hand geben. Nicht nur, weil es in den steingemauerten Gewölben angenehm kühl war, sondern weil Baptiste nur das Beste vom Besten verkaufte.

Jean-Luc hasste Unpünktlichkeit und es machte auch keinen guten Eindruck, wenn der zukünftige Chef sich nicht an seine gegebenen Versprechen hielt. Aber das Geschäft ging vor, das Mädchen würde das sicher verstehen.

Mädchen? Nein, ein Mädchen war diese Saskia Wagner nicht mehr. Er hatte nur einen kurzen Blick auf ihre Bewerbung geworfen und sie gleich an Géraldine weitergegeben. Zum Studieren von Lebensläufen fehlte ihm im Moment die Zeit. Trotzdem erinnerte er sich an den Jahrgang der Bewerberin. Definitiv kein Mädchen mehr. Normalerweise stellten sie über die Sommermonate nur Studentinnen ein, denn die sahen in der Tätigkeit auf dem Gut eine willkommene Abwechslung zu ihrem Studium und waren auch mit dem Lohn zufrieden. Ob da eine Journalistin nicht mehr erwartete? Aber das war schließlich nicht sein Problem. Sie waren in die Bredouille geraten, weil Britt, die normalerweise während der Sommermonate auf dem Gut half, mit einem Beinbruch im Brüsseler Krankenhaus lag. Also hatte er nur genickt, als Géraldine ihm letzte Woche vorschlug, es kurzfristig mit dieser Saskia zu versuchen.

»Und?«, Jean-Luc scharrte ungeduldig mit den Füßen.

Baptiste hob verwundert die Augenbrauen. »In Eile?«, brummte er und schnupperte weiter an dem Muskat. Er schwenkte das Glas und betrachtete interessiert die goldgelbe Farbe seines Inhalts. »Doch, er überzeugt mich. Ich nehme zwei Dutzend davon.« Er genehmigte sich einen großen Schluck und schmatzte dabei. »Fein, fein, sehr gute Qualität. Was man von euch eben gewohnt ist.« Er lächelte Jean-Luc verschmitzt an. »Und wie sieht's mit Rabatt aus, mon vieux?«

Jean-Luc lachte.

»Baptiste, du weißt ganz genau, dass ich mit dem Preis unmöglich noch weiter runtergehen kann. Die Geschäfte laufen schlecht, seit die Kalifornier selbst Dessertweine produzieren. Aber wem sage ich das?«

Er seufzte und der Restaurantbesitzer nickte.

»Ja, die Konkurrenz. Die goldenen Jahre sind vorbei. Wir können uns nur noch durch Qualität profilieren. Aber leider würdigen das die Konsumenten nicht und kaufen lieber billigen Fusel als solche Schätze.« Er blickte die gelbe Flüssigkeit zärtlich an und leerte dann das Glas in einem Zug. »Du bringst ihn mir nächste Woche, einverstanden? Dann kann der Kleine noch etwas ruhen, bevor die Touristen kommen.«

»Kein Problem.«

Sie gaben sich die Hand und damit war das Geschäft besiegelt.

»Grüß Soledat von mir!«, rief Baptiste Jean-Luc hinterher, als dieser eilig die Stufen hinaufflief.

3

Saskia blickte erneut zur Bahnhofsuhr, gleich halb sechs. Man hatte sie tatsächlich versetzt! Sie schnaubte ärgerlich, schulterte ihre Reisetasche und griff nach der Schlaufe des braunen Rollkoffers. Als sie ihn über die Bahngleise zog, schlingerte er wie ein Betrunkener von einer Seite auf die andere. Suchend schaute sie sich nach einem Touristenbüro um, trat dann in die schlichte, angenehm kühle Bahnhofshalle und runzelte die Stirn, als sie die geschlossenen Schalter erblickte. Durch eine staubige Scheibe erspähte sie auf der gegenüberliegenden Straßenseite eine Bushaltestelle. Eine alte Frau, ganz in Schwarz gekleidet, saß daneben auf einer Bank und kramte in einer riesigen Handtasche. Saskia verließ das Bahnhofsgebäude, überquerte die Straße und wandte sich an die Wartende.

»Excusez-moi, Madame ... Können Sie mir sagen, wie ich zum Weingut der Rougeons komme?«

Die Frau hob den Kopf, ihre kleinen Augen in dem runzligen Gesicht weiteten sich und sie fing an zu zischen. Mit ihren spindeldürren Armen fuchtelte sie wild in der Luft herum, als müsste sie einen Schwarm Insekten vertreiben, dann bekreuzigte sie sich mehrmals und spuckte auf den Boden, direkt vor Saskias Füße. Diese ließ vor Schreck ihre Reisetasche in den Staub fallen und sprang instinktiv einen Schritt zurück. Sie versuchte etwas von dem zu verstehen, was die Alte brabbelte. Womit hatte sie das Mütterchen denn so erschreckt?

»Madame ...«, fing sie nochmals an, doch die Frau schüttelte nur abwehrend den Kopf, bis sich ein paar weiße Strähnen aus ihrem Dutt lösten und sie aussah, als hätte sie in eine Steckdose gefasst. In diesem Moment fuhr ein silberner Bus mit der Aufschrift ›transCoVe‹ vor. Die Alte raffte ihre Tasche und stolperte die Stufen hinauf. Noch hinter der schmutzigen Fensterscheibe sah Saskia, wie die Frau wild gestikulierte. Sie konnte sich keinen Reim darauf machen und zuckte verständnislos die Schultern. Als sie der Busfahrer fragend ansah und sie den Kopf schüttelte, schloss er die Türen und fuhr in einer stinkenden Dieselwolke davon.

Das war ja ein Empfang! Saskia stieß verwirrt die Luft aus und blickte auf den Busfahrplan. Sie verschaffte sich einen Überblick über die Haltestellen. Auf alle Fälle befand sich das Weingut der Rougeons in der Gegenrichtung, so viel stand schon mal fest, und der nächste Bus dorthin würde erst in einer Stunde kommen. Also zu Fuß!

Den schweren Koffer deponierte sie in einem der Schließfächer an der Ostseite des Bahnhofes. Sie würde ihn später holen. Um diese Last erleichtert, folgte sie frischen Mutes der Straße, die sich rechter Hand einen Hügel hinaufschlängelte. Schon nach kurzer Zeit war Saskias Top nass geschwitzt und sie musste einen Moment innehalten, um zu verschnaufen.

Wie unhöflich, sie einfach zu versetzen! Ob sie auf dem Gut anrufen sollte? Sie hatte die Nummer zwar gespeichert, genierte sich aber, gleich am ersten Tag so einen Aufstand zu machen. Immerhin war sie erwachsen und konnte sich selbst helfen. Und ein kleiner Fußmarsch würde ihr nach der langen Bahnreise sicher nicht schaden.

Die Hauptsaison stand kurz bevor und das Dorf gönnte sich vor dem großen Ansturm, der Mitte Juli während der Schulferien beginnen würde, noch eine kurze Ruhepause. Die Häuser waren aus sandfarbenem Kalkstein gebaut, der auch den Reben, die an den sonnigen Hängen gediehen, eine fruchtbare Unterlage bot. Das Dorf war für seinen süßen Muskatwein in der ganzen Welt bekannt. An jeder Ecke der Ortschaft befanden sich Weinkeller, deren handgeschriebene Anschläge dazu einluden, die flüssigen Köstlichkeiten der Region zu degustieren.

In der Ortsmitte fand Saskia einen detaillierten Plan. Sie schützte ihre Augen mit der Hand vor der gleißenden Sonne und studierte die Karte. Da, Domaine de Rougeon. Sie war immerhin auf dem richtigen Weg. Linker Hand standen Stühle auf dem schmalen Gehsteig. Zwei alte Männer spielten an einem kleinen Bistrotisch Backgammon oder, wie es hier genannt wurde, Tables. Saskia schaute den beiden eine Weile zu und da sie es nicht eilig hatte, setzte sie sich kurzerhand an einen der freien Tische in den Schatten und bestellte sich ein Glas Chose. Sie kannte dieses Getränk, das aus gepresstem Zitronensaft mit Tonic bestand und ein idealer Durstlöscher war, noch von früher.

Der attraktive Kellner, eine Mischung aus Alain Delon und Henry Cavill, servierte ihr die Erfrischung mit einem strahlenden Lächeln und blickte sie dabei bewundernd an. Sie errötete und strich sich verlegen die langen, blonden Haare aus dem Gesicht.

»Touriste?«, fragte er schmachtend. Es sah nicht danach aus, als ob er sich mit einem einfachen Oui oder Non zufriedengeben würde.

»Nein, ich werde hier eine Zeit lang arbeiten«, erwiderte sie in ihrem besten Französisch und hoffte, man erkannte sie nicht gleich am Dialekt.

»Ah, Schweizerin!«, rief der Kellner fröhlich. Saskia nickte säuerlich. »Und wo wirst du jobben?«, fragte der junge Mann weiter und setzte sich unaufgefordert an ihren Tisch. »Es stört dich doch nicht, wenn wir uns duzen, oder?«

Saskia schüttelte den Kopf. »Bei den Rougeons«, beantwortete sie seine Frage und griff nach ihrer Geldbörse.

»Oh!«, erwiderte der Mann nur und blickte sie dabei spöttisch an.

Sie runzelte die Stirn. Was sollte das jetzt bedeuten? Sie begann, den Betrag für ihr Getränk abzuzählen. Es wäre sicher besser, sich wieder auf den Weg zu machen, womöglich war die Strecke zum Weingut länger, als es auf der Karte den Anschein machte.

»Laisse!«, sagte der Kellner und hielt ihr Handgelenk fest. »Das geht aufs Haus. Ein Willkommenstrunk«, raunte er und betrachtete dabei interessiert ihre linke Hand. Als er keinen Ring erblickte, strahlte er noch eine Spur intensiver. »Ich bin Henri.«

»Saskia«, erwiderte sie und streckte ihm die Hand hin.

Henri übersah diese geflissentlich und küsste sie dreimal auf die Wange.

»Bienvenue à Beaumes-de-Venise, Saskia.«

»Danke, ich meine merci.«

In diesem Moment hielt ein grüner Kleinlaster mit kreischenden Reifen vor dem Lokal und das Seitenfenster wurde hastig heruntergekurbelt.

»Saskia Wagner?«, fragte eine tiefe Stimme.

Sie nickte und kniff die Augen zusammen. Ein Mann saß hinter dem Steuer, den sie aber nicht erkennen konnte, da sie direkt in die Sonne blickte. Henri stand behände auf und lehnte sich lässig an den Wagen.

»Salut, Jean-Luc, wie geht's?«

Der Angesprochene knurrte etwas Unverständliches und ihr schien es das Klügste zu sein, sich ihre Tasche zu schnappen und aufzustehen.

»Auf Wiedersehen, Henri. Und danke nochmals für das Getränk.«

»Bis bald, Schönheit!«, rief der Kellner fröhlich und hob zum Abschied die Hand.

Saskia öffnete die Beifahrertür und stieg ein. Dazu musste sie erst einen braunhaarigen, freudig wedelnden Hund zur Seite schieben.

»Guten Tag, Herr Rougeon«, sagte sie und streckte dem Fahrer die Hand hin.

»Jean-Luc«, murmelte dieser.

Er hatte einen festen Händedruck, ließ ihre Finger aber schnell wieder los, als hätte sie eine ansteckende Krankheit. Bevor er eine verspiegelte Sonnenbrille aufsetzte, erhaschte sie einen kurzen Blick in seine dunklen Augen. Was sie darin sah, verblüffte sie. War das Entsetzen? Überraschung? Ablehnung? Schon der zweite Einheimische, der sie behandelte, als hätte sie die Pest. Das konnte ja heiter werden! Sobald sie losfuhren, klingelte das Handy ihres neuen Arbeitgebers und er begann, mit jemandem am anderen Ende der Leitung zu schimpfen.

Saskia beeilte sich, den Sicherheitsgurt anzulegen, denn Jean-Luc fuhr mit halsbrecherischem Tempo um die engen Kurven – einhändig! Eigentlich wollte sie noch einmal zum Bahnhof zurück, um ihren Koffer zu holen, traute sich aber plötzlich nicht mehr, ihren neuen Chef darum zu bitten. Dieser Mann schüchterte sie ein und sie fragte sich, warum. Normalerweise hatte sie keine Probleme, mit fremden Leuten zu sprechen. Während ihrer Recherchen oder bei Interviews hatte sie es oft mit schwierigen Menschen zu tun. Aber Jean-Luc umgab die Aura einer wütenden Klapperschlange. Es war vielleicht nicht klug, gleich mit Forderungen aufzuwarten.

Saskia musterte ihn aus dem Augenwinkel. Er schien groß zu sein; sein Kopf war nur ein paar Zentimeter vom Wagendach entfernt. Wenn wir jetzt durch ein Schlagloch fahren, stößt er oben an, ging es ihr durch den Kopf und sie musste bei dieser Vorstellung schmunzeln. Als sie seinen Blick spürte, sah sie rasch zum Fenster hinaus, damit er ihre Heiterkeit nicht bemerkte.

Sie ließen das Dorf hinter sich und fuhren eine breite Straße entlang, die um einen Hügel herumführte. Auf beiden Seiten des Weges erstreckten sich Reben, so weit das Auge reichte. Die terrassenförmigen Anlagen erinnerten an chinesische Reisfelder. Sie sah jedoch keine gebückten Arbeiter, die in knöcheltiefem Wasser Setzlinge pflanzten, denn hier war der Boden trocken und staubig.

Saskia versuchte, dem Telefongespräch zu folgen, doch Jean-Lucs Akzent ließ sie nur hin und wieder ein einzelnes Wort verstehen. Offenbar ging es um Geschäfte, denn ab und zu fiel der Begriff ›vin‹.

Ihr neuer Chef trug verwaschene Bluejeans und ein Hemd aus dem gleichen Stoff. Sein Haar war pechschwarz, der gebräunte Teint zeugte davon, dass er oft draußen war – sicher in seinem Weinberg. Seine Hände waren kräftig mit schmalen Handgelenken. Ihr fiel ein einfacher Goldring an seinem linken Ringfinger auf. Er war also verheiratet. Arme Frau, sehr charmant war ihr Ehemann ja nicht gerade.

Mit einem rasanten Schlenker bogen sie von der asphaltierten Straße ab und befanden sich jetzt auf einem schmalen Schotterweg. Der Wagen ließ eine riesige Staubwolke hinter sich zurück. Während der Fahrt hatte der Hund seinen Kopf auf Saskias Bein gelegt und sabberte ihre Baumwollhose voll. Sie mochte Hunde und kraulte ihn zwischen den Ohren, was er sehr zu genießen schien, denn er schloss genüsslich die Augen.

»Merde!«, knurrte Jean-Luc und steckte ärgerlich sein Handy in die Brusttasche seines Jeanshemdes. »Lass das, Gaucho!«, befahl er, doch der Hund ließ sich nicht aus der Ruhe bringen.

»Das ist schon in Ordnung«, erwiderte Saskia schnell, »ich mag Hunde. Und die Hose ist ja schon schmutzig.«

Jean-Luc warf ihr einen unergründlichen Blick zu und nickte.

»Übrigens muss ich mich für meine Unpünktlichkeit entschuldigen. Es kam etwas dazwischen.«

»Kein Problem. Und jetzt haben Sie ... ich meine, hast du mich ja gefunden.«

Er verzog den Mund. Sie wusste nicht, ob er lächelte oder ob er eine Grimasse schnitt. Hatte sie etwas Lustiges gesagt?

Der Weg zum Gut war länger, als sie gedacht hatte, und sie war froh, ihn nicht zu Fuß zurücklegen zu müssen. Als sie die prachtvolle Gegend ringsum betrachtete, bedauerte sie, dass sie keinen eigenen Wagen besaß. Wie sollte sie an ihren freien Tagen die Umgebung erkunden? Zu Fuß wäre das ein mühsames Unterfangen. Ob ihr das Gut einen Wagen zur Verfügung stellte?

Plötzlich musste sie an David denken. Er hatte ihren Vorschlag, eine Auszeit zu nehmen, um sich über ihre gegenseitigen Gefühle klar zu werden, grundweg abgelehnt. So etwas käme nicht infrage, hatte er gemeint. Und wenn sie darauf bestehe, sei das der Anfang vom Ende. Punkt. Ein trauriges Ende, doch wenn sie ehrlich war, hatte ihre Beziehung nie wirklich auf festen Füßen gestanden. Zugegeben, Davids Lebensstil, die teuren Restaurants, die mondänen

Hotels im Urlaub und der Porsche hatten ihr imponiert und gefallen, aber das waren nur Äußerlichkeiten. Mit der Zeit hatte sie sich nach mehr Nähe gesehnt, nach tiefer gehenden Gefühlen, und sich irgendwann eingestehen müssen, dass ihre Liebe mehr eine Romanze auf Zeit war und womöglich keinen Bestand hatte. Was leider bestätigt wurde, sonst wäre sie jetzt nicht hier. Saskia rieb sich die Stirn.

»Müde?«, unterbrach Jean-Luc ihre Gedanken und sie fühlte sich ertappt.

»Ja, ein bisschen«, erwiderte sie wahrheitsgemäß. »Die Reise war lang.«

Sie blickte zu ihm hinüber, doch er sah schnell weg und konzentrierte sich auf die Straße. Blöder Kerl, als würde ein Lächeln etwas kosten!

Jean-Luc drosselte die Geschwindigkeit und umrundete einen Felsen. Dahinter erstreckte sich eine Pinienallee, die in einer leichten Rechtskurve einen flachen Hügel hinaufführte. Dort thronte ein mächtiges Sandsteingebäude mit roten Dachziegeln, flankiert von einigen kleineren Gebäuden. Sie kannte das Anwesen zwar bereits von den Fotos aus dem Internet, war jedoch überrascht, wie weit sich das Weingut erstreckte. Hinter den Gebäuden sah sie ein einstöckiges neueres Bauwerk mit riesigen Toren, die das rotgoldene Emblem der Rougeons trugen. Durch einen gemauerten Rundbogen, zu dessen beiden Seiten Lorbeerbäumchen in Terrakotta-Kübeln wuchsen, fuhr Jean-Luc in ein gekiestes Atrium. Steinstufen führten zur Eingangstür des Haupthauses hinauf. Sie war geöffnet und gab den Blick auf eine geräumige Halle frei. Eine Vielzahl tönerner Töpfe mit Lavendel und Geranien füllten den Raum. Atemberaubend – Saskias Augen leuchteten.

»Et voilà, da wären wir.«

Jean-Luc schaltete den Motor aus und öffnete die Wagentür. Sie tat es ihm gleich. Gaucho sprang sofort hinaus und verschwand bellend in der Eingangshalle.

Saskia straffte die Schultern. Hier würde sie also die nächsten Monate verbringen. Sie freute sich auf das, was vor ihr lag. Dieselbe Erregung, die sie sonst nur verspürte, wenn eine neue Story lockte, ergriff sie. Ob sie den Anforderungen gewachsen war?

»Tu viens? Kommst du?«

Ihr neuer Arbeitgeber wartete vor den Stufen und verfolgte jede ihrer Bewegungen aus den Augenwinkeln.

Was starrt der mich denn die ganze Zeit so komisch an?, fragte sie sich konsterniert. Normalerweise reagierten Männer ganz anders auf sie und sie konnte sich auf Jean-Lucs Verhalten keinen Reim machen. Aber vielleicht brauchte er einfach eine Weile, bevor er sich Fremden öffnete. Sie beschloss, sein Benehmen nicht persönlich zu nehmen und ihm Zeit zu lassen, um sich an sie zu gewöhnen. Irgendwann würde seine Laune sicher besser werden.

Saskia griff nach ihrer Reisetasche und folgte ihm zum Eingang.

4

»Vincent? Wo zum Teufel steckst du?«

Philippe betrachtete zornig den Wasserfleck unter dem Fenster. Er fuhr mit dem Schuh darüber, doch der graue Ring ließ sich nicht wegwischen. Nie war das Personal da, wenn man es brauchte!

Er durchquerte den Raum und trat an die zierliche Holzkommode, über der ein Spiegel mit Goldrahmen hing. Wenigstens hatte man Staub gewischt. Er griff nach der Fotografie in dem silbernen Rahmen und betrachtete das junge Mädchen darauf. Wie schön sie war.

Zärtlich strich er über das kalte Glas und schluckte. Der Schmerz kam urplötzlich und Philippe stöhnte. Er fasste sich an den Kopf und das Bild rutschte ihm aus den Händen, knallte auf den Parkettboden und zerbrach mit einem hässlichen Knirschen.

5

Der Wecker summte zum dritten Mal. Saskia tastete nach der Stopptaste und schälte sich dann schlaftrunken aus der Sommerdecke. Sie war es nicht mehr gewohnt, so früh aufzustehen, und blieb einen Moment auf der Bettkante sitzen. Ihr Kopf drohte zu zerspringen und sie stöhnte leise. Auf nackten Füßen tappte sie dann über den kühlen Steinboden zum Fenster und zog die Vorhänge auf. Das grelle Sonnenlicht ließ sie zurückzucken.

Ihr Zimmer befand sich in einem Seitenflügel des Haupthauses. Unmittelbar darunter begann der hauseigene Weinberg, der sich einer grünen Welle gleich über die dahinter liegenden Hügel ergoss. Jetzt im Juli waren die Blätter der Rebstöcke saftig und grün. Bereits zu dieser frühen Stunde erblickte Saskia einzelne Arbeiter zwischen den Reihen, die mit dem Einkürzen der Triebe beschäftigt waren.

Sie kniff die Augen zusammen, aber keiner der Männer hatte seine Größe und nur widerwillig gestand sie sich ein, dass sie nach Jean-Luc Ausschau hielt.

Nachdem sie gestern die Halle betreten hatten, war eine ältere, gepflegte Frau mit offenen Armen auf sie zugekommen und hatte sie dreimal auf die Wangen geküsst und sich als Jean-Lucs Mutter vorgestellt.

»Sei herzlich willkommen, Saskia. Ich bin Soledat Rougeon, aber alle nennen mich Mama Sol. Ich hoffe, du wirst eine angenehme Zeit bei uns verbringen.«

Obwohl sie lächelte, war es Saskia nicht entgangen, dass sich die Augen der älteren Frau für einen Moment erschrocken geweitet hatten, als sie durch die Tür getreten war. Schon wieder jemand, der bei ihrem Anblick erstarrte. Sie musterte heimlich ihre Kleidung. Prangte womöglich ein monströser Fleck auf ihrer Hose? Doch abgesehen von etwas Hundesabber sah sie ganz manierlich aus.

»Danke, Mama Sol, ich bin sicher, es wird mir hier gut gefallen.«

Jean-Lucs Mutter nickte zufrieden. »Ist das dein ganzes Gepäck?«

»Ein Koffer steht noch in einem Schließfach am Bahnhof«, erwiderte Saskia. »Wenn Sie mir den Autoschlüssel geben, kann ich ihn schnell holen. Er war mir zu schwer zum Tragen.«

Soledat Rougeon runzelte die Stirn. »Zum Tragen? Aber hat mein Sohn dich denn nicht …?«

»Ich hatte mich verspätet«, unterbrach Jean-Luc seine Mutter, »und griff la Demoiselle in einer Bar auf.«

Saskia biss sich auf die Lippen. Ihr war der sarkastische Unterton nicht entgangen. Hatte sie denn ein Verbrechen begangen? *Sie* war ja nicht diejenige gewesen, die zu spät gekommen war. Also was sollte diese missbilligende Bemerkung? Was für ein ungehobelter Flegel!

»Wie unhöflich, Jean-Luc«, wandte sich Mama Sol an ihren Sohn und schüttelte den Kopf, »dann wirst du eben noch mal zum Bahnhof fahren und Saskias Koffer holen.«

»Ich hab ja nichts Besseres zu tun, nicht wahr?«, erwiderte dieser ärgerlich, riss Saskia den Schließfachschlüssel aus der Hand und fuhr so rasant davon, dass der Kies in der Auffahrt nach allen Seiten wegspritzte.

Saskia wollte sich rechtfertigen, doch Mama Sol legte ihr beruhigend die Hand auf den Arm.

»Lass den loup grognant. Der beruhigt sich schon wieder.«

Genau, dachte Saskia, ein knurrender Wolf. Sie hoffte inständig, dass sie möglichst wenig mit ihm zu tun haben würde.

Um 20.00 Uhr trafen sich die Angestellten zum gemeinsamen Abendessen. Saskia schüttelte eine Menge Hände, erhielt viele

Küsse und es dauerte nicht lange, da schwirrte ihr der Kopf von den vielen ungewohnten Namen. Etwa fünfzehn Personen saßen an dem riesigen Eichenholztisch im Speisesaal, wobei ständig neue dazu kamen und andere wieder gingen. Die meisten mussten Arbeiter aus dem Rebberg sein, denn sie hatten alle eine tief gebräunte Haut und trugen blaue Latzhosen mit dem Emblem des Weingutes. An einer Ecke des Tisches saßen drei Männer zusammen, die vermutlich in der Kellerei beschäftigt waren, denn sie schnupperten an jedem Glas und debattierten anschließend mit wilden Gesten darüber. Ganz vorn am Tisch thronte die Familie Rougeon. Mama Sol und ihr Gatte Ignace, neben ihr ihre Tochter Odette Leydier mit deren Mann und den zwei Kindern, Magali und François.

Jean-Luc saß neben seinem Vater und stocherte lustlos in dem vorzüglichen Essen. An seiner Seite ließ sich eben eine Frau nieder, die Saskia noch nicht vorgestellt worden war. Vermutlich seine Ehefrau. Eine wahre Schönheit! Sie hatte langes, dunkles Haar, das ihr in weichen Wellen auf den Rücken fiel, und leicht schräg stehende Augen, die ihr etwas Raubtierhaftes verliehen. Ab und an sah sie stirnrunzelnd zu ihr herüber. Las sie etwa Zorn in ihrem Blick? Nach dem Chef nun also auch die Chefin? Saskia schluckte. Das fing ja gut an. Aber wahrscheinlich täuschte sie sich, schließlich hatte sie lediglich ihre Koffer ausgepackt und eine lange Dusche genommen. Und dabei konnte man nun wirklich nichts falsch machen. Weshalb sollte die Frau also zornig auf sie sein?

Jean-Luc sprach kein Wort mit seiner Frau und starrte weiter auf seinen Teller. Saskia vermutete, dass sie sich gestritten hatten. Das würde auch seine schlechte Laune erklären. Sie löste ihren Blick von dem Ehepaar. Das ging sie nichts an, sie hatte schließlich selbst genug Probleme.

Zu ihrer Rechten saß Nele, eine holländische Studentin, zur Linken Chantal, ein Mädchen aus Avignon. Die beiden würden ihre Arbeitskolleginnen sein. Nele hatte ihr vorhin erklärt, dass Busse voller Touristen aufs Gut kämen, die eine Besichtigung der

Kellerei mit anschließender Degustation der Hausweine gebucht hätten. Ihre Arbeit bestünde darin, die Gäste zu empfangen und ihnen die verschiedenen Weine zu servieren. Easy, wie Nele meinte. Sie arbeitete bereits die zweite Saison für die Rougeons. Saskia hielt das für ein gutes Zeichen. Die Holländerin hatte einen durchtrainierten Körper, kurze, rote Haare und blaue Augen, aus denen der Schalk blitzte. Chantal hingegen war klein, schlank und dunkelhaarig. Sie sagte wenig, meist kicherte sie bloß, wenn einer der Arbeiter sie ansprach.

Saskias Magen grummelte ungeduldig und so füllte sie ihren Teller mit all den Köstlichkeiten, die Henriette, die Köchin, für die hungrige Meute zubereitet hatte. Es gab die traditionellen Gerichte der Provence: Lamm an Rosmarin, Ratatouille, Bouillabaisse, Salade Niçoise mit frischen Oliven und Baguette. Dazu tranken sie stilles Wasser aus gläsernen Karaffen und natürlich die Weine aus eigener Produktion.

Mama Sol nötigte Saskia, von jedem zu kosten. Weißwein zum Salat, Rosé zur Vorspeise und schweren Rotwein zum Fleisch. Danach fühlte sie sich wunderbar entspannt. Sie kicherte über jeden Witz, den die Latzhosenträger zum Besten gaben, auch wenn sie die Pointen nur zur Hälfte verstand. Als sie, beschwipst wie sie war, selbst einen erzählte, fiel ihr Blick dabei auf Jean-Luc, der sie finster musterte. Unvermittelt warf er seine Gabel auf den Teller, stand auf, sodass sein Stuhl auf dem Steinboden ein hässliches Schleifgeräusch verursachte, und verließ ohne eine Entschuldigung den Tisch. Die Anwesenden warfen sich gegenseitig verwunderte Blicke zu, doch nach ein paar Minuten war die Stimmung wieder locker und es wurde viel gelacht.

Saskia genoss die Atmosphäre dieser Großfamilie. Sie, die als Einzelkind aufgewachsen war und nach dem Tod ihrer Eltern allein auf der Welt stand, ließ sich jetzt in diese Sippe fallen wie in ein warmes Daunenbett. Alle waren herzlich und zuvorkommend zu ihr, außer Jean-Luc und seine Gattin, aber denen würde sie eben so gut es ging aus dem Weg gehen. Es würde sicher eine wunderbare Zeit werden.

Saskia streckte die Arme über den Kopf und gähnte herzhaft. Aus der Küche zog der Duft nach frischem Kaffee und warmen Croissants zu ihr herauf. Rasch duschte sie sich, zog eine Dreiviertel-Hose und ein ärmelloses T-Shirt an. Mit einem Gummi band sie ihre Haare zusammen, etwas Wimperntusche und rosa Lipgloss – fertig.

Benutztes Geschirr stand auf dem Tisch, als sie wenig später in den Speisesaal trat. Nele saß allein neben den geöffneten Terrassenfenstern, die den Blick in den gepflegten Garten freigaben, und las in einer Zeitung.

»Bin ich die Letzte?«

Sie setzte sich neben ihre Arbeitskollegin und goss sich aus einer Thermoskanne eine Tasse Kaffee ein.

Nele ließ die Zeitung sinken.

»Die Arbeiter haben alle schon gegessen und die Rougeons frühstücken meist später. Nur Jean-Luc war schon hier. Chantal ist auch noch nicht da, sie hat's nicht so mit der Pünktlichkeit. Wie alle Franzosen«, fügte sie hinzu und lachte.

Schade, dachte Saskia, sie hätte trotz allem gern mit Jean-Luc gefrühstückt. Und dass sie das dachte, beunruhigte sie ein wenig. Schließlich war der Mann verheiratet und sie frisch getrennt.

Henriette trat durch die Schwingtür der Küche und stellte einen Korb warmer Croissants auf den Tisch. Sie dufteten verführerisch.

»Ah, la petite. Bien dormi?«, fragte sie und wischte sich die Hände an ihrer weißen Schürze ab.

»Sehr gut geschlafen, danke.«

Die Köchin nickte und begann, das benutzte Geschirr abzuräumen. Saskia griff nach einem Hörnchen und bestrich es dick mit Butter und Erdbeermarmelade.

»Wenn ich weiter so viel esse, passe ich am Ende der Saison nicht mehr in meine Kleider«, verkündete sie mit vollem Mund und Nele kicherte.

»Ja, das Essen ist wirklich ausgezeichnet. Ich futtere mir hier immer ein paar Kilos an. Und dann verbringe ich den Winter damit, sie mir im Fitnessstudio wieder runterzustrampeln.«

Saskia lachte zustimmend.

»Sag mal, Nele«, fragte sie zwischen zwei Bissen, »was studierst du eigentlich?«

Nele faltete die Zeitung zusammen und legte sie neben den Teller, dann schenkte sie sich noch eine Tasse Kaffee ein.

»Geschichte und Sport«, beantwortete sie die Frage. »In zwei Jahren, so Gott will, werde ich meinen Abschluss machen und dann möchte ich gerne unterrichten.«

»Tatsächlich?« Saskia nickte anerkennend. »Ich bewundere Menschen, die anderen etwas beibringen können. Ich bin leider zu ungeduldig dazu. Ich habe mal an einer Grundschule einen Vortrag über den Journalistenberuf gehalten, aber die Kinder hatten bereits nach einer halben Stunde das Interesse verloren und die Lehrerin musste eingreifen.«

Nele lachte und Saskia freute sich, dass sie sich so gut mit ihrer neuen Kollegin verstand.

»Und was steht heute auf dem Programm?« Sie schnappte sich noch ein Croissant.

Nele sah auf ihre Armbanduhr. »Géraldine wird wohl gleich antanzen und uns den Tagesplan mitteilen. Die Hochsaison hat zwar noch nicht begonnen, aber keine Angst, der Drachen wird uns schon mit Arbeit eindecken.«

Saskia überlegte, ob ihr gestern jemand mit diesem Namen vorgestellt worden war, konnte sich aber nicht daran erinnern. In diesem Moment öffnete sich die Küchentür und Chantal stolperte in den Speisesaal. Ihr Gesicht glühte und in ihren Augen leuchtete es verräterisch. Nele stieß Saskia unter dem Tisch mit dem Fuß an.

»Sieht so aus, als hätte die liebe Chantal etwas anderes zum Frühstück genossen.«

Saskia schaute Nele verständnislos an. Diese spitzte die Lippen zu einem Kussmund.

»Verstehe«, erwiderte Saskia und schmunzelte.

»Salut«, flötete Chantal, setzte sich und seufzte selig. Nele rollte vielsagend mit den Augen.

Saskia nippte gerade an ihrer zweiten Tasse Kaffee, als plötzlich laute Stimmen im Gang zu hören waren. Durch die offene Tür sah sie Jean-Luc, der ärgerlich auf seine Frau einredete. Diese hielt einen Schreibblock in der Hand und spielte nervös mit einem Kugelschreiber. Saskia verstand kein Wort von dem Gespräch und Nele schnalzte nur genervt mit der Zunge.

»Ist das seine …?«, doch ehe sie ihre Frage stellen konnte, wandte sich Jean-Lucs Gattin ab, stöckelte in den Speisesaal und knallte ihren Block auf den Holztisch. Jean-Luc stürmte währenddessen ohne einen Gruß an ihnen vorbei in den Garten. Die gläserne Terrassentür klirrte gefährlich, als er sie hinter sich zuschlug.

»Was sich liebt, das neckt sich«, flüsterte Nele und verzog spöttisch den Mund.

»Bonjour«, sagte die Frau. Ihre Stimme zitterte leicht, als müsste sie sich beherrschen, nicht in Tränen auszubrechen. Sie reichte Saskia eine schmale, gepflegte Hand. »Géraldine Rougeon.«

Also doch, Jean-Lucs Frau. Saskia erwiderte den Händedruck und hatte dabei das Gefühl, dass Géraldine sie nicht mochte.

Rede dir nichts ein, schimpfte sie mit sich selbst. Die Frau hat Eheprobleme, kein Wunder, dass sie schlecht gelaunt ist. Und so versuchte sie sich in den nächsten Minuten auf die Arbeiten zu konzentrieren, die ihnen Jean-Lucs Gattin auftrug.

6

Jean-Luc betrat den klimatisierten Raum durch eine vollautomatische Schiebetür. Ariane, die Sekretärin der Weinbaugenossenschaft, saß am Empfang und telefonierte. Sie nickte ihm freundlich zu, ohne den Hörer wegzulegen, und wies mit dem Kopf Richtung Korridor. Er deutete das als Hinweis, dass er bereits erwartet wurde.

Entlang der Wände des modernen Gebäudes standen Glasvitrinen, die mit den Erzeugnissen des Unternehmens bestückt waren. Auf der einen Seite die Weißweine, etwas weiter die Rosés und zuletzt die Rotweine. Dazwischen befanden sich diverse Urkunden und Auszeichnungen. Médaille d'Or Paris 2008, Médaille d'Argent Orange 2010 und viele andere mehr. Wirklich beeindruckend, das musste er neidlos anerkennen. Vor einer rot lackierten Holztür blieb er stehen, wartete einen Moment, holte tief Luft und trat ein.

7

Der Einkaufswagen bog sich unter der Last und schlingerte gefährlich. Saskia versuchte verzweifelt, nicht eines der Autos zu berühren, die sich auf dem Parkplatz des Supermarchés aneinanderdrängten. Da sie die Einzige war, die einen Führerschein besaß, hatte Géraldine sie zum Einkaufen geschickt. Henriettes Liste war ellenlang. Gelegentlich hatte Saskia im Supermarkt jemanden fragen müssen, was dieses oder jenes Wort bedeutete, denn die Schrift auf dem Zettel erinnerte an ägyptische Hieroglyphen. Sie öffnete den Kofferraum und begann, die Einkäufe zu verstauen. Der Van trug wie alle Fahrzeuge der Rougeons das rotgoldene Emblem des Gutes und war Gott sei Dank mit einer Klimaanlage ausgestattet. Bereits jetzt, um zehn Uhr morgens, zeigte das Quecksilber dreißig Grad an. Saskia stand nach kurzer Zeit der Schweiß auf der Stirn.

»Salut, ma beauté! Kann ich dir helfen?«

Hinter ihr lehnte Henri an einem Cabriolet und kaute auf einem Zahnstocher herum.

»Henri, hallo!«, rief sie erfreut und streckte ihm die Hand entgegen. Doch der junge Mann ignorierte sie wie üblich, fasste Saskia bei den Schultern und schmetterte ihr drei Küsse auf die Wangen. Dann griff er nach den Einkäufen und warf sie in bester Handballmanier in den Van. Sie verzog den Mund. Hoffentlich ging nichts zu Bruch.

Als alle Besorgungen verstaut waren und sie sich gerade von ihrem Helfer verabschieden wollte, stoppte ein Kleinlaster direkt vor ihren Füßen. Sie sprang erschrocken einen Schritt zurück. Mist, Jean-Luc!

»Wir bezahlen dich nicht fürs Flirten!«, raunzte er. Eine tiefe Falte hatte sich zwischen seinen Augen gebildet. Henri grinste vielsagend und legte ihr zu allem Übel vertraulich einen Arm um die Schulter.

»Ach, Jean-Luc, gönne deinen Angestellten doch ein wenig Spaß«, erwiderte er spöttisch und übersah dabei demonstrativ Saskias drohenden Blick.

»Er hat mir nur geholfen«, versuchte diese sich zu rechtfertigen, doch Jean-Luc legte bereits den ersten Gang ein und fuhr ohne ein weiteres Wort vom Parkplatz. »Arroganter Kerl«, murmelte sie und schüttelte dabei Henris Arm ab.

»Der spinnt doch«, meinte der junge Mann schulterzuckend, gab ihr die drei obligatorischen Küsse auf die Wangen und verschwand fröhlich pfeifend zwischen den geparkten Autos.

Saskia setzte sich in den Wagen und griff nach ihrem Handy. Sie brauchte jetzt unbedingt moralische Unterstützung, doch Céciles Telefon war ausgeschaltet.

»Passt ja super!«, knurrte sie ärgerlich, startete den Wagen und fuhr mit quietschenden Reifen vom Parkplatz.

8

»Et après ça, il m'a dit, qu'il m'aime! Und danach sagte er mir, dass er mich liebt.«

Chantal strahlte übers ganze Gesicht und schälte die Kartoffel mit solcher Hingabe, als bekäme sie dafür einen Preis.

»Ach, tatsächlich?« Nele tat sehr interessiert und die junge Französin nickte eifrig. »Das ist wirklich eine tolle Nachricht, Chantal. Ich wünschte, mir würde einer so etwas sagen.« Sie wandte sich an Saskia, verdrehte die Augen und flüsterte: »Jeder erzählt ihr, dass er sie liebt, um sie ins Bett zu kriegen. Sieh nur, wie sie die Kartoffel bearbeitet! Ich bin sicher, sie denkt dabei an Alain.«

Die jungen Frauen standen in der Küche, halfen Henriette bei den Vorbereitungen fürs Mittagessen und schwatzten miteinander. Für den Nachmittag hatte sich eine kleinere Gesellschaft angemeldet. Nele wollte Saskia später zeigen, wie sie mit den Gästen umgehen und was sie ihnen alles servieren musste.

»So, ihr Hübschen, danke fürs Helfen. Jetzt komme ich allein zurecht.«

Henriette band sich ihre Schürze um die mollige Taille und warf das geputzte Gemüse in einen riesigen Topf voll Wasser. Saskia und Nele wuschen sich die Hände und verließen die Küche. Chantal blieb jedoch zurück, zog einen hölzernen Schemel unter dem Küchentisch hervor und schien es nicht eilig zu haben.

»Sie wird Henriette von ihrer neusten Eroberung erzählen wollen«, meinte Nele. »Das tut sie immer, und sobald derjenige sie sitzengelassen hat, muss unsere Köchin als Kummerkastentante herhalten. Na ja, besser so, als dass sie mir damit auf die Nerven geht. Komm!«, sagte Nele eifrig, »wir haben noch etwas Zeit. Lass uns schwimmen gehen!«

Saskia hatte den Pool bereits gestern Abend entdeckt. Er hatte, mit grünen Unterwasserlampen beleuchtet, einladend schimmernd im Mondlicht gelegen und sie hatte sich gefragt, ob es dem Personal wohl gestattet war, ihn zu benutzen.

»Einverstanden. Ich hole nur schnell meinen Bikini.«

Saskia lief durch die Gänge zu ihrem Zimmer und wühlte in der Kommode herum.

David würde es hier gefallen, ging es ihr durch den Kopf, und ihre gute Laune sank schlagartig. Ihr Handy hatte in den vergangenen Stunden ständig gepiepst, weshalb sie es einfach auf stumm schaltete. Sie warf einen kurzen Blick aufs Display, schon wieder sechs Kurzmitteilungen von David. Sie löschte sie ungelesen. Sollte er ruhig eine Weile schmoren, das würde ihm guttun.

Sie schlüpfte aus ihren Kleidern und zog sich den neuen Bikini an, den sie sich vor ihrer Abreise gekauft hatte. Sie betrachtete sich in dem mannshohen Spiegel, der neben dem Bett an der Wand hing. Sie war mit ihrer Figur zufrieden, wobei sie ihre Hüften etwas zu ausladend und den Busen etwas zu klein fand. Aber sie hatte lange, wohlgeformte Beine und eine schmale Taille. Im Badezimmer schnappte sie sich ein Handtuch und ging durch eine Außentür zum Pool, der sich im hinteren Teil des Gartens befand. Auf den anerkennenden Pfiff, den einer der Arbeiter bei ihrem Anblick losließ, reagierte sie nicht, sondern wickelte sich das Frotteehandtuch um den Körper. In der Schweiz waren solche Beifallsbekundungen nicht üblich, schon gar nicht, wenn man einen festen Freund hatte. Aber hatte sie den denn eigentlich noch? War die Trennung von David nicht endgültig? Sie zweifelte an ihren Gefühlen ihm gegenüber. Wenn sie ehrlich war, schon eine ganze Weile, nicht erst seit ihrem Zerwürfnis. Doch manchmal sehnte sie sich nach ihm und seinen Zärtlichkeiten. Vor allem abends, wenn sie allein in ihrem Bett lag und dem Gesang der Zikaden lauschte, die vor ihrem geöffneten Fenster zirpten. Oder in der Nacht, wenn der Mond ihr Zimmer in ein silbernes Licht tauchte, dann überkam sie die

Sehnsucht nach einem warmen Körper an ihrer Seite. Doch diese Momente gingen vorbei, meist schon bei Tagesanbruch, wenn die Arbeit rief. Dann blieb ihr keine Zeit für Sentimentalitäten. Und irgendwie war die Trennung auch befreiend, denn so brauchte sie auf Davids Allüren keine Rücksicht mehr zu nehmen.

Saskia schüttelte die melancholischen Gedanken ab und lief in den Garten. Der Swimmingpool glitzerte blau und einladend im Sonnenlicht. Auch hier standen überall Terrakottagefäße mit üppig blühenden Blumen. Eine Oase der Ruhe und Entspannung. In einer schattigen Nische des mit sandfarbenen Steinplatten gefliesten Bodens waren ein paar Bistrotische mit den dazu passenden Stühlen aufgestellt. Auf einem lag dasselbe Handtuch, das auch Saskia dabeihatte. Nele war also schon da, jedoch nirgends zu sehen.

Saskia hängte ihr Tuch über einen der Stühle und trat an den Beckenrand. Sie ging leicht in die Knie und prüfte mit dem Zeh die Wassertemperatur. Kühl, aber nicht kalt. Mit einem eleganten Kopfsprung sprang sie ins Nass und kam prustend wieder an die Oberfläche. Herrlich! Mit ein paar kräftigen Schwimmzügen durchquerte sie das Becken, tauchte gekonnt unter und schwamm zum anderen Ende zurück. Sie war eine geübte Schwimmerin und ihre Arme pflügten gleichmäßig durchs Wasser. Nach fünf Längen stoppte sie und ließ sich auf dem Rücken treibend die Sonne ins Gesicht scheinen.

»Macht's Spaß?«

Erschrocken wandte sich Saskia um und schluckte dabei eine gehörige Portion Poolwasser. Jean-Luc stand breitbeinig am Beckenrand und musterte sie aus schmalen Augen. Seine Haare glänzten feucht, als würde er gerade aus der Dusche kommen. Eine dunkle Strähne fiel ihm in die Stirn. Saskia hatte plötzlich das drängende Bedürfnis, sie ihm aus dem Gesicht zu streichen.

Sie errötete ob ihres Gedankens und stammelte: »Nele sagte, dass wir hier schwimmen dürfen.«

Ihr Arbeitgeber zog bei ihren Worten belustigt einen Mundwinkel hoch und verschränkte die Arme vor seiner Brust.

Saskia räusperte sich. Wieso verteidigte sie sich eigentlich für ihr Tun? Jean-Lucs Art führte dazu, dass sie sich andauernd schuldig fühlte. Sie konnte ihn nicht ausstehen!

Er erwiderte nichts, sondern betrachtete ausgiebig ihre Figur. Saskia kam sich in ihrem Bikini sehr nackt vor. Am liebsten wäre sie geflüchtet, doch dazu hätte sie den Pool verlassen und an Jean-Luc vorbeigehen müssen. Warum sagte der blöde Kerl denn nichts?

»Salut, Jean-Luc, na, wie laufen die Geschäfte?« Nele kam über den Hof geschlendert und hielt zwei Gläser Limonade in den Händen.

Der Angesprochene löste endlich den Blick von Saskia und wandte sich an ihre Kollegin.

»Könnte nicht besser gehen«, zischte er, drehte sich um und verschwand durch eine der Terrassentüren.

»Welche Laus ist dem denn wieder über die Leber gelaufen?« Nele stellte die Gläser ab und sprang ebenfalls in den Pool. »Klasse, nicht?«, rief sie lachend.

Saskia nickte. Sie war durcheinander. Irgendetwas schien Jean-Luc an ihr zu missfallen, sie wusste nur nicht, was es war.

9

Jean-Luc setzte sich seufzend an seinen Schreibtisch und legte die Füße auf den Tisch. Das Gespräch mit der Weinbaugenossenschaft war nicht zufriedenstellend verlaufen. Er konnte sagen, was er wollte, Arnaud blockte jeden seiner Vorschläge rigoros ab. Es war zum Verrücktwerden! Die Tür öffnete sich und seine Mutter trat herein.

»Und?«, fragte sie und setzte sich auf einen der Stühle, die vor dem Schreibtisch standen. Jean-Luc beeilte sich, die Füße vom Tisch zu nehmen, als er ihre gerunzelte Stirn bemerkte.

»Sie schalten auf stur«, erwiderte er und blätterte die Post durch.

»Hm.«

»Hm?«, wiederholte er. »Wie soll ich das verstehen?«

»Nun, entweder gibst du klein bei oder du trittst aus. Mehr Möglichkeiten hast du – haben wir – nicht, oder?«

Jean-Luc nickte. Er betrachtete seine Mutter eine Weile. Man sah ihr die fünfundsechzig Jahre nicht an. Noch immer blitzte der Schalk eines jungen Mädchens in ihren Augen, wenngleich sie heute müde wirkten, als trügen sie eine schwere Last. Ihr Haar besaß noch den Glanz der Jugend, obwohl nun weiße Strähnen das Dunkel durchzogen. Olivenfarbene Haut, hohe Wangenknochen, schlank und geschmeidig. Plötzlich sah er die junge Frau in ihr. Selbst für die Provence ein exotisches Gesicht. Er konnte seinen Vater verstehen, der ihr damals – trotz des Widerstandes seiner Familie, die keine Fahrende akzeptieren wollte – verfiel. Eine Roma war zu der Zeit nicht gesellschaftsfähig, doch Ignace Rougeon hatte sich über alle Konventionen hinweggesetzt und sie trotzdem geheiratet. Was für ein Skandal! Das Dorf hatte sich jahrelang darüber das Maul zerrissen. Soledat sprach nicht oft über diese Zeit, die sicher schwer für sie gewesen war. Doch mit den Jahren gewöhnten sich die Dörfler an die exotische Frau auf dem Gut. Andere Geschehnisse traten in den Vordergrund, die interessanteren Gesprächsstoff boten.

Mutter und Sohn waren sich sehr ähnlich, nicht nur äußerlich. Im Gegensatz zu Odette, Jean-Lucs Schwester, die mehr nach den Rougeons schlug, konnte er seine Herkunft nicht verleugnen. Sein Temperament, das er ohne Zweifel von Soledat geerbt hatte, bescherte ihm jedoch nicht immer Glück. Er neigte zu heftigen Gefühlsausbrüchen, die er oft nur mit Mühe zügeln konnte. Mit den Jahren wurden die Ausbrüche weniger stürmisch, er lernte, sie in Schach zu halten und den Verstand über das Bauchgefühl zu stellen. Nur manchmal, so wie jetzt, wenn ihnen Unrecht geschah, durchfloss ihn brennende Wut, und der Drang, etwas zu zerschlagen, wurde übermächtig.

»Was hältst du von Saskia?«, wechselte Soledat unvermittelt das Thema. Jean-Luc warf ihr einen scharfen Blick zu. Seine Mutter sah jedoch völlig unbeteiligt zum Fenster hinaus und strich sich über den schmerzenden Arm, der vermutlich den nahenden Mistral ankündigte. Jean-Luc folgte ihrem Blick. Die Sonne stand bereits im Zenit und die Arbeiter im Weinberg machten sich auf den Weg zum Speisesaal.

»Was soll ich denn von ihr halten?«, erwiderte er lauernd und lehnte sich zurück. Wollte seine Mutter damit etwas andeuten? Doch sie blieb stumm, deshalb fügte er hinzu: »Sie ist nett und wird ihre Sache sicher gut machen.«

»Du hast es also auch bemerkt. Natürlich hast du, welche Ironie«, konstatierte Soledat und erhob sich vom Stuhl. »Erstaunlich. Ich hoffe, dass es deswegen keine Probleme gibt. Oder muss ich mir Sorgen machen?«

Sie warf ihm einen ängstlichen Blick zu, doch ohne seine Antwort abzuwarten, verließ sie das Büro.

»Merde!«, knurrte Jean-Luc, der Appetit war ihm gerade gründlich vergangen.

10

»Darf ich Ihnen nachschenken?« Saskia lächelte auf den schwitzenden Touristen herab, der ihr erfreut das Glas nochmals hinhielt.

»Ausgezeichnet, Fräulein, einfach ausgezeichnet, das muss ich schon sagen! Und was für eine nette Bedienung, ich bin ganz begeistert!«

Er sah Saskia anzüglich auf den Busen und sie hätte ihm am liebsten eine Ohrfeige verpasst.

»Man kann die Weine hier auch gleich kaufen und sie sich liefern lassen. Wie wäre es mit einer Kiste ›Muskat de Rougeons‹? Ich bin sicher, er schmeckt Ihnen auch zu Hause.«

Saskia drückte dem Touristen eine Preisliste in die Hand und beeilte sich, von ihm wegzukommen. Der Mann war schon so angeheitert, dass sie fürchtete, er würde ihr in seiner Begeisterung gleich einen Klaps auf den Hintern geben.

»Da hast du dir ja einen schönen Bewunderer geangelt«, feixte Nele und entkorkte eine weitere Flasche. »Pass nur auf, dass dich seine Holde nicht in einer dunklen Ecke abmurkst, die stiert dich nämlich schon eine Weile mit verkniffenem Mund an.«

Saskia blickte erschrocken zu der dürren Frau hinüber und schauderte: Wenn Blicke töten könnten!

»Aber ich habe doch gar nichts gemacht«, erwiderte sie hilflos.

Nele lachte. »Nimm es locker, mit der Zeit gewöhnst du dich daran, dass viele sich betrinken, mit einem flirten und dann doch nichts kaufen.«

Saskia nickte. Sie hatte das Gefühl, eine ganz schlechte Verkäuferin zu sein, doch am Ende der Weinprobe kaufte der Dicke sogar zwei Kisten und blinzelte ihr verschwörerisch zu, als er seine Kreditkarte zückte.

Nachdem der Kleinbus abgefahren war, setzte sich Nele auf einen der Stühle und pustete sich die Haare aus dem Gesicht.

»Ein Glas Wein gefällig?« Nele schenkte sich einen Schluck Rosé ein.

»Dürfen wir denn während der Arbeit trinken?«, fragte Saskia. Der Degustationsraum musste dringend aufgeräumt werden und es widerstrebte ihr, sich jetzt einfach auszuruhen.

Nele lachte schallend und klopfte auffordernd auf den Hocker neben sich.

»Schätzchen, hier gehört Weintrinken quasi zum Job. Schließlich musst du den Gästen doch Auskunft geben können. Wie willst du das denn tun, wenn du nicht weißt, wie der Wein schmeckt?«

Das leuchtete ein. Saskia nahm das volle Glas dankbar entgegen, das Nele ihr hinhielt.

»Leicht gefärbt, elegantes und fruchtiges Aroma, wenig Säure und Gerbstoffe«, rezitierte Nele in theatralischem Ton und prostete ihr grinsend zu.

Saskia war beeindruckt, sie konnte lediglich sagen, ob ihr ein Wein schmeckte oder nicht, und dieser hier mundete ihr außerordentlich. Sie nahm einen großen Schluck und griff nach einem Baguette, das von der Degustation übrig geblieben war.

»Köstlich«, schwärmte sie und legte die Füße auf eines der Weinfässer, die als Tische dienten.

»Ja, der liebe Jean-Luc versteht sein Handwerk«, pflichtete Nele ihr bei.

»Sollten wir jetzt nicht besser aufräumen?«, fragte Saskia. Sie nippte an ihrem Rosé und versuchte, seinen Charakter zu entdecken.

»Das würde ich auch meinen!«, tönte es von der Eingangstür her. Géraldine ging energisch auf die beiden Frauen zu. Saskia sprang auf, doch Nele ließ sich nicht stören und spuckte einen Olivenkern in ihre hohle Hand.

»Heute hat es sich gelohnt, Géraldine. Wir haben den Teutonen ein paar Kisten verkauft. Vor allem Saskia hatte großen Erfolg, nicht wahr?«

Diese lächelte geschmeichelt.

»Immerhin«, erwiderte Jean-Lucs Frau, »schließlich seid ihr zum Arbeiten hier. Ich kann mich also darauf verlassen, dass in einer halben Stunde alles wieder in Ordnung ist?« Dabei tippte sie auf ihre Armbanduhr.

»Null Problemo!« Nele stand auf und ächzte. »Hat sich denn noch jemand angemeldet?«

»Es kommen überraschend Vertreter einer bedeutenden Weinhandlung aus Avignon zu Besuch«, erwiderte Géraldine und griff mit spitzen Fingern nach einem Glas, an dem roter Lippenstift prangte. »Ich werde sie selbst betreuen und möchte, dass du mir dabei behilflich bist, Nele. Saskia kann unterdessen Henriette zur Hand gehen. Gemüse putzen ist ja keine Schande. Das macht dir doch nichts aus, oder?«

Sie warf ihr einen provozierenden Blick zu.

»Nein, das ist schon in Ordnung«, erwiderte Saskia. Ihr war der Sarkasmus nicht entgangen und sie fragte sich, weshalb Géraldine sie so herablassend behandelte. Bei Jean-Luc konnte sie es noch verstehen, aber was seine Frau betraf, tappte sie völlig im Dunkeln.

»Dann wollen wir mal den Laden wieder in Schuss bringen!«

Nele holte ein Tablett hinter der Holztheke hervor und stellte die benutzten Weingläser darauf. Saskia beeilte sich, die Essensreste in einen Kübel zu leeren, der anschließend den Schweinen des benachbarten Bauern gebracht wurde.

»Gut, ich gehe mich jetzt umziehen.« Géraldine warf noch einen prüfenden Blick in die Runde, drehte sich dann schwungvoll auf dem Absatz um und verschwand durch den Seitenausgang.

»Ich kann sie nicht ausstehen«, murmelte Saskia.

Nele kicherte. »Man gewöhnt sich an sie. Im Grunde ist sie nicht übel, sie hat bloß Angst, dass sich Jean-Luc für dich interessieren könnte.«

Saskia drehte sich perplex um. Wie kam ihre Arbeitskollegin nur auf so eine Idee? Jean-Luc hatte keinen Hehl aus seiner Antipathie ihr gegenüber gemacht. Und er würde doch vor den Augen seiner Gattin einer Angestellten sicher keine Avancen machen. So dumm konnte er unmöglich sein.

Sie schüttelte lachend den Kopf. »Du spinnst ja! Zu viel Rosé, was?«

»Nein, zu wenig!«, rief die Holländerin übermütig und leerte ihr halb volles Glas in einem Zug.

11

Philippe Arnaud stützte den Kopf in beide Hände und schloss die Augen. Er rieb sich die schmerzenden Schläfen und griff dann nach der Schachtel Aspirin. Normalerweise trennte er Geschäftliches von Privatem, doch bei Jean-Luc funktionierte das einfach nicht. Er konnte ihm nicht verzeihen, was er seiner Schwester angetan hatte, und der Hass auf seinen Schwager fraß sich jeden Tag ein Stück tiefer in sein Herz. Er wusste, dass er ihm vergeben sollte, so lehrte es das Neue Testament, aber so sehr Philippe sich auch bemühte, ein christliches Leben zu führen, bei dieser Sache war es ihm nicht möglich, Milde walten zu lassen.

Er stand auf und öffnete die Tür zum Empfang. Ariane hob den Kopf und schaute ihn fragend an.

»Würdest du bitte für nächste Woche eine Sitzung einberufen? Ich möchte alle dabeihaben. Ausflüchte oder diffuse Entschuldigungen werden nicht akzeptiert. Wir müssen endlich handeln und eine Entscheidung treffen. So kann das mit den Rougeons nicht weitergehen.«

Ariane nickte und machte sich eine Notiz. Es ging also wieder einmal um Jean-Luc. Sie hätte es sich denken können. Nachdem er heute wütend hinausgestürmt war, hatten die beiden anscheinend keinen Konsens gefunden.

Sie seufzte. Sie mochte Jean-Luc und seine Familie. Und außer Philippe gab ihnen niemand die Schuld an dem, was damals passiert war. Ihr Chef war normalerweise ein Realist und cleverer Geschäftsmann, nur in dieser Sache benahm er sich wie ein sturer Esel. Doch sie hatte es aufgegeben, ihm ins Gewissen zu reden. Nicht nur einmal hatte er sie angeschnauzt, dass sie das nichts angehe und sie sich gefälligst um ihren eigenen Kram kümmern solle.

Per E-Mail verschickte sie die Einladung an die Mitglieder des Vorstandes. Der Präsident der Weinbaugenossenschaft, Philippe Arnaud, rief zum Gericht.

12

Die Tage vergingen wie im Flug. Seit zwei Wochen lebte Saskia jetzt in Beaumes-de-Venise und fügte sich immer besser in den Betrieb der Rougeons ein. Die Arbeit war hart. Als Journalistin war sie es nicht gewohnt, von morgens bis abends auf den Beinen zu sein, aber der Umgang mit den Touristen und den Arbeitskollegen gefiel ihr. Und vor allem war sie von der Umgebung begeistert. Abends fiel sie allerdings immer todmüde ins Bett und hatte bis jetzt jede Einladung des attraktiven Henri auf ein Glas Wein im Dorf ausgeschlagen.

Heute war ihr freier Tag. Mama Sol hatte ihr ein paar lohnenswerte Sehenswürdigkeiten empfohlen. Saskia wollte sich die umliegenden Höhlen, die sogenannten Beaums, ansehen. Gleich hinter dem Gut führte ein Pfad zu den während der Keltenzeit bewohnten Felsengrotten. Es war zwar verboten, ohne ortskundigen Führer diese mehrere Kilometer langen Höhlen zu erkunden, doch Saskia hatte nicht vor, irgendwelchen Expeditionsgelüsten nachzugeben. Nele musste arbeiten und Chantal hatte nur lächelnd den Kopf geschüttelt, als sic gefragt hatte, ob sie sich ihr anschließen wolle. Doch das machte Saskia nichts aus. Mieux seule, que mal accompagné, wie die Franzosen sagen. Lieber allein als in schlechter Begleitung.

Henriette hatte der petite Suissesse ein Lunchpaket zusammengestellt und um acht Uhr morgens brach Saskia auf. Zwar blies seit ein paar Tagen der Mistral durchs Rhônetal, und Mama Sol stöhnte über ihre schmerzenden Knochen, doch Beaumes-de-Venise war durch seine topologische Lage vom kalten Nordwind geschützt, was nicht nur den Trauben zugutekam.

Saskia folgte dem schmalen Pfad entlang der Weinberge höher hinauf und fand an jeder Ecke ein Motiv, das ein Foto wert war. Gelegentlich kamen ihr Gruppen von Mountainbike-Fahrern entgegen, die in höllischem Tempo den Berg hinuntersausten.

Sie hatte die Höhlen noch nicht erreicht, als sie ein freudiges Bellen hörte und Gaucho schwanzwedelnd auf sie zugerannt kam.

»Was machst du denn hier?«, rief sie überrascht und kraulte ihm den Hals. Sie blickte sich suchend um, konnte aber niemanden ausmachen. Komisch, normalerweise begleitete er nur Jean-Luc. Sie zuckte die Achseln und schulterte den Rucksack. Vielleicht nahm sich der Hund auch eine Auszeit von seinem übellaunigen Herrchen. Zu verdenken wäre es ihm nicht.

Nach ihrer Wanderkarte zu urteilen, waren die Höhlen nicht mehr weit. Irgendwann würde sich der Hund vermutlich wieder trollen, bis dahin war er ihr ein angenehmer Begleiter.

»Komm, Gaucho, wir wollen mal sehen, was die Kelten an die Wände gekritzelt haben!«

Nach zehn Minuten erreichten sie die ersten Höhlen. Saskia setzte sich auf eine Bank, die ein kluger Mensch für müde Wanderer aufgestellt hatte. Sie nahm eine Flasche Mineralwasser aus ihrem Rucksack und schenkte Gaucho einen Schluck in eine Plastikdose ein, aus der sie vorher die mitgebrachten Pfirsiche genommen hatte.

»Santé!«, rief sie ihm zu, als er durstig die Schnauze ins Wasser tauchte. Nach der Stärkung erhob sie sich wieder.

»Kommst du mit rein, Gaucho? Oder steht irgendwo ein Schild mit der Aufschrift ›Ich muss draußen bleiben‹?«

Sie schmunzelte. Das Tier wedelte mit dem Schwanz, machte aber keine Anstalten, ihr in die Höhle zu folgen.

»Nanu, ein klaustrophobischer Hund? Komm schon, Junge, schließlich ist's drinnen wesentlich kühler.«

Doch Gaucho bewegte sich keinen Millimeter, sondern drehte sich um und lief ein Stück den Pfad zurück. Dann blieb er stehen und bellte auffordernd. Saskia hob verblüfft die Augenbrauen. Der benimmt sich aber sonderbar. Ganz der Herr und Meister!

»Na gut, dann lass es halt.«

Sie ging auf die Höhle zu, doch kaum hatte sie einen Schritt ins Innere getan, bellte der Hund wie verrückt. Saskia drehte sich um und tippte sich an die Stirn.

»Hast du sie noch alle? Aus! Arrêt!« Doch der Hund bellte sich weiter die Seele aus dem Leib. »Wärst du Lassie, würde ich denken, du willst mir etwas zeigen. Aber ich habe schon als Kind nicht daran geglaubt, dass Hunde so intelligent sind. Also lass das und geh zurück.«

Sie ging tiefer in die Höhle hinein und Gauchos Bellen wurde leiser. Saskia sah sich interessiert um, konnte jedoch ein befremdliches Gefühl nicht abschütteln. Wollte ihr der Hund vielleicht wirklich etwas zeigen oder sie vor etwas warnen? Man las ja oft, dass Tiere einen sechsten Sinn hätten. Ängstlich blickte sie zur Höhlendecke. Was, wenn diese in diesem Moment einstürzte?

»Quatsch«, sagte sie halblaut, blieb aber stehen. Sie überlegte einen Augenblick und machte dann kehrt.

»Okay, du Held«, wandte sie sich an Gaucho, der brav am Eingang gewartet hatte und jetzt hechelnd an ihr hochsprang, »du hast gewonnen. Aber bilde dir nur nichts darauf ein«, fügte sie hinzu und dachte daran, wie lächerlich es war, mit einem Hund zu diskutieren, der nicht mal Deutsch verstand.

Gaucho drehte sich blitzschnell um und rannte den Pfad zurück. Saskia hatte Mühe, ihm zu folgen, und begann schon nach wenigen Metern zu keuchen.

»He, nicht so schnell!«, rief sie und im selben Moment verschwand der Hund die Böschung hinunter. »Super! Vom 100-Meter-Sprinter zum Bergsteiger.«

Saskia setzte vorsichtig einen Fuß vor den anderen. Hier war der Boden mit losem Geröll übersät. Ab und zu löste sich ein Stein und kullerte den steilen Abhang hinab. Wilde Lavendelbüsche waren das Einzige, woran sie sich festhalten konnte. Die knorrigen Zweige schnitten ihr schmerzhaft ins Fleisch.

»Also wenn dort unten nicht mindestens ein Topf Gold auf mich wartet, dann sind wir geschiedene Leute, Gaucho«, presste sie zwischen den Lippen hervor. Mehr auf dem Hosenboden als stehend rutschte Saskia den Abhang hinunter und schürfte sich dabei Hände und Ellbogen auf. Endlich hatte sie die Talsohle erreicht. Als sie sich suchend nach dem Hund umschaute, entdeckte sie dicht neben einem großen Felsen einen Menschen, der am Boden lag.

»Himmel!«, entfuhr es ihr. Sie stürzte auf die leblose Gestalt zu und stellte entsetzt fest, dass es sich um ihren Chef handelte. Jean-Lucs Augen waren geschlossen, seine Haut wächsern. Aus einer klaffenden Wunde am Kopf sickerte Blut, ein Arm war unnatürlich verdreht. Gaucho leckte seinem Herrn hingebungsvoll das Gesicht ab. Seine Zunge war bereits rot. Saskia wurde übel. Energisch zog sie das Tier am Halsband weg und befahl ihm Platz zu machen. Diesmal gehorchte der Hund sofort und legte den Kopf auf die Pfoten.

»Jean-Luc?« Sie tippte ihrem Chef leicht auf die Brust. Er stöhnte, seine Lider flatterten und er öffnete die Augen.

»Saskia?«, murmelte er matt und wollte sich erheben, sank aber mit einem Aufschrei zurück.

»Was ist denn passiert?«, fragte sie aufgeregt und nahm ihren Rucksack von den Schultern. Sie zog die Wasserflasche heraus und hielt sie Jean-Luc an die Lippen. Er schluckte ein paar Mal, doch das meiste lief ihm aus dem Mundwinkel und tropfte auf sein T-Shirt.

»Ein Mountainbiker, ich wollte ausweichen, bin in ein Loch getreten und dann gestürzt. Ich glaube, mein Arm ist gebrochen.«

Saskia nickte.

»Ich muss Hilfe holen«, sagte sie, »allein kann ich dich den Abhang nicht hinaufbringen.«

»Mein Handy.«

Jean-Luc blickte auf seine Hosentasche. Saskia klaubte sein Mobiltelefon hervor, schüttelte dann aber den Kopf.

»Keine Chance, das ist hinüber. Und ich habe leider keins dabei.« Sie stand auf und sah sich suchend um. »Kannst du dich bewegen? Es wäre besser, wenn du dich in den Schatten legen würdest.«

Sie zeigte auf den Felsen. Jean-Luc nickte. Saskia packte ihn unter den Achseln und zog ihn vorsichtig die paar Meter zum Felsblock hinüber. Himmel, der Mann wog ja zwei Zentner!

Jean-Luc biss sich währenddessen auf die Lippen, Schweißperlen bildeten sich auf seiner Stirn. Er musste heftige Schmerzen haben. Kein Wunder, dachte Saskia, neben der Kopfwunde und dem gebrochenen Arm hatte er sicher am ganzen Körper Schürfwunden und wahrscheinlich auch eine Gehirnerschütterung.

Endlich hatten sie es geschafft und blieben schwer atmend im Schatten sitzen. Saskia nahm ein farbiges Kopftuch aus ihrem Rucksack, das sie normalerweise als Sonnenschutz benutzte, und presste es Jean-Luc auf die blutende Kopfwunde.

»Kannst du das festhalten?« Er hob den unverletzten Arm und nickte, was ihn ein weiteres Mal aufstöhnen ließ. »Warum warst du eigentlich hier?«, fragte sie und überlegte, ob sie sich zutraute, seinen gebrochenen Arm zu richten. Aber sie verwarf den Gedanken gleich wieder, vermutlich würde sie alles nur schlimmer machen.

»Land …«, flüsterte er. »Jemand will ein Stück Land verkaufen und ich wollte es mir ansehen.«

»Verstehe. Hör zu, Jean-Luc, ich hole jetzt Hilfe. Den Rucksack lasse ich hier. In der Flasche ist noch genügend Wasser. Trink ab und zu etwas, damit du nicht wieder ohnmächtig wirst, d'accord?«

Er nickte gehorsam und Saskia stand auf. Wenn sie sich beeilte, wäre sie in einer Stunde beim Gut. Vielleicht konnte sie auch einen Mountainbiker anhalten und ihn vorausschicken.

»Also, bis dann. Ich beeile mich.«

Jean-Luc griff nach ihrer Hand.

»Danke«, sagte er leise.

»Dank lieber Lassie!«, erwiderte Saskia und kraxelte den Abhang hinauf.

13

»Gebrochen? Tatsächlich? Nun ja, das ist bedauerlich, jedoch kann ich darauf keine Rücksicht nehmen. Nein, das hat nichts mit Herzlosigkeit zu tun. Hier geht's ums Geschäft! Ja, schon klar, aber wir sind keine soziale Institution und müssen an unsere Mitglieder denken. Er ... ich meine, sie hatten lange genug die Gelegenheit, um einzulenken. Jetzt wird es Zeit, sich den Konsequenzen zu stellen. Nein, unmöglich. Das ist mein letztes Wort! Gut, bis nächste Woche, adieu.«

Philippe knallte den Telefonhörer auf die Gabel. Das hatte noch gefehlt! Jetzt wollten die anderen einen Rückzieher machen und nun musste er den eingeschlagenen Kurs weiterverfolgen. Aber war es seine Schuld, dass der Dummkopf einen Unfall hatte? Sollte er doch besser aufpassen.

Jean-Luc fand immer eine Ausrede. Vielleicht war das Ganze sogar inszeniert, um ihn weichzuklopfen. Aber er würde nicht den Schwanz einziehen! Jean-Luc Rougeon hatte zu hoch gepokert und jetzt war es Zeit, zu bezahlen. Er würde die Kündigung selbst aufs Weingut bringen, um sicherzugehen, dass sie auch ankam.

Philippe massierte sich die Stirn und drückte auf die Gegensprechanlage.

»Ariane, ist das Schreiben fertig? Gut, ich werde es den Rougeons persönlich aushändigen. Verschieben Sie bitte meinen nächsten Termin um eine Stunde, danke.«

14

Saskia schnupperte an dem Glas und hielt den Kopf schief. »Kirsche?« Und als Mama Sol nickte und mit der Hand eine rollende Bewegung machte, fügte Saskia hinzu: »Mandel?«

Soledat Rougeon strahlte.

»Genau! Kirsche und Mandel. Du wirst immer besser!«

Saskia lächelte stolz. Eigentlich war es gar nicht so schwierig, die verschiedenen Aromen herauszufinden. Wenn sie im Herbst in die Schweiz zurückfuhr, würde sie David mit ihren neu gewonnenen Fähigkeiten sicher beeindrucken. Der Gedanke war ihr ganz spontan gekommen und ihr Lächeln erlosch augenblicklich. Sie waren ja gar kein Paar mehr. Wie konnte sie das nur vergessen?

Als sie auf die vielen Kurzmitteilungen, die ihr David zu Anfang geschickt hatte, nicht reagierte, hörten diese eines Tages unvermittelt auf. Und als sie vorgestern Cécile angerufen hatte, erzählte ihr ihre Schulfreundin, David habe eine neue Freundin. Saskia hatte geschluckt. Nicht, dass es ihr viel ausmachte, aber die Schnelligkeit, mit der er sie ersetzt hatte, war ihr doch übel aufgestoßen.

»Ist etwas, Kind?« Mama Sol beobachtete sie aufmerksam.

»Nein, nichts«, erwiderte Saskia leichthin. Sie wollte der älteren Frau nicht ihr Herz ausschütten, schließlich hatte diese selbst genug um die Ohren.

Man hatte Jean-Luc mit einer spektakulären Rettungsaktion geborgen und ihn anschließend nach Avignon ins Krankenhaus gebracht. Wie vermutet, war ein Arm gebrochen, und er hatte eine Gehirnerschütterung. Die Wunde am Kopf musste genäht werden, ansonsten habe er Glück gehabt, wie der zuständige Arzt der

Familie mitteilte. Géraldine war außer sich gewesen und rief tausend Verwünschungen aus. Zuerst hatte sie Chantal, die ihr nicht schnell genug ein paar Sachen von Jean-Luc zusammensuchte, zusammengestaucht und danach dem behandelnden Arzt am Telefon gedroht, das ganze Krankenhaus zu verklagen, sollte Jean-Luc nicht die beste Pflege erhalten.

Ihr Chef würde heute das Krankenhaus verlassen und als ein Wagen vorfuhr, stand Saskia auf, um nachzusehen, ob der Rekonvaleszent angekommen war. Mama Sol gab ihr ein Zeichen, dass sie nachkommen würde.

Saskia eilte zum Vordereingang. Bei dem eintreffenden Auto handelte es sich jedoch lediglich um einen Firmenwagen der Weinbaugenossenschaft, dem ein korrekt gekleideter Mann in Anzug und Krawatte entstieg. Er hielt einen Briefumschlag in den Händen und machte einen entschlossenen Eindruck, als er die Stufen hinaufging. Kurz bevor er durch das Portal trat, drehte er sich noch einmal um und ließ seinen Blick über das Atrium schweifen. Dabei erblickte er Saskia und wurde totenblass. Das Couvert entglitt seinen Händen und segelte in den Kies. Der Fremde schwankte bedrohlich, als würde er gleich in Ohnmacht fallen.

Was war denn mit dem los? Saskia beeilte sich, ihm zu Hilfe zu kommen.

»Monsieur, ist Ihnen nicht gut?«

Sie bückte sich, hob den Umschlag auf und streckte ihn dem Fremden hin. Der Mann starrte sie an, als sähe er einen Geist, und wurde noch eine Spur blasser. Saskia runzelte die Stirn. War er betrunken? Sie fühlte sich unter seinem stieren Blick unwohl.

»Mon Dieu, Virginie!«, rief der Fremde voller Unglauben und packte sie dabei mit zitternden Händen an der Schulter. Dann redete er schnell auf sie ein. Saskia wurde angst und bange.

Der ist verrückt! Sie trat einen Schritt rückwärts und der Mann versuchte, nach ihr zu greifen.

»Lassen Sie das gefälligst!«, schrie sie erschrocken, drehte sich um, lief die Auffahrt hinunter und verschwand in einem der Nebengebäude.

Philippe Arnaud stand zur Salzsäule erstarrt vor dem Eingang und sah der jungen Frau nach.

»Philippe, was verschafft uns die Ehre deines Besuches?« Soledat Rougeon stieg die Stufen hinab und streckte ihrem Nachbarn die Hand entgegen. »Du bist ja ganz blass, hast du einen Geist gesehen?«

Philippe erwachte aus seiner Erstarrung.

»In der Tat!«, keuchte er und ergriff die ausgestreckte Hand. Er schüttelte sie kräftig, blickte dabei aber die Auffahrt hinunter.

Soledat unterdrückte ein Stöhnen.

»Wer war denn das?«, fragte er aufgeregt und ließ endlich ihre Hand los.

»Wer?« Sie rieb sich den Ellenbogen. Verdammter Mistral!

»Die blonde Frau. Im ersten Augenblick dachte ich doch tatsächlich, Virginie stünde vor mir.« Er lachte verwirrt. »Es ist verblüffend! Wer ist sie, was macht sie hier? Bitte sag's mir, ich muss es wissen!«

Seine Stimme überschlug sich und Soledat legte ihm besänftigend eine Hand auf den Arm.

»Beruhig dich, Philippe. Sie heißt Saskia Wagner, kommt aus der Schweiz und arbeitet während der Sommermonate hier.« Sie lächelte sinnend und fügte hinzu: »Ja, verblüffend nicht? Im ersten Moment war ich auch ein wenig erschrocken.«

Philippe schüttelte nur ungläubig den Kopf und drehte seinen Briefumschlag dabei nervös in den Händen.

»Ist der für uns?«, fragte Soledat und sah erwartungsvoll auf das weiße Couvert. Weiße Couverts bedeuteten normalerweise schlechte Nachrichten, vor allem, wenn sie der Absender persönlich vorbeibrachte.

»Ja, das heißt nein, der ist nicht für euch.« Philippe zerknüllte den Umschlag und steckte ihn in seine Sakkotasche.

»Verstehe. Wir hatten schon lange nicht mehr das Vergnügen deiner Anwesenheit. Wenn ich mich recht erinnere, nicht mehr seit dem Unfall damals.«

Soledat wusste genau, dass Philippe gerade gelogen hatte, und nahm an, dass dies womöglich mit der Begegnung mit Saskia in Zusammenhang stand. Auf der einen Seite war sie um diesen Aufschub – denn es konnte nur ein Aufschub sein – froh, auf der anderen Seite beunruhigte es sie, dass Philippe immer noch so auf Virginie fixiert war. Und wenn sie über sein Verhalten damals nachdachte, würde er diese Obsession jetzt wahrscheinlich auf Saskia übertragen. Sie fürchtete sich davor, dass sich das Ganze wiederholte. Noch einmal konnte sie so etwas nicht ertragen.

»Komm doch herein, Philippe, und trink ein Glas Muskat mit mir.«

Sie hakte sich bei ihm ein, doch ihr Nachbar ließ sich nur ungern von den Eingangsstufen wegziehen und blickte ständig über die Schulter. Offensichtlich wäre er lieber Saskia gefolgt. Eine Tatsache, die Soledat äußerst beunruhigte.

15

»Jetzt passen Sie doch auf, Sie Idiot!«

Géraldine fauchte den Krankenwagenfahrer an und dieser duckte sich vor ihren verbalen Angriffen. Er umfuhr das nächste Schlagloch, um die Furie hinter sich nicht noch mehr in Rage zu bringen.

»Schon gut, Géraldine, lass den armen Mann in Ruhe. Er tut sein Möglichstes und ich bin ja nicht aus Zucker.«

Jean-Luc saß mit einem Gipsverband, einem großen Pflaster auf der Stirn und noch etwas käsig im Gesicht im Krankenwagen und verfluchte das Departement für Straßenbau, das die Schlaglöcher auf der Zufahrtsstraße nach Beaumes-de-Venise nicht reparierte.

Er war wütend auf sich selbst. Wie konnte er nur so blöd sein, diesen Abhang hinunterzustürzen? Gerade jetzt in der Hochsaison würde sich sein Fehlen auf die ohnehin schon angespannte Lage, in der sich das Weingut befand, kontraproduktiv auswirken. Philippe und die Weinbaugenossenschaft saßen ihm im Nacken; Géraldine nahm sich Freiheiten heraus, die es zu unterbinden galt; sein Vater kämpfte mit einer Krankheit, die ihn am Ende als leere menschliche Hülle zurücklassen würde, und dann war da noch Saskia, die ihm im Kopf rumspukte, seit sie angekommen war. Die einzige Person, auf die er sich hundertprozentig verlassen konnte, war seine Mutter, aber auch sie wurde nicht jünger.

Manchmal war Jean-Luc einfach nur noch müde und sehnte sich danach, alles hinzuschmeißen und hinter sich zu lassen. Es hatte eine Zeit gegeben, da fühlte er sich stark und unbesiegbar und war spielend leicht mit jeder Herausforderung fertiggeworden. Ja, zuweilen hatte er sie sogar gesucht, um seine Kräfte zu erproben. Doch seit Virginies Unfall hatte ihn diese Lebenseinstellung – war es jugendlicher Übermut? – verlassen und er begriff, dass alles jederzeit und überall zu Ende sein konnte. Mit einer Handbewegung verscheuchte er die trüben Gedanken. Géraldine schaute ihn mitleidig an.

»Hast du Schmerzen?« Sie fuhr ihm zärtlich über den gesunden Arm.

»Lass das!«, blaffte er sie an. »Es hat sich nichts geändert. Wieso siehst du das nicht endlich ein?«

Géraldine zuckte zusammen und biss sich auf die Lippen.

»Wir haben Glück mit dem Wetter«, versuchte sie das Thema zu wechseln, doch Jean-Luc ging nicht darauf ein und verfiel in stummes Brüten.

Géraldine verstummte. Vielleicht sollte sie Jean-Luc noch mehr Zeit geben. Aber hatte sie das nicht schon getan? Waren zwei Jahre nicht lang genug? Sie sehnte sich in ihren einsamen Nächten nach seiner Zärtlichkeit. Doch jeden Versuch, ihm nahe zu kommen, schmetterte er ärgerlich, manchmal regelrecht feindselig ab. Und seit diese Blondine auf das Gut gekommen war, war es noch schlimmer geworden. Géraldine wusste auch, wieso, und sie gab sich die Schuld daran. Ironie des Schicksals, dass sie Saskia selbst eingestellt hatte. Murphies Gesetz, dass sie sich gerade für die Bewerberin entschied, die kein Foto mitgeschickt hatte. Was musste das für ein Schock für Jean-Luc gewesen sein, als er die Schweizerin abgeholt hatte.

Gott sei Dank blieb Saskia nur über den Sommer und würde im Herbst wieder verschwinden. Dann hatte Géraldine freie Bahn. Sicher merkte Jean-Luc irgendwann, welche Vorzüge seiner Cousine eigen waren. Er war schließlich nicht dumm. Sie nahm sich vor, ihm bei dieser Erkenntnis ein wenig auf die Sprünge zu helfen. Und sie wusste auch schon, wie.

16

»Dann hat er mich angefasst und plötzlich wie ein Wasserfall auf mich eingeredet.«

»Und sonst hat er nichts gesagt?«

»Na ja, er hat eine Menge vom Stapel gelassen, nur habe ich es leider nicht verstanden.«

Saskia hob entschuldigend die Schultern.

»Ja, manchmal haben die einen ganz fiesen Dialekt. Da kommen wir mit unserem korrekten Schulfranzösisch gar nicht mehr mit«, pflichtete ihr Nele bei und Saskia nickte zustimmend.

»Vite, vite, mesdames!« Henriette unterbrach ihr Geplänkel und sie beeilten sich, das Gemüse fertig zu putzen.

Sie hörten, wie ein Wagen in der Auffahrt stoppte. Saskia warf einen Blick durchs Küchenfenster. Jean-Luc stieg an Géraldines Arm aus dem Krankenwagen und hinkte zum Eingang.

»Er ist wieder da«, sagte sie.

»Den bringt so leicht nichts um«, erwiderte Nele und probierte die Bouillabaisse, die in einem großen Topf vor sich hinköchelte. »Göttlich! Ich muss Henriette unbedingt das Rezept abluchsen.«

Am liebsten wäre Saskia in die Eingangshalle gerannt und hätte Jean-Luc gefragt, wie es ihm ging. Doch sie fürchtete, Géraldine könnte das in den falschen Hals bekommen. Saskia glaubte zwar immer noch nicht, dass Jean-Lucs Gattin auf sie eifersüchtig war, aber wer wusste schon, was in den Köpfen anderer vorging. Es würde sich schon eine Gelegenheit ergeben, Jean-Luc zu sprechen. Bestimmt war er müde von der Fahrt und wollte sich hinlegen.

Sie ging durch die Schwingtür in den Speisesaal und half Chantal, den Tisch für das Mittagessen zu decken. Die kleine Französin schniefte leise vor sich hin. Ihre Augen waren rot und verquollen. Mit ziemlicher Sicherheit hatte Alain sie sitzen lassen. Das hingebungsvolle Kartoffelschälen hatte also nichts genützt.

Saskia lag auf dem Bett und tippte auf ihrem Laptop. Sie wollte eine Dokumentation über ihre Zeit in der Provence verfassen und im Herbst einer Zeitung verkaufen. Reiseberichte waren gerade in. Und so sehr sie die Arbeit auf dem Gut auch mochte, sie war schließlich Journalistin. Manchmal, wenn Géraldine nicht da war, erlaubte ihr Mama Sol, den Computer im Büro zu benutzen, und so konnte sie mit Cécile und ihren anderen Freunden wenigstens per E-Mail in Verbindung bleiben. Das Telefonieren war einfach zu teuer. Tatsächlich plagte sie ein wenig Heimweh. Doch betrachtete sie die Stellung hier immer noch als verlängerten Urlaub, den sie so gut wie möglich genießen wollte.

Sie sah auf ihre Armbanduhr. Vierzig Minuten blieben von ihrer Pause noch übrig, das reichte. Vorhin hatte sie gesehen, wie Géraldine im Lieferwagen das Gut verließ. Eine fabelhafte Gelegenheit, um die Mailbox zu checken.

Saskia klappte ihr Notebook zu und sprang vom Bett. Auf bloßen Füßen lief sie durch die Gänge und öffnete leise die schwere Holztür zum Büro. Sie steckte den Kopf hinein. Gut, keiner da.

Es war ein gemütlicher Raum voller rustikaler Holzmöbel, die für die Provence so typisch waren. An den Wänden hingen die gerahmten Etiketten der Hausweine und verschiedene Zertifikate. Der glänzende Parkettboden war mit farbigen Läufern ausgelegt. Grünpflanzen in Keramiktöpfen rundeten das Bild ab. Es roch nach alten Papieren und Lavendel.

Saskia setzte sich an den Computer und bückte sich, um das Gerät einzuschalten. Dabei sah sie unter dem Tisch hindurch ein paar lange Beine in Bluejeans, die sich auf dem gegenüberliegenden Sofa ausstreckten.

»Merde!«, entfuhr es ihr.

Jean-Luc hob erstaunt eine Augenbraue.

»Nette Wortwahl für eine Journalistin«, meinte er trocken.

Saskia errötete.

»Deine Mutter hat mir erlaubt, ab und zu das Internet zu benutzen«, stammelte sie verlegen und musste schon wieder daran denken, dass sie sich vor diesem Mann ständig rechtfertige. »Aber ich kann natürlich später wiederkommen, wenn ich dich störe.« Sie erhob sich.

»Das ist schon in Ordnung. Mach nur«, erwiderte Jean-Luc und suchte sich eine bequemere Lage für seinen Gipsarm. Etwas unschlüssig stand Saskia hinter dem Schreibtisch und forschte in seiner Antwort nach Sarkasmus. »Wirklich, du störst mich nicht. Ich döse bloß etwas vor mich hin.«

»Na gut, danke.«

Sie setzte sich wieder und fuhr den Computer hoch. Als sie eine E-Mail von Cécile las, musste sie laut lachen.

»Erheiternde Nachrichten von deinem Freund?«, fragte Jean-Luc.

»Nein, ich habe keinen Freund«, entgegnete Saskia spontan. »Cécile hat geschrieben. Sie lässt dich, und natürlich auch die ganze Familie, herzlich grüßen.«

»Freut mich zu hören«, erwiderte Jean-Luc.

Saskia warf ihm einen verwunderten Blick zu. Worauf bezog sich diese Aussage? Darauf, dass sie keinen Freund hatte, oder auf Céciles Grüße? Sie vermeinte auch, einen zufriedenen Unterton in seiner Stimme gehört zu haben. Oder machte er sich etwa über sie lustig?

Sie stellte den Computer ab und erhob sich. Ihrer Freundin würde sie später zurückschreiben.

»Ach, schon fertig? Das ging aber schnell.« Jean-Luc versuchte, nach einer Wasserflasche zu greifen, die auf einem Beistelltisch stand, kam aber mit dem gesunden Arm nicht heran. »Würdest du mir bitte helfen?«

Sollte er sich doch selbst helfen oder seine schnippische Ehefrau rufen. Saskia zögerte einen Moment, schalt sich dann aber ein albernes Kind und ging zum Sofa hinüber. Sie reichte ihm die Flasche, dabei streifte seine Hand ihre Finger und sie hätte sie beinahe fallen lassen. Saskia schluckte – der Mann machte sie einfach nervös. Als sie das Büro verlassen wollte, hielt Jean-Luc sie am Arm fest.

»Warte.«

Sie erstarrte. Das Herz schlug ihr bis zum Hals.

»Ja?«, krächzte sie. »Soll ich dir noch etwas bringen?«

»Setz dich bitte«, bat er und klopfte aufmunternd auf den Platz an seiner Seite.

Saskia folgte seiner Aufforderung nur zaghaft. Das Sofa war schmal und beim Hinsetzen berührten sich ihre Körper mehr als ihr lieb war.

»Ich habe mich noch gar nicht richtig bei dir bedankt. Das wollte ich schon bei meiner Ankunft tun, aber Géraldine bewacht mich wie ein Zerberus.« Er lachte und steckte Saskia damit an. »Also, vielen Dank. Ohne dich wäre ich wohl ein Fraß der Geier geworden.«

»Ach, das ist schon okay. Ich habe doch bloß …«, erwiderte sie, doch Jean-Luc legte ihr einen Finger auf die Lippen und brachte sie damit zum Schweigen.

»Man muss ein Lob auch einfach annehmen können«, sagte er und blickte sie dabei aufmerksam an.

Saskia schien es, als suche er etwas in ihrem Gesicht. Sie war von seiner Berührung wie elektrisiert, doch dieser Blick machte sie regelrecht nervös. Hatte Nele am Ende doch recht und Jean-Luc interessierte sich für sie? Aber was war mit Géraldine? War es möglich, dass die beiden eine offene Beziehung führten? Das konnte sie sich nicht vorstellen. Géraldine war alles andere als der kompromissbereite Typ. Was war also plötzlich mit ihrem Chef los? War es wirklich nur Dankbarkeit, die sie in seinen Augen erkannte? In diesem Moment öffnete sich die Tür und der Zerberus trat herein. Als sie Saskia neben Jean-Luc sitzen sah, verengten sich ihre Augen zu schmalen Schlitzen, und mit eisiger Stimme fragte sie: »Unterbeschäftigt?«

Saskia sprang auf und streckte die Schultern. »Kaum, bei deinen Arbeitslisten.«

»Gut, wir sind schließlich nicht zum Vergnügen hier.«

»Das würde auch keinem einfallen. Also, wenn du erlaubst, werde ich mich jetzt umziehen und an die Arbeit gehen.«

»Tu dir keinen Zwang an, Kleine«, erwiderte Géraldine herablassend.

Saskia schoss die Röte ins Gesicht. »Kleine« hatte man sie das letzte Mal vor fünfzehn Jahren genannt, und ihr lag bereits eine bissige Antwort auf der Zunge, als sie hinter sich ein lautes Lachen hörte. Jean-Luc hielt sich den Bauch und stöhnte.

»Mon Dieu, das schmerzt! Bringt mich doch nicht so zum Lachen!«, jammerte er.

Saskia musste ebenfalls schmunzeln. Es war wirklich eine groteske Situation, da hatte er recht. Sie benahmen sich wie zwei Kampfhähne, oder besser gesagt, wie zwei Kampfhühner. Lediglich Géraldine fand das Ganze anscheinend gar nicht witzig, sondern stand mit verkniffenem Mund vor dem Schreibtisch.

Saskia hielt es für besser, sich aus dem Staub zu machen, und schlüpfte an Jean-Lucs Frau vorbei auf den Flur. Sie musste sich beeilen, wenn sie nicht zu spät kommen wollte.

»Zerberus? Ein passender Name«, gluckste sie, als sie durch den Korridor rannte und sich diebisch darauf freute, Nele davon zu erzählen.

»Findest du das in Ordnung?« Géraldine trat zum Schreibtisch und sortierte die Post nach Dringlichkeit.

»Was denn?«, fragte Jean-Luc erstaunt.

»Sich mit einer Angestellten einzulassen.« Sie warf ihr langes Haar mit einer fahrigen Bewegung in den Nacken.

»Erstens, meine Liebe, habe ich mich auf nichts eingelassen und zweitens, selbst wenn's so wäre, ginge dich das nichts an.«

Jean-Luc setzte sich auf, zog aus seiner Hosentasche eine Schachtel Schmerztabletten hervor und schluckte eine davon.

»Ich meine ja nur«, entgegnete Géraldine und versuchte, ihre Eifersucht zu bändigen.

»Zerbrich dir nicht meinen Kopf. Ich habe dich für das Geschäft eingestellt und nicht, um mein Privatleben zu überwachen.«

Jean-Luc blickte bei diesen Worten auf die geschlossene Bürotür und lächelte.

Er denkt an Saskia, schoss es Géraldine durch den Kopf. Es schien ihr fast unmöglich, ihre Frustration nicht laut hinauszuschreien, deshalb senkte sie den Kopf und biss sich auf die Lippen, bis sie schmerzten.

»Ja, natürlich. Du hast recht, entschuldige«, sagte sie beherrscht. »Gibt's Neuigkeiten von Philippe?«

»Bis jetzt nicht«, erwiderte Jean-Luc. »Mutter sagte, dass er hier war, wahrscheinlich, um uns die Kündigung zu überbringen, es sich dann aber anscheinend anders überlegt hat und nach einem Glas Wein wieder gegangen ist.«

Er zuckte die Schultern und verzog dabei schmerzvoll das Gesicht.

»Dann bleibt uns wohl noch eine kurze Galgenfrist, bevor die Guillotine endgültig fällt, oder?«

»Ja, wahrscheinlich.«

»Und du siehst keine Möglichkeit, einzulenken?« Als Géraldine sah, wie sich Jean-Lucs Gesicht bei der Frage verfinsterte, fügte sie rasch hinzu. »Ich meine, einen Kompromiss zu finden?«

»Nein«, knurrte er mürrisch. »Es ist und war nie mein Fehler. Wenn Philippe das nicht einsieht, kann ich ihm nicht helfen. Ich büße nicht für etwas, das ich nicht getan habe. Für das niemand verantwortlich ist.« Er rappelte sich vom Sofa auf. »Ich gehe mich jetzt ausruhen, mir ist etwas schwindlig. Wenn etwas ist, ich bin in meinem Zimmer.«

Géraldine nickte und Jean-Luc verließ das Büro durch die Tür, die in den Garten führte.

Sie blickte ihm nach, wie er langsam den gepflasterten Weg entlanghumpelte, und wäre ihm am liebsten hinterhergelaufen. Der Wunsch, sich in seine Arme zu schmiegen, war so übermächtig, dass sie beinahe in Tränen ausgebrochen wäre. Verdammt, sie musste unverzüglich handeln, bevor Saskia und ihr Cousin sich noch näher kamen. Géraldine griff nach dem Telefonhörer.

17

Philippe Arnaud betrachtete kopfschüttelnd die Fotografie. Ein Wunder, dachte er. Ein unglaubliches Wunder. Er griff in die Schreibtischschublade und holte das gerahmte Bild hervor, das seine Schwester Virginie und ihn bei einer Kajaktour zeigte. Die Geschwister waren braun gebrannt und lachten fröhlich in die Kamera. Das Bild war sechs Monate vor Virginies Hochzeit mit Jean-Luc aufgenommen worden. Er legte beide Fotos nebeneinander auf den Schreibtisch und sein Blick flog zwischen ihnen hin und her. Verblüffend, einfach verblüffend! Virginie hatte lediglich etwas stärker ausgeprägte Wangenknochen als Saskia und ihr Haar war dunkler, aber sonst hätte man sie für eineiige Zwillinge halten können.

Seit er vor ein paar Tagen bei den Rougeons diese »Erscheinung« gehabt hatte, ließ sie ihn nicht mehr los, und er hatte einen Privatdetektiv damit beauftragt, alles über die blonde Ausländerin herauszufinden.

Name: Wagner, Saskia
Nationalität: Schweizerin
Beruf: Journalistin, zzt. arbeitslos
Geb.-Datum: 16. Februar 1986
Adresse: c/o Cécile Garnier, Rue Franche 4, CH-2504 Biel/Bienne
Vorstrafen: keine
Eltern: Wagner, Hans-Peter, Wagner-Müller, Edith, beide verstorben
Geschwister: keine

Philippe glaubte nicht an Zufälle. Deshalb musste es einen Grund geben, weshalb es Virginie nach Beaumes-de-Venise verschlagen hatte. Gewährte ihm der Himmel eine zweite Chance?

Virginie? Nein, Saskia! Er war ganz durcheinander. Die Kopfschmerzen pochten immer noch hinter seiner Stirn und er griff erneut nach den Tabletten. Er schluckte eine ohne Wasser hinunter und blickte aus dem Fenster auf die Rebberge, die im Nachmittagsdunst lagen. Die Hitze waberte über den Hügeln und durch die Luftspiegelung sahen sie wie ein grünes Meer aus. Auf der anderen Seite lag das Gut der Rougeons und dort war jetzt Virginie, nein, Saskia!, vielleicht gerade damit beschäftigt, idiotischen Touristen Wein zu verkaufen.

Philippe runzelte die Stirn. Das war keine angemessene Arbeit für eine so zarte Person. Sie sollte überhaupt nicht arbeiten, sondern sich weiter auf ihre Kunst konzentrieren. Zu Hause stand ein unvollendetes Bild auf der Staffelei. Es war eine Schande, dass sie Jean-Luc geheiratet und alles für diesen Proleten aufgegeben hatte. Er musste unbedingt etwas tun, damit das arme Kind nicht noch weiter ins Unglück rannte. Nur er allein, Philippe, verstand, was sie bewegte. Er liebte sie und auch für sie war er der einzige Mensch, dem sie zugeneigt war. Dieser Barbar, dem sie in einem schwachen Moment nachgegeben hatte, wusste eine solche Frau gar nicht zu schätzen. Dieses Mal würde sie – ja, musste sie! – auf ihn hören. Sie war klug, nur verblendet, er würde ihr den richtigen Weg weisen. Wenn nötig, auch mit sanfter Gewalt. Es war schließlich nur zu ihrem Besten. Das Telefon riss ihn aus den Gedanken und automatisch griff Philippe zum Hörer.

18

»Aber ja, wenn ich es Ihnen sage. Sie redet ununterbrochen von Ihnen. Genau, ihr tut es leid, sie ist aber zu stolz, den ersten Schritt zu tun. Sie kennen sie ja. Entzückend? In der Tat, das ist sie und so intelligent und warmherzig. Sie hat sogar davon gesprochen, dass sie Kinder will und ihren Beruf endgültig aufgeben möchte. In der Fremde ist schon so mancher wieder zur Vernunft gekommen. Ich kann Ihnen den Anfahrtsweg per E-Mail schicken. Ja, das ist kein Problem. Nein, würde ich nicht. Überraschen Sie sie doch einfach. Keine Ursache, Herr Hunziker. Bisweilen muss man dem Glück eben auf die Sprünge helfen. Und Saskia ist mir so ans Herz gewachsen, dass ich es versuchen musste, Sie verstehen? Aber sagen Sie ihr nicht, dass ich Sie darauf aufmerksam gemacht habe. Schön, dann bis bald. Sie können mich jederzeit auf meinem Handy erreichen. Bitte, auf Wiedersehen.«

Géraldine legte den Hörer mit einem zufriedenen Lächeln auf die Gabel. Es war eine geniale Idee gewesen, Saskias Exfreund anzurufen, von dem ihr Cécile erzählt hatte. Und offenkundig funktionierte ihre List tadellos. Jetzt hieß es abwarten, aber so, wie sich der junge Mann ereifert hatte, würde es nicht sehr lange dauern.

»Tja, nicht nur euer Zweig der Rougeons ist clever, Jean-Luc«, murmelte sie mit einem zufriedenen Lächeln auf den Lippen.

19

»Saskia?« Soledat hielt sich die Hand über die Augen und suchte den Garten ab.

»Hier hinten!«, tönte es aus einer Ecke und Mama Sol ging der Stimme nach.

»So ein Quatsch! Du kannst doch Schnittlauch nicht neben Petersilie setzen. Das weiß doch jedes Kind!«

»Ah ja, und weshalb nicht? Sieht doch witzig aus. Gekräuseltes neben Geradem.«

Saskia riss Nele den Topf aus der Hand. »Aber sie vertragen sich nicht!«

»Sagt wer?«

»Ich.«

Nele rollte die Augen. »Gut, Frau Kräuterhexe. Vielleicht sollten wir auch noch bis zum Vollmond warten und dann in weiße Gewänder gehüllt um die Beete tanzen.«

Saskia warf ihrer Freundin einen Klumpen Gartenerde an den Kopf und lachte.

»Mach dich nur lustig über mich, aber das stimmt wirklich.«

»Ja, klar, ich glaube dir doch fast alles, Süße!«

Die zwei Frauen alberten weiter herum, und Soledat Rougeon schmunzelte. Beide waren schmutzig, hatten aber anscheinend den größten Spaß daran, Henriettes Kräutergarten in Schuss zu bringen.

Heute Morgen hatte ein Bus Touristen aus der Nähe von Paris eine ansehnliche Ladung Weine geordert und das war größtenteils Neles und Saskias Verdienst. Die beiden harmonierten gut miteinander und versprühten diesen gewissen Charme, dem vor allem die älteren Herren kaum widerstehen konnten. Wenn sie Glück hatten, kam Nele nächstes Jahr wieder. Vielleicht zum letzten Mal, da sie danach ihr Studium abgeschlossen haben würde. Bei Saskia war sich Soledat jedoch nicht sicher, ob sie sie wiedersehen würde, was sie sehr bedauerte. Sie hatte die Schweizerin ins Herz geschlossen. Möglicherweise, wenn Jean-Luc ... aber das stand in den Sternen.

»Hallo Mama Sol!«, riefen beide gleichzeitig und kicherten wie die Kinder.

»Salut les gamines. Les enfants s'amusent?«

»Ja, wir amüsieren uns prächtig!«, entgegnete Saskia lachend. »Ich glaube fast, wir haben einen Sonnenstich.«

»Das will ich doch nicht hoffen«, sagte Mama Sol und setzte sich auf eine hölzerne Kiste, in der die Setzlinge geliefert worden waren.

»Hör zu, Saskia. Könntest du bitte Jean-Luc nach Carpentras zum Arzt fahren? Normalerweise übernimmt Géraldine diesen Job, aber sie musste unerwartet zur Bank, was länger dauern kann. Odette und ihr Mann sind noch in Paris und ich selbst fahre nicht mehr gern.«

Sie zupfte einen Zweig Rosmarin von einem Strauch und schnupperte daran.

»Klar, kein Problem.« Saskia blickte an sich hinunter. »Ich muss aber zuerst duschen. Wann will er denn los?«

»In einer halben Stunde, dir bleibt also genügend Zeit.«

Saskia nickte und stand auf.

»Mensch, alle guten Jobs kriegt immer sie und ich darf hier weiter die Gärtnerin spielen«, maulte Nele.

»Tja, Pech. Mach endlich den Führerschein, faules Ding«, gab Saskia lachend zurück.

Nele schnaubte. »Wenigstens befiehlt mir jetzt niemand mehr, was ich wo hinpflanze, und ich kann meine gärtnerischen Ideen voll ausleben.«

»Pass einfach auf, dass das Grüne oben ist, okay?«

Nele drohte Saskia mit der Harke. »Hau bloß ab, du Witzbold!«

In ihrem Zimmer schlüpfte Saskia aus den schmutzigen Kleidern. Ihre Haut hatte von der Sonne einen goldenen Ton angenommen, der das Blau ihrer Augen unterstrich. Sie stellte sich unter die Dusche, ließ das warme Wasser genüsslich auf ihren Körper prasseln und wusch sich die Haare. Sie beeilte sich, weil Jean-Luc Unpünktlichkeit hasste.

Als sie in die Eingangshalle trat, wartete er auch schon, das Handy am Ohr. Er nickte ihr flüchtig zu und wies mit dem Kopf auf den Hof, wo der Van stand, mit dem Saskia immer die Einkäufe erledigte. Zusammen gingen sie die Stufen hinab.

Jean-Luc hinkte kaum noch, auch die Wunde am Kopf heilte gut ab. Eine Narbe würde allerdings zurückbleiben, doch er hatte sich eine schwarze Strähne in die Stirn gekämmt, die die Verletzung kaschierte.

Der Mann ist ja eitel. Saskia verbiss sich ein Schmunzeln. Sie öffnete ihm die Autotür und er stieg, immer noch telefonierend, ein.

Ihr Französisch hatte sich in den letzten Wochen erheblich verbessert, sie verstand jetzt nahezu alles, worum es bei dem Gespräch ging. Wie schnell man sich an eine Sprache gewöhnt, dachte sie. Zwar redete sie mit Nele meist Deutsch, doch mit allen anderen verständigte sie sich nur noch auf Französisch.

Jean-Luc beendete den Anruf und blickte anschließend schweigend aus dem Autofenster. Es sah ganz danach aus, als hätte er keine Lust auf eine Unterhaltung. Plötzlich jedoch wandte er den Kopf.

»Gefällt es dir eigentlich bei uns?«

Saskia sah ihn erstaunt an. Natürlich gefiel es ihr, hatte er das nicht bemerkt?

»Ja, klar. Ich finde es ganz toll!«, beantwortete sie seine Frage.

Jean-Luc erwiderte nichts und wich ihrem Blick aus.

»Hm«, sagte er nur und verfiel wieder in Schweigen.

Wie immer wurde sie nicht schlau aus ihrem Arbeitgeber. Manchmal schien es, als würde das Eis zwischen ihnen brechen, so wie damals in seinem Büro, aber meistens beachtete er sie nicht oder ging ihr aus dem Weg. Sie wusste nicht, was ihr mehr zu schaffen machte, seine Aufmerksamkeit oder seine Ignoranz.

Sie fuhren die Serpentinen hinab, die sich zwischen Beaumes-de-Venise und Carpentras erstreckten. Gelegentlich kamen ihnen ein Wohnmobil oder ein ausländisches Fahrzeug mit Anhänger entgegen. Die Schulferien hatten begonnen, bald würde das kleine Dorf von Touristen überschwemmt sein.

»Kannst du bitte anhalten, ich glaube, mir wird schlecht.«

Jean-Luc war bleich geworden, Schweiß stand ihm auf der Stirn.

»Natürlich.«

Saskia blinkte und fuhr rechts auf einen schmalen Parkplatz. Sie rannte um den Wagen herum, um Jean-Luc die Tür zu öffnen und ihm aus dem Wagen zu helfen.

»Es geht schon, danke«, murmelte er, ging ein paar Schritte bis zu einer steinernen Bank und setzte sich hin. Er ließ den Kopf auf die Brust sinken und atmete tief ein und aus.

»Geht's?«, fragte sie besorgt. »Möchtest du einen Schluck Wasser?« Und als er nickte, holte sie eine kleine Flasche Evian aus ihrer Tasche, von denen sie immer eine bei sich trug. Sie öffnete den Verschluss und reichte sie ihm.

»Scheint, als wärst du stets zur Stelle, wenn ich Flüssigkeit brauche«, versuchte er zu scherzen.

Er nahm einen weiteren Schluck und wischte sich anschließend mit dem Handrücken über die Stirn.

»Sind wahrscheinlich nur die Hitze und die Kurven.«

Er erhob sich und schwankte bedrohlich. Saskia griff schnell nach seinem Arm, damit er nicht stürzte. Sie standen jetzt ganz nahe beieinander und sie bemerkte zum ersten Mal, dass sich ein schwarzer Rand um die Iris seiner braunen Augen zog. Sie spürte jeden seiner Muskeln durch den dünnen Stoff des Hemdes und die Hitze, die von ihm ausging. Er hatte doch hoffentlich kein Fieber? Automatisch berührte sie seine Stirn und erschrak ob dieser vertraulichen Geste.

Jean-Luc selbst schien im ersten Moment perplex, neigte dann aber den Kopf und küsste sie. Zuerst ganz sanft, er strich fast nur mit seinen Lippen über ihre, doch als sie sich nicht bewegte, verstärkte er den Druck und schlang den gesunden Arm um ihre Taille.

Saskia war zu überwältigt, um etwas sagen zu können. Ihre Beine drohten wegzuknicken. Sie schlang ihre Arme um seinen Hals und erwiderte seinen Kuss voller Leidenschaft, dabei presste sie sich an seinen Körper. Deutlich spürte sie, wie er auf sie reagierte, und ihre Brustwarzen wurden steif. Am liebsten hätte sie ihm die Kleider vom Leib gerissen. Diese Vorstellung brachte sie schließlich zur Besinnung. Nein, der Mann ist verheiratet! Schwer atmend löste sie sich von ihm und blickte beschämt zu Boden.

»Tut mir leid!«, keuchte Jean-Luc und stieß sie von sich.

Saskia zuckte zusammen, als hätte sie eine Ohrfeige bekommen.

»Schon gut. Keine Sorge, von mir wird's keiner erfahren«, stammelte sie und stolperte zum Auto zurück. Diese Demütigung! Sollte er doch selbst sehen, wie er in den Wagen kam.

Den Rest der Strecke schwiegen sie. Ab und zu warf sie ihrem Beifahrer einen kurzen Blick zu, doch dieser starrte auf die Landschaft und hatte die Lippen fest zusammengepresst.

Ob er Géraldine den Kuss beichten würde? Wenn das der Fall war, dann könnte sie gleich ihre Sachen packen. Der Zerberus würde keine Konkurrenz dulden. Vielleicht wäre es klüger, selbst zu kündigen. Das Verhältnis zwischen Jean-Luc und ihr war durch diesen Kuss nicht einfacher geworden. Dabei hatte sie ihn genossen und er auch, das hatte sie deutlich gespürt. Doch sie verbot sich, weiter darüber nachzudenken. Es gab keine Zukunft für sie beide. Er war gebunden und würde seine Ehe kaum für einen Ferienflirt aufs Spiel setzen.

Saskia kämpfte gegen die Tränen an und blinzelte kräftig, als die Straße zu verschwimmen drohte.

»Alles in Ordnung?«, fragte Jean-Luc.

»Ja, klar, wieso auch nicht?«

»Ja, wieso auch nicht«, wiederholte er leise.

Endlich hatten sie Carpentras erreicht und sie bog rasant auf den Parkplatz der Arztpraxis ein.

»Du kannst dir unterdessen die Stadt ansehen«, schlug Jean-Luc vor, »ich komme zurecht. Wir treffen uns in einer Stunde wieder hier, einverstanden?«

Saskia nickte stumm. Sie blieb sitzen, bis Jean-Luc im Eingang der Praxis verschwunden war, dann konnte sie die Tränen nicht mehr zurückhalten.

20

Die Weinbaugenossenschaft lädt Sie und Ihr Personal zur jährlichen »Fête des Beaumes« ein. Wir treffen uns alle am Mittwoch um 18 Uhr auf dem Marktplatz. Für diejenigen, die schlecht zu Fuß sind, steht ein Transfer bereit. Wir hoffen auf zahlreiches Erscheinen – inklusive guter Laune!
Philippe Arnaud, Präsident der Weinbaugenossenschaft

Jean-Luc faltete die auf Bütten geprägte Karte und schürzte die Lippen. Er hätte nicht gedacht, dass Philippe die Rougeons zum jährlichen Höhlenfest einladen würde. Etwas musste vorgefallen sein, das die Meinung seines Schwagers geändert hatte. Ob es mit seinem gebrochenen Arm zusammenhing? Aber er kannte Philippe. Der würde nicht plötzlich – vor allem nicht ihm gegenüber – Milde walten lassen. Aber weshalb benahm er sich so großmütig? Da war doch etwas faul.

Jean-Luc stand auf und öffnete die Tür zum Garten. Seine Mutter lag auf einem Liegestuhl im Schatten einer knorrigen Pinie und las in einem Buch.

»Mama?«

Soledat drehte den Kopf und legte den Schmöker auf ein geschmiedetes Eisentischchen, auf dem eine Karaffe Wasser stand.

»Oui?«

»Wir sind zum Höhlenfest eingeladen.« Jean-Luc wedelte mit der Einladungskarte.

»Tatsächlich? Das erstaunt mich jetzt aber.«

»Nicht wahr? Mich auch. Hast du irgendeine Erklärung dafür?«

Soledat schüttelte den Kopf. »Nein, keine Ahnung. Meinst du, da steckt eine List dahinter?«

»Ich weiß nicht«, entgegnete Jean-Luc, »auf alle Fälle ist das untypisch für Philippe.«

»Gehen wir hin?«, fragte seine Mutter gespannt.

»Ja, warum nicht? Ich bin neugierig, was er geplant hat. Und schließlich freuen sich unsere Angestellten jedes Jahr darauf. Es wäre ihnen gegenüber nicht fair abzusagen, nur weil uns unser Stolz in die Quere kommt.«

Soledat lächelte. »Du wirst schon herausfinden, was dein Schwager im Schilde führt.« Sie erhob sich, etwas weniger elegant als noch vor ein paar Jahren, aber immer noch recht rüstig für ihr Alter. »Dann werde ich das Personal mal darüber informieren. Die Mädchen brauchen sicher ein paar Tage, bis sie wissen, was sie anziehen wollen.«

Sie verdrehte die Augen und Jean-Luc nickte schmunzelnd.

Er dachte an Saskia. Seit dem Kuss ging sie ihm bewusst aus dem Weg. Er konnte es ihr nicht verdenken. Was war bloß in ihn gefahren? Géraldine hatte recht, es ziemte sich nicht, mit einer Angestellten etwas anzufangen, auch wenn sie seiner toten Frau verblüffend ähnlich sah. Hatte er Virginie in ihr gesucht? Aber nein, so sehr sie sich äußerlich glichen, Saskia war vom Naturell her ganz anders. Viel positiver, aufgeschlossener und lebendiger. Im Gegensatz dazu hatte seine verstorbene Frau in einer Traumwelt gelebt. In einer Welt voller Farben, Pinsel und Leinwände. Sie hatte eine zarte Gesundheit gehabt, musste viel liegen und jede Anstrengung vermeiden. Vor allem in den Wochen vor ihrem Unfall war sie noch blasser und zarter gewesen als sonst. Jean-Luc hatte sie angefleht, sich untersuchen zu lassen. Doch sie hatte ihn stets mit einem Lächeln abgespeist und gesagt, das seien bloß Frauenbeschwerden.

»Denkst du an sie?«, fragte Soledat unvermittelt. Jean-Luc nickte. »Sie würde nicht wollen, dass du allein bleibst.«

Jean-Luc sah seine Mutter überrascht an. Sie sprachen nur selten über Virginie und Soledat hatte bis jetzt nie etwas über sein Liebesleben verlauten lassen.

»Nein, wahrscheinlich nicht, aber ...«, er brach ab und drehte die Einladung in den Händen.

»Der Himmel schickt uns immer dann einen Engel, wenn wir nicht mehr an ihn glauben«, sagte seine Mutter und fuhr ihrem Sohn übers Haar. Das war nicht einfach, weil er sie gut dreißig Zentimeter überragte.

»Danke, Mama. Du bist die Weisheit in Person.« Jean-Luc lachte und sie drohte ihm mit dem Finger.

»Mach dich nicht über deine alte Mutter lustig, Sohn! Ich kann dich immer noch übers Knie legen und dir den Hintern versohlen.«

Jean-Luc zeigte auf seinen Gips. »Aber Mama, du wirst doch dein armes Söhnchen nicht schlagen, wenn es verletzt ist.« Dann wurde er wieder ernst. »Hast du Neuigkeiten von Papa?«

Soledat seufzte. »Odette hat mich vorhin angerufen. Die Ärzte in Paris sagen dasselbe. Alzheimer – weit fortgeschritten. Man kann nicht mehr viel tun, außer ihm den Rest so erträglich wie möglich zu machen. Sie raten uns, ihn in ein Heim zu geben.«

»Und? Was willst du tun?«

»Eher gefriert die Hölle zu, als dass ich meinen Mann in ein Heim abschiebe!« Soledats Augen funkelten. »Er war mir all die Jahre ein guter Ehemann und ich werde ihn nicht einfach wie eine seelenlose Hülle behandeln, auch wenn er mich mit der Zeit nicht mehr erkennen wird!«

Jean-Luc umarmte seine Mutter unbeholfen mit einem Arm.

»Ich hatte von einer Frau wie dir auch keine andere Antwort erwartet. Wir werden alle dabei helfen, Papa die Zeit, die ihm noch bleibt, so menschenwürdig wie möglich zu gestalten.«

»Danke, Söhnchen.«

Soledat räusperte sich und versuchte, eine heitere Miene aufzusetzen, doch Jean-Luc sah die Tränen hinter ihrem Lächeln. Seine Mutter wandte sich schnell ab, nahm das Buch vom Tischchen und schritt auf das Haupthaus zu.

Er sah ihr bewundernd nach. Sie war eine starke Frau und würde sich nicht entmutigen lassen.

21

»Ein Fest?« Saskia räumte die Weingläser in die Spülmaschine und drückte den Startknopf.

»Nein, nicht ein Fest, *das* Fest!« Neles Wangen glühten.

»Und wer wird alles dabei sein?«

»Na alle!«

»Auch die Rougeons?«

»Klar, die ganze Sippe.«

»Ich werde nicht kommen.«

Neles Kiefer klappte nach unten.

»Sag mal, spinnst du? Natürlich wirst du kommen. Dort sind die heißesten Jungs und alles ist umsonst: Essen, Trinken und …« Nele rollte vielsagend die Augen.

»Jungs? Ich dachte, du hättest zu Hause einen Freund.« Saskia sah ihre Kollegin verwirrt an.

»Habe ich auch. Na und? Er wird's ja nicht erfahren und mehr als etwas rumknutschen und fummeln läuft nicht.« Sie kicherte, als sie Saskias entsetztes Gesicht bemerkte. »Komm schon, tu doch nicht heiliger als der Papst.«

»Ich bin Protestantin«, erwiderte Saskia.

»Na eben, die sind sowieso liberaler. Dann ist ja alles geritzt. Mist, ich muss noch mein grünes Top waschen, darin sehe ich extrem sexy aus. Findest du nicht auch?«

Saskia nickte ergeben. Ein Fest mit den Rougeons? Mit Jean-Luc? Ob das so eine gute Idee war? In den letzten Tagen war sie ihm geschickt aus dem Weg gegangen, doch ob das auf einem Fest auch funktionierte? Aber Nele hatte verkündet, dass alle Weinbauern mit ihrem Personal kommen würden. Das wären sicher an die hundert Menschen. Vermutlich war damit das Risiko gering, ihm und seiner Frau ständig über den Weg zu laufen. Und ehrlich gesagt, hatte sie auch keine große Lust, allein auf dem Gut zu bleiben, wenn sich alle anderen amüsierten.

»Also gut, ich komme mit.«

»Fein, zieh auf alle Fälle deinen kurzen Rock an, ja? Ich würde für deine schlanken Beine sterben, Süße. Die Jungs werden dich umlagern, du wirst schon sehen.«

22

Philippe rieb sich die Hände. Sie würden kommen! Jean-Luc hatte zugesagt. Nicht mehr lange und er würde sie wiedersehen. Virginie, seine Virginie!

»All diejenigen, die nicht zu Fuß gehen wollen oder können, halten sich an Baptiste. Er wird euch mit einem Jeep zur Höhle fahren. Die anderen kommen mit mir.«

Philippes Blick schweifte über die Anwesenden. Doch er konnte die Rougeons nicht ausmachen, lediglich Chantal stand bei den Arbeitern und hing am Arm eines gut aussehenden Jungen. Da der Festplatz jedoch in der Nähe von Jean-Lucs Weingut lag, war es nur wahrscheinlich, dass die Familie direkt dorthin gefahren war und sich den Umweg über den Marktplatz sparte. Das enttäuschte Philippe zwar, denn er hatte sich vorgenommen, bereits den Weg zu den Höhlen mit Virginie zusammenzugehen. Nun ja, dann musste er sich eben noch eine Weile gedulden.

»Alors les gats, allons-y!«

Die Menschenmenge brach unter lautem Gejohle auf. Über dem Dorf wölbte sich der stahlblaue Himmel. Es herrschten immer noch an die dreißig Grad. Einige hatten das zum Anlass genommen, ihren Durst zu löschen, und entsprechend ausgelassen war die Stimmung. Es würde sicher ein großartiges Fest werden, dachte Philippe, und eine seltsame Erregung ergriff ihn.

23

Saskia saß zwischen Nele und Henriette eingeklemmt und versuchte, ihr Weinglas gerade zu halten. Der Van ruckelte über den Feldweg und sie wurden unsanft hin und her gerüttelt.

»Trink doch einfach aus, Süße. Ich möchte nicht unbedingt Weinflecken auf meiner Hose haben.« Nele runzelte die Stirn und rückte zur Seite.

Saskia leerte den Rosé in einem Zug und musste ein Aufstoßen unterdrücken. Vor ihr saßen Mama Sol und Jean-Luc; Géraldine saß neben Hervé, dem Aufseher, der den Minivan fuhr. Die meisten Arbeiter waren vom Marktplatz aus gestartet. Ebenso Chantal, die Alain und seinen Kollegen wie ein braves Hündchen folgte.

»Et voilà!« Hervé parkte den Wagen auf einer Wiese, auf der bereits mehrere Autos standen. Sie stiegen aus und Saskia staunte nicht schlecht. Vor einem gewaltigen Höhleneingang waren Tische und Bänke aufgestellt. Bunte Lampions schaukelten im sanften Südwind, über einer Feuerstelle drehte sich ein Spanferkel. In einem summenden Kühlwagen, der das Emblem der Weinbaugenossenschaft trug, stapelten fleißige Helfer Getränke. Daneben standen Körbe voller Baguettes und dahinter schüttete ein Mann Kohle auf einen Grill, dessen Glut bereits glimmte.

Die Rebberge zogen sich links und rechts der Höhle weiter den Hügel hinauf. Sie wandte den Blick und sah unter ihr ausgebreitet das Rhônetal. Fast meinte sie, am Horizont das Meer zu erkennen, aber das war vermutlich nur eine Luftspiegelung.

»Fantastisch!«, rief sie beeindruckt.

»Nicht wahr? Warte nur, bis die anderen kommen. Es sind sicher ein paar Musiker dabei, dann wird gesungen und getanzt. Ach, ich liebe dieses Fest!«

Vor Begeisterung küsste Nele Saskia auf die Wange. Ihre Kollegin steckte sie mit ihrem Übermut an und sie freute sich jetzt ebenfalls auf den Abend. Von Jean-Luc und Géraldine war weit und breit nichts zu sehen, was ihr zusätzlich gefiel.

»Soll ich dir die Höhle zeigen?«, fragte Nele. »Es wird noch eine Weile dauern, bis die vom Marktplatz hier sind.«

Saskia nickte erfreut. »Ja, gern. Bei meinem letzten Ausflug zu den Beaumes habe ich ja nicht viel davon gesehen.«

»Dann komm! Um diese Zeit laufen wir auch noch nicht Gefahr, irgendwo über ein knutschendes Pärchen zu stolpern.«

Sie zwinkerte Saskia zu und diese dachte an Jean-Luc und Géraldine. Sie würden doch nicht …?

In der Höhle war es angenehm kühl. An den Wänden befanden sich eiserne Halterungen, in denen Fackeln brannten. Ein leichter Luftzug strich durch den Tunnel und ließ bizarre Schatten über die Höhlenwände tanzen. Saskia fragte sich schaudernd, ob hier Fledermäuse hausten.

»Hier wurden alte Keramikscherben, geschliffene Feuersteine, Messer und Pfeilspitzen gefunden, die beweisen, dass diese Grotten bewohnt waren. Normalerweise lebten die Kelten zwar auf dem Hochplateau, das man die Courens oder Saint-Hilaire nennt. Dort bauten sie Hütten in Trockenbauweise. Aber wahrscheinlich nutzten sie die Höhlen dazu, sich vor dem Feind zu verstecken oder um ihre Rituale abzuhalten.«

Saskia lauschte interessiert Neles Ausführungen.

»Auch an den Ufern der Salettes fand man Artefakte. Der Name der Quelle Théron ist keltischen Ursprungs. Es wird angenommen, dass die Bewohner dieses Landes Cavares waren. Das Siedlungsgebiet wird Aubune genannt, dieses Wort stammt ebenfalls aus dem Keltischen. ›Alp‹ bedeutet Berg, also sind eure Schweizer Alpen auch von den Kelten getauft worden.«

Neles Augen leuchteten stolz, als hätte sie selbst an den Ausgrabungen teilgenommen.

»Langweile ich dich?«, fragte die Holländerin plötzlich unsicher, doch Saskia widersprach vehement. Sie folgten den Fackeln tiefer in die Höhle.

Nele fuhr fort: »Die Aubunesier, die hier siedelten, trieben Handel mit Marseille. Der Beweis dafür sind die gallogriechischen und keltischen Keramikscherben, die in der Gegend gefunden wurden. Man buddelte auch seltsame Sarkophage aus, große Amphoren, in die man die Leichen vor der Beerdigung legte.«

Saskia fröstelte plötzlich, was Nele nicht zu bemerken schien. Sie war in ihrem Element. Ihre zukünftigen Schüler würde sie zweifellos mit ihrer Begeisterung anstecken.

»Etwa um hundertzwanzig vor Christus eroberten die Römer das Land. Sie ließen öffentliche Thermen bauen. Ein fast vollständig erhaltenes Backsteingebäude mit der Inschrift ›VIRORUM‹ wurde gefunden. Man nimmt an, dass es sich dabei um die Männerkabinen handelt.«

Sie kicherte anzüglich und Saskia stellte sich Römer in nassen, weißen Gewändern vor. Die Höhlendecke wurde immer niedriger und die beiden Frauen kamen nur noch gebückt voran. Plötzlich fanden sich keine Fackeln mehr an den Wänden. Eine undurchdringbare Schwärze lag vor ihnen.

»Hier geht's nicht mehr weiter«, sagte Nele überflüssigerweise. »Ab dieser Stelle darf man nur noch unter kundiger Führung vorwärts. Irgendwo da hinten soll es Stalaktiten und Stalagmiten geben. Man munkelt auch von einem unterirdischen See, aber ich kenne niemanden, der ihn je gesehen hat. Am besten wir kehren um. Ich habe Hunger und Durst. Vorträge zu halten dörrt die Kehle aus.«

Sie lachten und das Echo hallte unheimlich zurück.

»Ein bisschen gruselig, nicht?«, meinte Nele und packte dabei Saskia blitzschnell am Arm.

Diese schrie erschrocken auf.

»Lass das! Mein Gott, du hast mich zu Tode erschreckt!«

Nele lachte schallend. »Man braucht sich vor den Toten nicht zu fürchten, nur vor den Lebenden«, unkte sie und Saskia spürte bei den Worten plötzlich ein unangenehmes Kribbeln im Nacken.

Sie kehrten um und gingen den Weg zurück. Saskia musterte eine verblasste Zeichnung an einer der Wände und blieb stehen. Als sie sich nach Nele umdrehte, war diese verschwunden. Plötzlich fühlte sie sich beobachtet. Eine Gänsehaut lief ihr über den Rücken. Sie drehte sich langsam um. In einer Nische, lässig an die Felswand gelehnt, stand Jean-Luc und musterte sie aus schmalen Augen.

Mist, auch das noch! War Géraldine ebenfalls hier? Hatten die zwei ein einsames Plätzchen für ein Schäferstündchen gesucht? Doch vom Zerberus war nichts zu sehen. Vermutlich bewachte er den Höllenschlund.

»Salut«, sagte Saskia nervös und wollte weiter gehen.

»Saskia, warte doch mal.« Jean-Luc löste sich von der Wand und kam auf sie zu. Sie roch sein Rasierwasser, würzig, männlich. Unvermittelt musste sie an den Kuss denken. »Gehst du mir aus dem Weg?«, fragt er.

»Ich? Nein, wieso? Wie kommst du darauf?«, stotterte sie. Verdammt, wo war bloß Nele?

»Ich hatte so das Gefühl«, erwiderte er und versuchte, sich unter dem Gips zu kratzen. »Blöder Gips!«, knirschte er.

Saskia schmunzelte. »Ich erinnere mich. Als Kind habe ich mir einmal den Arm gebrochen. Auch im Sommer, und beim Schwitzen hat mich der Juckreiz fast wahnsinnig gemacht. Ich habe mich dann mit den Stricknadeln meiner Mutter unter dem Gips gekratzt. Leider ist mir eine abgebrochen. Der Arzt hat bloß den Kopf geschüttelt, als er mir den Arm deswegen neu eingipsen musste.«

Jean-Luc lächelte, dann trat er näher und Saskia strich sich nervös eine Haarsträhne hinters Ohr. Am liebsten wäre sie davongerannt. Aber sie war kein Teenager mehr. Irgendwann musste das Geschehene ausdiskutiert werden. Sie räusperte sich.

»Jean-Luc, wegen des Kusses. Ich finde, wir sollten das alles einfach vergessen. Ich … wir sind schließlich erwachsen und wissen, was sich gehört und was nicht. Also, Schwamm drüber, einverstanden?«

Jean-Luc blieb stumm, schaute sie bloß an. Saskias Herz klopfte wild in ihrer Brust. Warum sagte er denn nichts? Er musste doch froh sein, dass sie ihm deswegen keine Szene machte. Himmel, es war doch nur ein Kuss!

»Du willst es also vergessen«, brach er plötzlich das Schweigen.

Sie straffte die Schultern. »Ja, das will ich«, entgegnete sie entschlossen.

»Bist du dir sicher?«

Er streifte mit seinem Finger ihren nackten Arm. Saskia schnappte nach Luft. Verdammt, das war nicht das, was sie sich unter einem sachlichen Gespräch vorgestellt hatte. Sie trat einen Schritt zurück und atmete tief durch.

»Jean-Luc, bitte. Wir wissen beide, dass das zu nichts führt. Schließlich ist da Géraldine und ich glaube kaum, dass sie so etwas tolerieren wird.«

Jean-Luc hielt in der Bewegung inne und sah sie verblüfft an.

»Was hat denn Géraldine damit zu tun?«, fragte er irritiert.

Saskia schüttelte ungläubig den Kopf. Der hatte ja Nerven! Wie konnte jemand so unverfroren sein? Oder machte er sich über sie lustig? Sie bemühte sich, ruhig zu bleiben, obwohl es in ihr brodelte. Dann stieß sie zwischen den Zähnen hervor: »Ich weiß ja, dass ihr Franzosen in der Hinsicht etwas offener seid, aber ich glaube nicht, dass sich Géraldine damit abfinden wird, wenn ihr Mann eine andere küsst.«

In ihren Augen brannten Tränen und sie hasste sich dafür. Wollte er sie etwa zu seiner Geliebten machen? Die Trauer wich unvermittelt heißer Wut. Da konnte er lange warten, sie würde sich nicht so demütigen lassen!

Jean-Luc runzelte verwirrt die Stirn, dann hellte sich sein Gesicht schlagartig auf, und er fing an zu lachen.

»Sag bloß du meinst, dass ich und …«, der Rest seines Satzes ging in einem lauten Knall unter, der vom Höhleneingang her zu kommen schien.

Jean-Luc war für einen Moment abgelenkt. Saskia nutzte die Gelegenheit und hastete ins Freie. Am dunklen Himmel zerplatzten Feuerwerkskörper und regneten als blaue Kaskaden zu Boden. Sie hatte kein Auge dafür. Nur weg!

Jean-Luc sah Saskia perplex hinterher. Wie zum Teufel kam sie darauf, dass er mit seiner Cousine verheiratet war? Er schüttelte den Kopf. Hier gab es wohl einigen Klärungsbedarf.

24

Eine weitere Rakete stieg in den dunkler werdenden Abendhimmel, zerplatzte mit einem Knall und ließ einen goldenen Glitzerregen herniederrieseln. Das Fest war eröffnet! Philippe schüttelte zahlreiche Hände, nahm lächelnd die Danksagungen der Eingeladenen entgegen und blickte sich dabei suchend nach Saskia um. Irgendwo musste sie doch stecken. Die Holländerin und die anderen Rougeons saßen unweit des Lagerfeuers auf einer langen Holzbank. Jean-Luc fehlte. War *er* womöglich mit ihr zusammen?

Oh nein!, dachte Philippe plötzlich entsetzt, das war ihm noch gar nicht in den Sinn gekommen. Natürlich sah Jean-Luc in der Schweizerin ebenso Virginie und vielleicht versuchte er jetzt gerade, sie für sich zu gewinnen. Das Desaster wiederholte sich!

Philippes Hände wurden eiskalt, gleichzeitig schwitzte er wie das knusprige Spanferkel am Spieß. Das durfte nicht wahr sein! Würde er Virginie jetzt zum zweiten Mal verlieren? Sein Mund war staubtrocken, er würgte. Mechanisch nickte er, als ihm ein dicker, kleiner Mann anerkennend auf die Schulter klopfte.

Philippe fuhr sich durch das schüttere Haar und eine Strähne, die er sich geschickt über die beginnende Glatze gekämmt hatte, stand plötzlich senkrecht nach oben. Die jungen Mädchen, die sich schwatzend an seiner Seite befanden, schubsten sich gegenseitig an und kicherten.

»Entschuldige, Toma, aber ich muss dringend etwas erledigen. Viel Spaß heute Abend. Wir sehen uns noch.«

Hastig wandte sich Philippe ab. Verdutzt sah der kleine Mann dem Davoneilenden hinterher.

25

»Hier sind wir!« Nele winkte Saskia zu, die unentschlossen vor dem Höhleneingang stand. »Wo warst du denn?«, fragte sie, als sie sich kurz darauf mit einem Seufzer auf die Holzbank quetschte. »Ich musste deinen Platz schon zwanzigmal verteidigen. Besonders Armand scheint total auf mich abzufahren.« Sie wies mit dem Kopf zum Nachbarstisch hinüber.

Saskia erblickte einen südländischen jungen Mann mit Schlafzimmerblick, der Nele schmachtend ansah.

»Ich hab mich noch etwas umgesehen«, erwiderte Saskia und merkte selbst, wie unecht diese Ausrede klang.

»Ist alles in Ordnung, Süße? Du bist ganz blass. Habe ich dich so erschreckt?«

»Nein, nein!«, wehrte sie ab und versuchte, sich fröhlich zu geben, »vermutlich ist es nur der Temperaturwechsel. In der Höhle war mir kalt und hier draußen ist es schwül. Das macht mir zu schaffen.«

Nele nickte. »Hier«, meinte sie mitfühlend, »trink ein Glas Wein, das bringt dich wieder auf die Beine.« Sie füllte Saskia ein Glas mit dunklem Rotwein und prostete ihr zu.

»Auf uns und die Provence! Möge sie immer in unseren Herzen bleiben.«

Vielleicht länger, als mir lieb ist, dachte Saskia und stieß mit ihrer Freundin an.

26

Philippe lief orientierungslos durch die Feiernden und rief sich dann selbst zur Ordnung. Was tat er nur? Die Anwesenden tuschelten bereits über sein seltsames Gebaren. Er zwang sich, gemäßigten Schrittes die Reihen entlangzugehen. Endlich entdeckte er Saskias blondes Haar zwischen den Feiernden und ein Strahlen legte sich auf sein Gesicht. Sie saß neben der Holländerin auf einer der Holzbänke und scherzte mit Henri, dem Kellner aus dem Dorf. Er betrachtete die Schweizerin eingehend.

Sie hatte ein lebhafteres Wesen als Virginie, aber ihre Ähnlichkeit verblüffte ihn erneut maßlos. Ein dicker Kloß im Hals machte ihm das Atmen schwer. Sie war einfach anbetungswürdig. Diese strahlenden Augen, der weiße Hals, dieses feine Engelshaar!

Philippe bahnte sich einen Weg durch die Menschenmenge. Die Stimmung war ausgelassen und der Gratiswein forderte bereits seinen Tribut. Endlich hatte er den Tisch der Rougeons erreicht. Jean-Luc war Gott sei Dank nirgends zu sehen.

»Ah, Philippe«, Soledat lächelte. »Herzlichen Dank für die Einladung. Es ist wie immer alles perfekt organisiert. Und auch das Wetter meint es dieses Jahr gut mit uns.«

Die Anwesenden drehten sich zu dem Angesprochenen um. Saskia riss erschrocken die Augen auf.

»Der Verrückte!«, entfuhr es ihr. Die Gespräche am Tisch verstummten abrupt.

»Sag mal, spinnst du?«, zischte Nele und stieß sie unter dem Tisch unsanft mit dem Fuß an. »Das ist Philippe Arnaud, der Präsident der Weinbaugenossenschaft ... und unser Gastgeber.«

Saskias Gesicht glühte. »Gütiger Himmel«, flüsterte sie.

Henri lachte respektlos und zündete sich eine Zigarette an, die anderen Anwesenden schauten pikiert auf ihre Teller. Indessen stand Philippe Arnaud konsterniert am Tisch und biss sich auf die Lippen.

Saskia wäre am liebsten im Erdboden versunken. Wie konnte sie nur so ins Fettnäpfchen treten?

Soledat schaute verunsichert von einem zum anderen. Hatte sie gehört, wie ihre Angestellte Philippe brüskiert hatte? Sie warf ihr einen, wie es Saskia schien, besorgten Blick zu und bat den Gastgeber dann, neben ihr Platz zu nehmen.

Saskia war verwirrt. Verstand Mama Sol etwa, weshalb sie den Chef der Weinbaugenossenschaft so tituliert hatte? Aber wieso, sie war bei seinem Auftritt auf dem Gut doch gar nicht dabei gewesen? Nach einer Weile, die Saskia wie eine Ewigkeit erschien, fingen die Anwesenden wieder an, sich miteinander zu unterhalten, und bald war erneut ein lebhaftes Gespräch im Gange.

Nele wandte sich an Saskia.

»Da hast du dir ja einen schönen Fauxpas geleistet, Süße. Wie kommst du darauf, dass der Mann verrückt ist?« Sie warf Arnaud einen schnellen Blick zu. »Schön ist er ja nicht, zugegeben. Und diese blöde Haarsträhne, die über seinem Kopf wie ein Hahnenkamm thront, gibt ihm auch nicht gerade das gewisse Etwas, ihn aber deswegen gleich zu beschimpfen, ist nicht die feine Art.«

»Aber das ist doch der Kerl, der mich befingern wollte«, flüsterte Saskia eindringlich.

»Der?«

»Ja, der.«

Nele hob die Augenbrauen. »Echt?«

»Wenn ich es dir sage.«

Die Holländerin kicherte und Saskia stieß sie mit dem Ellbogen an.

»Komm«, sagte Nele, »lass uns etwas zu essen holen, so kommst du aus der Gefahrenzone.«

Saskia hätte Nele für diesen Vorschlag küssen können. Mit einer gemurmelten Entschuldigung standen sie vom Tisch auf und gingen hinüber zur Feuerstelle, um sich in die Warteschlange vor dem Spanferkel einzureihen.

»Übrigens ist er Jean-Lucs Schwager«, wandte sich Nele erneut an ihre Freundin und balancierte dabei einen Pappteller auf dem Kopf.

»Tatsächlich?«, erwiderte Saskia verblüfft. Dann war er Géraldines Bruder? Die beiden ähnelten sich überhaupt nicht.

»Ja, aber sie können sich nicht ausstehen. Hat wohl etwas mit dem Unfall zu tun. Ich weiß nichts Näheres, das war vor meiner Zeit.«

»Welcher Unfall? Jean-Lucs?«

»Nein, Virginies.«

Irgendwo hatte Saskia diesen Namen schon einmal gehört, doch bevor sie nachfragen konnte, trat Henri zu ihnen und schubste Nele an. Der Pappteller fiel ihr vom Kopf und sie schlug spaßeshalber nach dem jungen Mann, der ihr geschickt auswich.

»Idiot!«, rief sie lachend und holte sich einen neuen Teller.

»Wollen wir später spazieren gehen?«, wandte Henri sich an Saskia und lächelte sie gewinnend an.

Ihr war nicht nach Flirten zumute, sie wollte den jungen Mann aber auch nicht vor den Kopf stoßen. Schließlich war er bis jetzt der Einzige, der sie höflich behandelte, auch wenn er manchmal etwas zu aufdringlich wurde.

»Vielleicht später«, antworte sie daher vage. »Zuerst muss ich etwas essen. Der Wein ist mir schon zu Kopf gestiegen und ich brauche unbedingt etwas in den Magen. Sonst beleidige ich womöglich noch den Weingott Bacchus persönlich.«

27

Philippe folgte der Unterhaltung am Tisch nur mit halbem Ohr und verrenkte sich den Hals nach Saskia. Er entdeckte sie in der Schlange vor dem Spanferkel. Für seinen Geschmack stand Henri viel zu nah bei ihr. Philippe runzelte ärgerlich die Stirn. Ich werde später ein ernstes Wort mit Virginie reden müssen, ging es ihm durch den Kopf. Es ziemte sich für eine Arnaud nicht, sich mit solchem Gesindel abzugeben. Und dazu noch in aller Öffentlichkeit! Saskia. Er schüttelte verwirrt den Kopf. Sie heißt Saskia!

»Natürlich«, murmelte er halblaut.

»Bitte?« Soledat schaute ihn fragend an.

»Ach, nichts. Ich habe nur laut gedacht.«

Soledat furchte die Stirn. Philippe benahm sich mehr als merkwürdig. Hoffentlich hatte das nichts mit Saskia zu tun. Ihr war nicht entgangen, dass er die Schweizerin pausenlos mit den Augen verfolgte. Und Saskias ungehörige Bemerkung ging ihr auch nicht aus dem Kopf. Sie beschloss, bald mit ihrer Angestellten zu sprechen. So ungern Soledat auch Gerüchte und Klatsch wiedergab, wäre es sicher klüger, Saskia von den Geschehnissen vor zwei Jahren zu erzählen. Und ihr ihre Befürchtungen mitzuteilen, die sie selbst bezüglich Philippes Reaktion hegte.

Soledats Blick schweifte suchend über die Menschenmenge. Wo zum Henker steckte eigentlich ihr Sohn?

28

»Möchtest du ein Glas Wein?« Géraldine stand abwartend neben dem großen Felsen, auf dem sich Jean-Luc niedergelassen hatte. In den Händen hielt sie zwei Gläser und eine Flasche Wein.

»Ja, klar, warum nicht?«

Ihre Augen leuchteten auf. Sie setzte sich an seine Seite und entkorkte geschickt die Weinflasche.

»Auf die Zukunft!«, rief sie und stieß mit ihm an.

Jean-Luc nickte, sagte aber nichts und sah hinunter ins Rhonetal, wo die Nacht bereits hereingebrochen war. Nach und nach leuchteten die Lichter in den Dörfern auf und es sah aus, als würden Perlen auf dunklem Samt glitzern. Am Horizont strahlte nur noch ein heller rosaroter Streifen, der langsam in einem Meer aus Blautönen versank. Die Luft war angenehm lau und hier, etwas abseits der lärmenden Menschen, hörte man nur das Zirpen der Zikaden, die emsig auf Partnersuche waren.

»Warum amüsierst du dich nicht?«, brach Jean-Luc das Schweigen und warf seiner Cousine einen schnellen Blick zu.

»Aber das tue ich doch«, erwiderte diese und schlang die Arme um ihre nackten Beine.

»Du weißt ganz genau, was ich meine.« Jean-Luc goss sich ein weiteres Glas ein.

»Und du weißt auch genau, weshalb ich es nicht kann«, erwiderte Géraldine tonlos.

Jean-Luc nickte. Er wusste es, seit sie zusammen die Weinbauschule in Avignon besucht hatten. Seine Cousine war für ihn jedoch stets nur eine Freundin gewesen und er konnte ihr keine tieferen Gefühle entgegenbringen. Auch nicht nach Virginies Tod. Er war nicht so dumm, ihre zaghaften, wenn auch stetigen Bemühungen nicht wahrzunehmen. Aber man konnte sich nicht befehlen, jemanden zu lieben, so wenig, wie man sich befehlen konnte, es nicht zu tun.

Er seufzte. Es war nicht so, dass er seine Cousine nicht schätzte, und nüchtern betrachtet wäre eine Verbindung zwischen ihnen sicher das Klügste. Vor allem für das Weingut. Géraldine war clever und sie wäre ihm eine loyale Partnerin in der Geschäftsleitung. Aber der Betrieb war nicht alles und er liebte sie nun einmal nicht.

Jean-Luc war im Grunde seines Herzens ein Romantiker. Er hatte geglaubt, mit Virginie die perfekte Frau gefunden zu haben, die seinem unsteten Charakter den Halt gab, den er zuweilen brauchte, wenn sich sein Fernweh meldete. Doch sie war nicht so robust gewesen, wie es den Anschein gehabt hatte. Im Grunde war sie ein verwöhntes Kind geblieben, dem zuerst ihre Eltern und nach deren Tod Philippe alles Weltliche abgenommen hatten, damit sie weiter in ihrer Traumwelt leben konnte. Trotzdem hatte er sie geliebt, abgöttisch sogar, und all das in Kauf genommen. Als sie sich für ihn – vielleicht aus Trotz gegen ihren Bruder – entschieden hatte, war er der glücklichste Mann auf Erden gewesen. Doch was wie ein Märchen begann, endete in einer Tragödie. Seit damals hatte Jean-Luc keine andere Frau mehr angesehen, bis …

»Ist es wegen Saskia?«

Die Frage kam unvermittelt und sie ärgerte ihn, weil er sich ertappt fühlte.

»Quatsch!«, sagte er deshalb etwas schärfer als beabsichtigt.

Ein wehmütiges Lächeln umspielte Géraldines Lippen.

»Du warst schon immer ein schlechter Lügner, Jean-Luc«, sagte sie und gab ihm einen freundschaftlichen Klaps. »Erinnerst du dich noch, wie wir in der Schule den Frosch in Madame Pépignants Tasche versteckt haben und sie natürlich sofort an dich und mich gedacht hat? Ich konnte mich ja hervorragend herausreden, aber du standest nur da und hast etwas von Artenschutz gestammelt.«

Jean-Luc lächelte. »Ja, stimmt. Danach hatte ich das Vergnügen, den verlotterten Garten des Hausmeisters jäten zu dürfen.«

»Und ich durfte die Mädchentoiletten putzen.«

Sie mussten bei der Erinnerung lachen. Jean-Luc wurde wieder ernst. Er nahm den letzten Schluck aus seinem Glas und stand auf.

»Ich wollte dich wirklich nie verletzen, Géri«, sagte er bekümmert. Über Géraldines Gesicht huschte ein Schatten, als er den alten Kosenamen verwendete. »Aber seinen Gefühlen kann man nun einmal nichts befehlen.«

Sie erhob sich ebenfalls und strich sich den kurzen Rock glatt.

»Ja, ich weiß, mach dir nichts draus. Ich bin ein großes Mädchen und werde schon damit fertig.«

Erleichtert atmete Jean-Luc auf.

»Gut. Ich bin froh, dass wir das jetzt ein für alle Mal klären konnten.« Er umarmte seine Cousine freundschaftlich. »Wollen wir zurück?«, fragte er und hob sein Glas vom Boden auf.

»Ja, gehen wir uns amüsieren!«

Saskia stand unweit des Felsens, zwei volle Teller in den Händen. Als sich Jean-Luc und Géraldine umdrehten, um zum Festplatz zurückzugehen, drückte sie sich in den Schatten einer großen Pinie. Sie wagte kaum zu atmen, als die beiden an ihr vorbeigingen, sie aber Gott sei Dank nicht bemerkten. Einen Moment sah sie ihnen nach, warf dann das Essen zu Boden und rannte schluchzend den Pfad entlang, der weiter in die Hügel hinaufführte.

Jean-Luc hatte seiner Frau vermutlich den Kuss gebeichtet und Géraldine hatte ihm anscheinend sofort vergeben. Die Umarmung war Beweis genug. Saskia kam sich so dumm vor!

29

Es war zum Verrücktwerden! Jedes Mal, wenn Philippe dachte, die Gelegenheit, sich davonzumachen, wäre günstig, kam wieder jemand auf ihn zu, um sich zu bedanken. Zwar drohte wohl keine unmittelbare Gefahr, denn Henri flirtete mit der kleinen Séverine und Jean-Luc saß brav neben seiner Mutter am Tisch, aber Saskia war nirgends zu sehen. Sie würde doch wohl nicht schon nach Hause gegangen sein? Der Van der Rougeons parkte immer noch am gleichen Platz und es war auch schon zu dunkel, um zu Fuß zurückzukehren. Aber wo zum Henker steckte sie?

Die Lampions wurden angezündet und verbreiteten ein warmes Licht. Einige jüngere Leute hockten im Kreis ums offene Feuer, spielten Gitarre und sangen Lieder. Die Holländerin knutschte ganz unverfroren mit Armand. Philippe verzog das Gesicht. Sie würde einen schlechten Einfluss auf Virginie ausüben. Es war an der Zeit, dass er seine Schwester aus dem unmoralischen Umfeld befreite, in das sie hineingeraten war.

»Ich kontrolliere die Weinvorräte«, wandte er sich an seinen Aufseher, der damit beschäftigt war, die leeren Flaschen in Holzkisten zu stapeln.

»Lass nur, Philippe, dafür haben wir doch Personal«, erwiderte dieser.

»Nein, das macht mir keine Mühe.«

Der Aufseher zuckte die Schulter. »Na gut, dann bring doch auch gleich noch eine Kiste Rosé mit. Der scheint den Leuten am besten zu schmecken.«

Philippe nickte und verschwand eilig zwischen den geparkten Autos.

30

Saskia keuchte. Sie war den ganzen Weg bis zum Hochplateau hinaufgerannt und ließ sich jetzt erschöpft auf eine Bank unter einer verkrüppelten Pinie fallen. Der Wind hier oben war frisch und kühlte ihre erhitzten Wangen.

»Mann, ich bin so bescheuert«, murmelte sie und schüttelte den Kopf.

Aber was hatte sie erwartet? Je mehr sie sich einredete, dass sie für Jean-Luc nur eine Abwechslung war, ein kleiner Flirt, der, sobald der Sommer zu Ende war, wieder aus seinem Leben verschwand, desto mehr träumte sie von ihm. Das war doch paradox! Und je mehr sie sich einredete, dass ihr Chef ein berechnender Casanova war, der sich an Angestellte heranmachte und vor dem sie sich in Acht nehmen sollte, desto mehr erschien er ihr als ein dunkler, verwegener Held. Ein schwarzer Pirat, der für seine Liebe alles riskiert und seine Prinzessin aus der Gefangenschaft der Bösewichte befreit. War sie eigentlich noch zu retten? Seit wann gab sie sich denn solchen romantischen Hirngespinsten hin? Das passte doch gar nicht zu ihr.

Saskia schniefte und suchte nach einem Taschentuch, aber ihr Rock hatte keine Taschen und so fuhr sie sich mit der Hand einfach über die Nase.

Jedes anständige Mädchen hat ein Taschentuch bei sich. Sie hörte die Ermahnung ihrer Mutter, als würde sie neben ihr sitzen, und die Erinnerung an sie ließ die Tränen erneut fließen. Sie vermisste ihre Mutter in diesem Moment über alle Maßen und hätte viel darum gegeben, sie an ihrer Seite zu wissen. Mama hätte sie getröstet, weil sie sich in den falschen Mann verliebt hatte, und ihr versichert, dass der Richtige schon noch käme.

Saskia wischte sich über die Augen. Vielleicht wäre es das Beste, wenn sie sofort abreiste. Sie würde einfach etwas erfinden. Eine Lavendelallergie oder Weinunverträglichkeit. Sie konnte unmöglich bis zum Herbst hierbleiben und mit ansehen, wie Jean-Luc und Géraldine sich küssten. Man konnte sich in den Falschen verlieben, aber zuzusehen, wie derjenige mit einer anderen glücklich wurde, das war reinste Folter. Und das würde sie sich nicht antun!

Saskia erhob sich. Ihr Entschluss stand fest. Gleich morgen würde sie mit Mama Sol sprechen und um ihre Entlassung bitten. Es tat ihr zwar leid, Nele, das Gut und alle Menschen, die so freundlich zu ihr gewesen waren, im Stich zu lassen, aber sie wollte sich nicht weiter quälen.

Feigling, sagte eine leise Stimme in ihrem Kopf. Rennst du wieder mal vor den Schwierigkeiten davon?

»Ja und?«, rief sie in die Nacht hinaus. »Mir doch egal, dann bin ich eben ein Feigling!«

Sie drehte sich um und wollte den Weg zurückgehen. Doch in der Zwischenzeit war es stockdunkel geworden und der schmale Pfad nur noch schemenhaft zu erkennen. Ein Fehltritt und sie würde wie Jean-Luc den Abhang hinunterkullern. Nur wäre dann kein Gaucho da, der den Retter spielen konnte. Sie setzte vorsichtig einen Fuß vor den anderen und tastete mit der linken Hand an der Felswand entlang.

Un kilomètre à pied, ça use, ça use ... Das alte Kinderlied kam ihr plötzlich in den Sinn und um sich abzulenken, summte sie es leise vor sich hin. Einen Kilometer zu Fuß, das verschleißt, das verschleißt ... Nein, auf Deutsch klang es kurios. Wenigstens hatte sie ihr Französisch aufpolieren können. In ihrem Beruf waren Fremdsprachen das A und O. Ihre neu gewonnenen Fähigkeiten würden ihr in Zukunft sicher nützlich sein. Was David jetzt wohl machte? Unvermittelt musste sie an ihren Exfreund denken. So schlecht war ihre Beziehung eigentlich gar nicht gewesen, oder? Schließlich hatte sie keinen Job gehabt und die paar Hausarbeiten ... Hatte sie eventuell überreagiert?

»Nein«, stieß sie hervor, »er ist ein arroganter Idiot und hat mich nur ausgenutzt. Und ich war dumm genug, mir das gefallen zu lassen!«

»Hallo? Ist da jemand?«

Saskia blieb stehen. Vor ihr tauchte ein Schatten auf. Sie kniff die Augen zusammen.

»Ich bin hier«, erwiderte sie gedehnt. Sie kannte die Stimme, konnte sie aber im Moment niemandem zuordnen.

»Virginie?«

Schon wieder dieser Name. Was für seltsame Leute hier lebten. Entweder erschraken sie, wenn sie sie zum ersten Mal sahen, oder sie sprachen sie mit einem falschen Namen an. Als sie schließlich erkannte, wer ihr entgegenkam, seufzte sie tief. Philippe Arnaud – der hatte ihr gerade noch gefehlt.

»Was tun *Sie* denn hier?«

»Das könnte ich Sie ebenfalls fragen«, erwiderte Arnaud. An seinem Tonfall merkte sie, dass er bei den Worten lächelte. Gut, wenigstens war er ihr nicht böse.

»Aber bitte, nenn mich doch Philippe«, fügte er hinzu. Er war unterdessen zu ihr getreten und schnaufte heftig. »Schön hier oben, nicht wahr?«

»Ja, wunderschön. Nur etwas dunkel.«

Er lachte. »In der Tat, man hätte eine Taschenlampe mitnehmen sollen. Was machst du denn hier so ganz allein?«

Saskia überlegte, ob sie ihm etwas vorflunkern sollte. Aber warum? Im Grunde hatte sie nichts zu verbergen.

»Der Trubel ist mir zu viel geworden«, erwiderte sie und rieb sich die Arme. Der Wind hatte aufgefrischt und sie fröstelte plötzlich.

»Verstehe. Und jetzt?«

Arnauds Rasierwasser stieg ihr in die Nase. Zu süß für ihren Geschmack. Ein Geruch nach verwesenden Blumen. Irgendwie war ihr der Typ auch ein wenig unheimlich. Wieso interessierte er sich so für sie? Wollte er die Situation ausnutzen und sie verführen? Saskia schüttelte den Kopf. Jetzt ging die Fantasie mit ihr durch. Trotzdem hielt sie es für klüger, wieder zu den anderen zurückzugehen. Auch wenn das bedeutete, auf Jean-Luc und seine Frau zu treffen.

»Ich wollte gerade zum Festplatz zurück«, beantwortete sie seine Frage. »Langsam wird mir kalt.«

Arnaud zog augenblicklich sein Sakko aus und legte es Saskia um die Schultern.

»Keine Widerrede«, befahl er, als sie protestieren wollte. »Ich möchte nicht, dass du dich erkältest. Wir können zusammen zurückgehen, einverstanden? Aber wir müssen vorsichtig sein. Das Terrain ist nicht gesichert, das Gestein locker. Gib mir deine Hand, ich halte dich, falls du stolperst.«

Saskia war sein Vorschlag unangenehm, doch sie sah ein, dass er recht hatte, und so streckte sie ihm zögerlich ihre Hand hin.

Philippes Finger schlossen sich sanft um Saskias Hand. Ein wohliger Schauer durchströmte ihn, er lächelte selig. Ich habe sie wieder, frohlockte er innerlich. Sie ist zu mir zurückgekommen.

31

»Lass das, Armand!«, zischte Nele, als der junge Mann versuchte, seine Hand unter ihr Top zu schieben.

Der junge Mann schaute sie konsterniert an.

»Aber ich dachte …«

»Dann hast du eben falsch gedacht«, erwiderte sie ärgerlich und stand auf. Sie klopfte sich den Staub von den Shorts und klaubte sich ein paar Grashalme aus den Haaren.

»Wo willst du hin?« Der Franzose blickte sie wie ein treuer Hund von unten herauf an.

»Ich gehe Saskia suchen. Wir sehn uns, tschüss.« Eilig stolperte Nele zum Festplatz und ließ einen enttäuschten Armand hinter sich zurück.

»Saloppe!«, rief dieser ihr unwirsch hinterher und steckte sich ärgerlich eine Zigarette an.

Nele blickte sich suchend nach ihrer Freundin um. Sie hatte sie schmählich im Stich gelassen. Aber von der weinseligen Stimmung verführt, war sie mit Armand zu den Höhlen gegangen. Jetzt schämte sie sich dafür. Sie benahm sich wie ein Flittchen, doch im letzten Moment war sie noch zur Besinnung gekommen. Ein flüchtiges Abenteuer ließ immer einen schalen Geschmack zurück. Und außerdem wartete Niels zu Hause auf sie.

Ein Lächeln huschte über ihr Gesicht, als sie an ihren Freund dachte. Er war kein Brad Pitt, aber loyal, ehrlich und bodenständig und hatte stets Verständnis dafür gezeigt, dass sie ihre Freiheit brauchte. Er wusste, dass Nele nie zu weit gehen würde, und für dieses Vertrauen liebte sie ihn.

»Hast du Saskia gesehen?«

Jean-Luc drehte sich um und schüttelte den Kopf. »Wart ihr nicht zusammen?«

»Ja, schon«, erwiderte Nele kleinlaut, »aber dann wollte sie dir einen Teller mit Spanferkel zum großen Felsen bringen. Seitdem habe ich sie nicht mehr gesehen. Ich dachte, sie sei bei dir.«

Im milden Licht der Lampions registrierte Jean-Luc, wie ihm Nele verschwörerisch zuzwinkerte. Mist, hoffentlich hatte Saskia nicht mitbekommen, wie er Géraldine umarmt hatte. Das würde ihre absurde Theorie bezüglich der Ehe zwischen ihm und seiner Cousine nur noch bestätigen.

Er hatte vorgehabt, Saskia sofort über dieses Missverständnis aufzuklären, war allerdings, als er an den Tisch zurückgekehrt war, von seiner Mutter und ein paar Nachbarn in eine Diskussion über neue Anbaumethoden verwickelt worden. Jetzt duldete das klärende Gespräch jedoch keinen Aufschub mehr. Er erhob sich mit einer Entschuldigung und wandte sich Nele zu.

»Am besten suchen wir sie. Hoffentlich hat sie sich nicht verlaufen. Wir teilen uns auf. Du gehst den Weg zurück und kontrollierst dabei die Höhle, ich nehme den Weg zum Hochplateau.«

Nele nickte und machte sich auf die Suche.

Der Mond war unterdessen aufgegangen und spendete bleiches Licht. Die Bäume sahen darunter wie Scherenschnitte aus. Jean-Luc kannte die Gegend wie seine Westentasche und würde, da im Moment keine Biker unterwegs waren, kaum vom Weg abkommen. Die Musik und das Gelächter wurden nach und nach immer leiser, je weiter er dem alten Pfad folgte. Der kühle Nachtwind ließ ihn frösteln. Es wird schon nichts passiert sein, beruhigte er sich, dennoch ging er zügiger.

32

»Vorsichtig!« Arnaud verstärkte den Händedruck, als Saskia hinter ihm stolperte und fast gefallen wäre.

»Das war knapp!« Sie linste mit klopfendem Herzen über den Abgrund, der sich nur eine Schrittlänge vor ihren Füßen auftat.

Arnaud legte schützend einen Arm um ihre Schultern.

»Ja, hier geht es richtig runter«, meinte er und blickte ebenfalls in die gähnende Tiefe. Am Fuß der Schlucht beleuchtete eine einsame Straßenlaterne eine Weggabelung. »Es sind zwar Bestrebungen im Gange, eine Balustrade anzubringen, aber bis jetzt hat die Regierung noch keinen Cent dafür ausgegeben.«

Saskia ekelte sich vor Arnauds vertraulicher Berührung und trat einen Schritt zurück, sodass sein Arm von ihrer Schulter glitt.

»Wollen wir weiter?«, fragte er. Seine Stimme klang belegt.

»Ja, meine Abenteuerlust hat sich fürs Erste gelegt«, versuchte sie die Situation aufzulockern, doch er reagierte nicht auf ihren Scherz. Vorsichtig setzten sie ihren Weg fort.

»Saskia, darf ich dich etwas fragen?« Arnaud blieb abrupt stehen.

»Ja, sicher.«

»Du bist doch Journalistin, nicht?«

Sie stutzte. Woher wusste er das? Aber Philippe Arnaud war ohnehin etwas wunderlich, von daher erstaunte es sie nicht wirklich, dass er ihren Beruf kannte. Und Beaumes-de-Venise war sicher eines der berühmten Dörfer, in denen nichts lange geheim blieb. Also schüttelte sie ihr Unbehagen ab und sagte: »Korrekt, ja, wieso?«

»Nun, die Weinbaugenossenschaft hat schon lange ein Projekt in der Schublade, das wir jetzt endlich in Angriff nehmen wollen. Wir möchten gerne eine neue Internetseite konzipieren, die die Genossenschaft und ihre Produkte einem größeren Publikum zugänglich macht. Natürlich müsste sie zwei-, am besten dreisprachig verfasst sein. Französisch, Deutsch und Englisch. Des Weiteren würden wir gerne einen Prospekt erstellen, der uns, unsere Weine und die Region vorstellt. Unsere Klientel kommt vor allem aus Deutschland und der Schweiz und wir versuchen ständig, Kontakte zu den Touristenbüros und den dortigen Weinhändlern zu knüpfen. Übersetzer sind in Frankreich jedoch recht teuer und die finanziellen Mittel der Genossenschaft beschränkt. Die Weinbranche hat in den letzten Jahren einen starken Einbruch erlebt. Deutschland hat zum Beispiel dieses Jahr dreißig Prozent weniger französische Weine importiert.« Er machte eine Pause, vermutlich, um seinen Worten mehr Wirkung zu verleihen. »Lange Rede, kurzer Sinn, ich möchte dich fragen, ob du nicht daran interessiert wärst, uns bei diesem Projekt zu helfen. Wir zahlen dir dafür einen angemessenen Lohn und du hättest die Möglichkeit, wieder in deinem Beruf zu arbeiten. Was meinst du dazu?«

Saskia war verblüfft. Das war ein unerwartetes Angebot und würde quasi all ihre Probleme auf einen Schlag lösen: Sie käme vom Gut der Rougeons weg und könnte weiterhin in der Provence bleiben.

Arnaud verstand ihr Schweigen anscheinend falsch, denn er fügte hastig hinzu: »Natürlich stünden dir ein Firmenwagen und eine kleine Wohnung zur Verfügung. Und über das Gehalt werden wir uns sicher auch einig.«

Eine eigene Wohnung und ein Auto? Jetzt war Saskia perplex, das wurde ja immer besser!

»Das ist ein ganz tolles Angebot, Philippe, vielen Dank, und natürlich würde ich sofort zusagen, aber ich bin an mein Arbeitsverhältnis mit den Rougeons gebunden und kann nicht einfach so davonlaufen. Ich werde aber morgen mit ihnen sprechen und sie verstehen bestimmt, dass ich mir so ein Angebot nicht entgehen lassen kann … und will.«

Géraldine wird jubeln, wenn sie davon hört, ging es Saskia durch den Kopf. Und Jean-Luc wird wahrscheinlich auch nicht unglücklich sein, wenn ich weg bin.

»Natürlich, das verstehe ich und es bedeutet nur, dass du eine loyale Angestellte bist und dich nicht aus der Affäre ziehen willst. Sie werden dir gewiss keine Steine in den Weg legen.« Arnaud schien plötzlich ganz aufgeregt und rieb sich nervös die Hände. »Dann darf ich das quasi als Zusage unter Vorbehalt werten?«

»Ja, das darfst du«, erwiderte Saskia mit einem Schmunzeln.

Er stieß einen Laut aus, den sie als Freudenschrei interpretierte, umarmte sie dann enthusiastisch und drückte ihr drei Küsse auf die Wangen.

»Tut mir ja unsagbar leid, das traute Tête-à-tête zu stören, aber es gibt Leute, die sich deinetwegen Sorgen machen. Wenn auch überflüssigerweise, wie ich sehe.«

Jean-Lucs Stimme war hart wie Stahl. Philippe und Saskia lösten sich erschreckt voneinander.

»Es ist nicht so, wie es aussieht, Jean-Luc«, versuchte Saskia sich zu verteidigen.

»Natürlich, so ist es nie«, erwiderte er eisig. »Aber sag, wie ist es dann?«

Seine Worte troffen vor Sarkasmus. Saskia spürte, wie die Wut langsam in ihr hochstieg. Was bildete sich dieser Idiot eigentlich ein? Woher nahm er sich das Recht, sie zu maßregeln? Sollte er doch besser vor seiner eigenen Tür kehren.

Sie hatte plötzlich keine Lust mehr, sich in irgendeiner Weise zu rechtfertigen. »Kümmere dich gefälligst um deinen eigenen Kram, Jean-Luc. Ich arbeite jetzt nicht und was ich in meiner Freizeit tue, geht dich nichts an!« Um ihren Worten Nachdruck zu verleihen, hakte sie sich bei Arnaud unter und sagte freundlich: »Komm, Philippe, du hast mir doch ein gutes Glas Wein versprochen. Ich muss mir den schlechten Geschmack hinunterspülen, den ich plötzlich im Mund habe.«

»Ja … natürlich, das versprochene Glas«, stotterte dieser verdutzt, warf Jean-Luc aber einen triumphierenden Blick zu, als sie an ihm vorbeigingen.

Im ersten Moment sah es so aus, als wolle sich Jean-Luc auf sie stürzen, doch er ballte lediglich die Fäuste und ließ sie unbehelligt passieren.

33

Soledat seufzte enttäuscht, Géraldine jedoch konnte ihre Freude kaum verheimlichen. Saskia stand beschämt im Büro der Rougeons und biss sich auf die Lippen. Gerade eben hatte sie die Bitte vorgebracht, man möge sie aus ihrem Arbeitsverhältnis entlassen.

»Mein liebes Kind«, begann Mama Sol und Saskia machte sich auf eine Moralpredigt gefasst. »Natürlich sehe ich ein, dass Philippes Angebot sehr verlockend ist, und ich kann auch verstehen, dass dir diese Arbeit sicher mehr liegt als deine Aufgaben hier. Aber letztendlich hast du dich auf unsere Stelle beworben und wenn ich nach dem Vertrag gehe, musst du die Kündigungsfrist von einem Monat einhalten.« Géraldine und Saskia sahen die ältere Frau gleichermaßen entsetzt an. »Aber«, fuhr Soledat fort und hob abwehrend die Hand, als die beiden Frauen ihr ins Wort fallen wollten, »man soll Reisende nicht aufhalten.«

Géraldines Gesicht hellte sich augenblicklich auf und sie atmete hörbar aus.

»Doch bei allem Verständnis für deine Lage, Saskia, muss ich zuerst einen Ersatz für dich finden. Und bis dahin wirst du hier weiterhin deiner Arbeit nachkommen, sind wir uns einig?«

Saskia nickte eifrig. »Natürlich, Mama Sol, ich werde so lange hier bleiben, bis du jemanden gefunden hast. Es tut mir wirklich leid, aber das Angebot ist zu attraktiv, da muss ich einfach zugreifen. Ich hoffe, du … ihr versteht das.«

»Ja, natürlich verstehen wir das«, erwiderte Soledat resigniert.

Vielleicht war es wirklich das Beste, wenn Saskia das Gut verließ. Géraldine zeigte unverhohlen, dass sie die Schweizerin nicht mochte. Die beiden waren wie Hund und Katze. Nur, was bezweckte Philippe mit dieser Aktion? Dass dieses Projekt geplant war, wusste Soledat schon lange. Jean-Luc hatte vor zwei Jahren selbst daran mitgearbeitet. Aber nach Virginies Tod wurden die Bemühungen eingestellt und mit der Zeit kamen dringendere Aufgaben auf den Tisch.

Soledat war nicht so dumm zu glauben, dass Philippe Saskia bloß einstellte, weil sie eine so tolle Journalistin war. Das hatte ganz andere Gründe und die gefielen ihr nicht. Jedoch war es nicht an ihr, hier den Schiedsrichter zu spielen. Die Schweizerin war erwachsen und selbst verantwortlich für das, was sie tat.

Soledat hatte sich gestern eine böse Abfuhr von Jean-Luc eingehandelt. Sie hatte gesehen, dass Saskia – Arm in Arm mit Philippe – zum Fest zurückgekommen war, und hatte daraufhin ihren Sohn aufgefordert, ihrer Angestellten die Geschichte von Virginie zu erzählen, damit sie wenigstens wusste, worauf sie sich einließ. Aber Jean-Luc hatte wie ein tollwütiger Hund reagiert und sie angeschnauzt, das sei nicht sein Bier. Daraufhin war er wütend verschwunden und hatte sich den ganzen Abend nicht mehr blicken lassen.

Sie seufzte wieder. Als hätte sie nicht schon genug Probleme! Odette hatte gestern spät nachts noch angerufen. Ignace, der derzeit in Paris untersucht wurde, war verschwunden und ihre Tochter musste die Polizei informieren. Zum Glück hatten Magali und François nicht mitbekommen, dass ihr geliebter Grandpère nur mit Unterhose und Hausschuhen bekleidet in der Nähe des Trocadero aufgegriffen wurde. Die Medikamente schienen immer weniger zu wirken. Ignace war laut den Ärzten bereits im sogenannten ›späten Stadium‹ der Krankheit. Das Langzeitgedächtnis war angegriffen. Oftmals verwechselte er Magali mit Odette, Odette mit Soledat oder vergaß überhaupt, dass er eine Familie hatte. Außerdem konnte er sich nur noch unter Schwierigkeiten selbst anziehen, tägliche Aufgaben erledigen und sprechen. Es würde nicht leicht werden, wenn er wieder hier war. Vielleicht sollte sie sich jetzt schon mit dem Gedanken anfreunden, eine Krankenschwester zu engagieren.

Die Ärzte hatten sie bereits vorgewarnt, dass später eine Tag- und Nachtbetreuung unumgänglich war. Und jetzt noch Saskia … es nahm kein Ende.

»Gut, ma petite«, wandte sie sich wieder an die Schweizerin, »ich werde gleich auf dem Gemeindebüro anrufen, womöglich bekommen wir eine Hilfe aus dem Dorf. Chantal kann ich auch fragen; sie hat eine Menge Cousinen in Avignon, nur schade, dass keine von ihnen Deutsch spricht. Aber in der Not frisst der Teufel eben Fliegen, nicht wahr?« Sie lächelte bemüht. »Und du bist sicher, dass du uns verlassen willst?«

»Ja, Mama Sol, das bin ich«, erwiderte Saskia bestimmt, wenn auch mit einem bedauernden Ton in der Stimme.

34

»Du hast doch einen Knall!« Nele stand mit blitzenden Augen vor Saskia, die Hände in die Hüften gestemmt. »Zu der Arschgeige würde ich auf keinen Fall gehen. Du hast selbst gesagt, dass er nicht alle Tassen im Schrank hat!«

Sie pustete sich ärgerlich die Fransen aus der Stirn.

»Ja, ich weiß«, erwiderte Saskia verlegen. Nele traf genau den wunden Punkt. Sie hatte immer noch ein ungutes Gefühl, wenn Arnaud in ihrer Nähe war, aber letztendlich musste sie bloß mit ihm arbeiten und nicht Tisch und Bett teilen.

»Echt, ich verstehe dich nicht. Wir hatten es doch so toll zusammen, oder nicht?« Neles Stimme zitterte und Saskia wurde es schwer ums Herz.

»Ach, Süße«, erwiderte sie und merkte nicht, dass sie den Kosenamen benutzte, den Nele normalerweise für sie verwendete. »Ich bin doch nicht aus der Welt. Und ich rufe dich ganz sicher ständig an und komme vorbei, bis ich dir auf die Nerven gehe. Stell dir doch nur mal vor: eine eigene Wohnung und ein eigenes Auto! Wir können ans Meer fahren, wenn du frei hast, und danach zu Hause eine Party feiern. Klingt doch toll, oder?«

»Ans Meer?« Nele schaute plötzlich interessiert. »Echt?«

Saskia nickte.

»Okay, das ist ein Argument. Na gut«, maulte Nele, aber der Schalk blitzte bereits wieder in ihren Augen, »aber Armand laden wir nicht zur Party ein.«

Saskia lachte. »Niemals kommt mir dieser Wüstling über meine Schwelle!«

Sie stand auf und umarmte Nele.

Die Holländerin drückte sie fest an sich und hielt sie dann um Armeslänge von sich. »Es ist wegen Jean-Luc, nicht wahr?«, fragte sie ernst.

Saskia erstarrte und wand sich aus ihrer Umarmung. »Darüber möchte ich nicht sprechen.«

Nele zuckte nur mit den Schultern und schüttelte dann den Kopf. »Was sich liebt, das neckt sich eben«, meinte sie Augen rollend und Saskia war, als hätte sie diesen Spruch schon einmal gehört.

35

»Und alle Vorhänge werden gewaschen, die Fenster geputzt und die Räume ordentlich gelüftet. Es muss alles perfekt sein. Kann ich mich auf Sie verlassen?«

Philippes Stimme hatte einen fordernden Unterton angenommen und die beiden Frauen in den grünen Arbeitskitteln nickten hastig.

»Sollen wir die Kleider in den Schränken auch durchsehen?«

Philippe warf der stämmigen Dienstbotin einen eiskalten Blick zu. »Habe ich das etwa angeordnet? Nein, oder? Also, scheren Sie sich nicht um Dinge, die Sie nichts angehen. Ich werde mich selbst darum kümmern.«

Und damit der Putzdienst nicht auf dumme Gedanken kam, zog Philippe gleich alle Schlüssel von den Schränken und Kommoden ab und verstaute sie in seiner Jackentasche. Keiner durfte die Dinge berühren, die Virginie gehörten. Sie waren heilig, so, wie sie selbst eine Heilige gewesen war.

36

Jean-Luc war stinksauer. Chantal hatte das Unglück, ihm diesen Morgen über den Weg zu laufen. Er faltete sie wegen einer Nichtigkeit derart zusammen, dass sie weinend zu Henriette lief. Die gutmütige Köchin presste das Mädchen an ihre ausladende Brust und sprach ihr gut zu, bis die Französin wieder lächelte. Dann machte sie ihr eine heiße Schokolade und verjagte den gereizten Jean-Luc aus der Küche, als er mit mürrischem Gesicht auf der Suche nach neuen Opfern ihr Reich betrat.

Er wusste, dass er sich unmöglich benahm, konnte jedoch nichts dagegen tun und beschloss, sich bei einem Kontrollgang durch die Reben abzukühlen.

»Gaucho, Fuß!«, rief er und schlug den Weg in die Rebberge ein.

Saskia stand am Fenster ihres Zimmers und sah ihrem zukünftigen Exchef nach, wie er in den Weinbergen verschwand.

Es ist wegen Jean-Luc, hatte Nele gesagt. Natürlich war es wegen ihm, nur wegen ihm. Doch sollte sie das zugeben? Nein, sie wollte schließlich nicht als blondes Dummchen dastehen, das sich in seiner Naivität an einen verheirateten Mann herangemacht hatte und zwangsläufig eine Enttäuschung erleben musste.

Saskia konnte Frauen, die Affären mit verheirateten Männern eingingen, nicht verstehen. Oft hatte sie über solche Geschichten den Kopf geschüttelt, wenn in ihrem Bekanntenkreis etwas Ähnliches passierte. *Wie kann man so dumm sein?,* hatte sie immer wieder gedacht. Das kann doch nur schiefgehen. Und jetzt war sie selbst eine von *denen.* Aber sie würde sich nicht von ihren Gefühlen leiten lassen. Man konnte alles unterdrücken, wenn man nur wollte, selbst die Liebe.

Sie fuhr sich mit der Hand über die Augen. Hoffentlich fand Mama Sol schnell einen Ersatz für sie.

37

Jean-Luc bückte sich und besah sich die Unterseite eines Weinblatts. Kräftig, dunkelgrün und saftig. Keine Anzeichen eines Schädlings oder des gefürchteten echten Mehltaus. Sollte das heiße Wetter anhalten, versprach es eine ausgezeichnete Ernte zu werden. Die Regenfälle im Frühjahr waren leicht gewesen und er hoffte, der Herbst würde keine Ausnahme machen. Alain und die anderen Männer waren damit beschäftigt, die stark gewachsenen Triebe auszudünnen. So legte der Weinstock seine Kraft in die Früchte und nicht in das Blattwerk. Gaucho lief bellend zwischen den Reihen hin und her und jagte Eidechsen, die sich auf den warmen Steinen sonnten. Es war alles in Ordnung, wäre da nur nicht diese Eifersucht gewesen.

Sie hatte ihn, als er Saskia gestern mit Philippe zusammen gesehen hatte, wie eine große dunkle Welle überrollt und ihm das Atmen schwer gemacht. Am liebsten hätte er seinen Schwager wie eine lästige Reblaus zerdrückt und ihm in seine überhebliche Visage gehauen. Aber natürlich hatte er das nicht getan und darauf gehofft, dass sich Saskia besinnen würde, wenn er ihr die Geschichte von Virginie erzählte. Doch so weit war es nicht mehr gekommen. Heute Morgen hatte ihm seine Mutter verkündet, dass die Schweizerin um ihre Entlassung gebeten hatte. Sie wollte einen Job bei der Weinbaugenossenschaft annehmen, angeblich, um sie in Marketingfragen zu unterstützen.

So ein Schwachsinn! Das war doch nur ein Vorwand von Philippe, um Saskia in seiner Nähe zu haben. Sah sie das denn nicht? Aber bitte, wenn sie unbedingt in ihr Unglück rennen wollte, dann sollte sie es eben tun. Was ging ihn diese Frau überhaupt an? Sie würde Ende der Saison in ihr Heimatland zurückkehren und nie wieder etwas von sich hören lassen.

Willst du das denn?, fragte eine leise Stimme in seinem Kopf. Nein, das wollte er auf gar keinen Fall! Saskia hatte eine Stelle in ihm berührt, von der er gedacht hatte, sie wäre nicht mehr vorhanden. Jedes Mal, wenn er sie sah, wollte er sie berühren, wollte sie riechen, hören und schmecken. Der Kuss hatte ihn fast umgehauen und er sehnte sich nach mehr von ihr. Er wollte sie mit Haut und Haaren und nur für sich allein. Die Sehnsucht nach ihr machte ihm Angst, weil er fürchtete, die Kontrolle zu verlieren. So musste sich ein Süchtiger fühlen, der nur eine Handbreit von seinem Stoff entfernt ist und in der Gewissheit lebte, ihn nie erreichen zu können. Aber jetzt war es zu spät, um die Kluft zwischen ihnen zu schließen. Und vielleicht war es so am besten.

Jean-Luc Rougeon, der Mann, der sich vorgenommen hatte, sich nie entmutigen zu lassen, gab auf und fühlte sich dabei wie ein elender Feigling.

38

»Hallo? Wer ist da? David wer? Oh! Herr Hunziker.«

Géraldine stoppte den Lieferwagen. Die Verbindung war schlecht, es knirschte und knackte in ihrem Handy, als würde jemand Steine darin mahlen.

»Wo? In Paris?«

Saskias Exfreund rief vom Pariser Flughafen an und erkundigte sich nach dem Weg zum Weingut. Er wollte Saskia einen Besuch abstatten. Géraldine verzog das Gesicht zu einer Grimasse. So ein Mist! Das passte jetzt ganz schlecht und würde womöglich Saskias Abreise gefährden. Auch bestand die Gefahr, dass Philippe oder Jean-Luc ausrasteten, wenn Saskias Ex plötzlich auftauchte. Männer und ihre Reviere!

So sehr ihr die Idee vor ein paar Tagen noch gefallen hatte, David Hunziker wieder ins Spiel zu bringen, im Moment würde seine Anwesenheit mehr schaden als nutzen. Er war ein Trumpf, den sie immer noch ausspielen konnte.

»Ach, Herr Hunziker, wie nett, von Ihnen zu hören. Tatsächlich? Ja, das wäre sicher eine Überraschung. Nur zwei Tage? Oh, das trifft sich aber schlecht. Saskia begleitet die Besitzerin des Weingutes auf einer dreitägigen Einkaufstour in den Süden. Ja, das ist wirklich Pech, tut mir leid. Rufen Sie mich doch das nächste Mal etwas früher an, dann kann ich das besser koordinieren. Ja, werde ich tun. Aber sicher, sie wird das auch bedauern. Gut, wir hören voneinander. Adieu.«

Géraldine klappte ihr Handy zu. Das war ja noch mal gut gegangen. Sie startete den Wagen und summte fröhlich vor sich hin.

Vielleicht sollte sie ein wenig shoppen gehen. Ein neues Sommerkleid oder sexy Unterwäsche. Schließlich wusste man nie, wann man solche Dinge brauchte.

39

Philippe lag im Bett und warf sich unruhig hin und her.

»Du willst mich nur für dich allein und deshalb versuchst du, einen Keil zwischen uns zu treiben. Du kannst es einfach nicht ertragen, dass ich einen anderen liebe und nicht mehr deine kleine Prinzessin bin, nicht wahr?«

Der Lieferwagen der Prieuré raste die schmale Straße nach Carpentras hinunter und in den engen Kurven fuhr er gefährlich nahe am Abgrund entlang. Die Nacht war stockdunkel, nur die Scheinwerfer warfen gelbe Lichtkegel in die Finsternis. In den Serpentinen, in denen die Räder schneller als der Lichtstrahl waren, versanken die Augen jedoch im totalen Nichts. Philippe brach der Schweiß aus.

»Du bist durcheinander, das kann ich verstehen«, sagte er ängstlich, bemüht, seine Schwester nicht noch mehr zu erzürnen, »es ist schließlich eine schwerwiegende Entscheidung, die ihr getroffen habt. Was hat der Arzt gesagt? Wie hoch liegt die Wahrscheinlichkeit? Bei mehr als fünfzig Prozent?«

Virginies Lippen waren fest zusammengepresst und es sah nicht danach aus, als wolle sie ihm darüber Auskunft geben.

»Halt an, ich werde weiterfahren«, befahl Philippe. Doch seine Stimme hatte jede Autorität verloren.

»Sag mir nicht, was ich zu tun habe!«, kreischte Virginie. »Immer, mein ganzes Leben lang hast du das getan. Mir reicht's! Endgültig! Ich will, dass du aus meinem … unserem Leben verschwindest!« Ihre Stimme überschlug sich vor Wut.

Philippe klammerte sich an die Armlehne, um nicht hin und her geschleudert zu werden. Er versuchte verzweifelt, den Sicherheitsgurt einzuhaken. Doch je mehr er daran riss, desto weniger ließ er sich bewegen. Nicht mehr lange und er würde sich übergeben müssen.

»Wie kannst du es wagen, mir vorzuschreiben, ob ich ein Kind bekommen darf oder nicht? Wie.Kannst.Du.Es.Wagen!«

Seine Schwester schrie wie eine Furie und fuchtelte wild mit den Armen in der Luft herum. Philippes Knöchel traten weiß hervor, als er sich noch fester an den Sitz klammerte. Am liebsten hätte er laut geschrien, doch eine jähe Furcht lähmte seine Zunge. Er hatte ihr doch nur vorgeschlagen, über eine Abtreibung nachzudenken. Jetzt, da sie wieder Probleme mit den Nieren hatte, war eine Schwangerschaft enorm gefährlich. Und sie wusste schließlich auch, dass die Krankheit vererbbar war. Wollte sie das wirklich auf sich nehmen? Ein Kind mit dieser schrecklichen Geißel in die Welt setzen? Doch anstatt sich die Argumente anzuhören, flippte seine Schwester komplett aus. So kannte er sie gar nicht und mit Entsetzen musste er erkennen, dass sie in der Tat nicht mehr seine Prinzessin, sein Engel, seine Heilige war.

Dieser schwarze Teufel Jean-Luc hatte sie verdorben. Hatte die Liebe, die sie füreinander empfanden, untergraben und nach und nach zerstört. Er würde dafür bezahlen! Ja, der verfluchte Bastard würde dafür bezahlen, aber zuerst musste er Virginie zur Besinnung bringen. Wenn sie weiterhin so raste, würden sie noch in den Abgrund stürzen.

»Beruhige dich bitte«, schmeichelte Philippe und legte seiner Schwester versöhnlich die Hand auf den Arm.

»Fass mich nicht an!«, kreischte sie und schüttelte seine Hand ab, als hätte ein ekliges Insekt sie berührt. Dabei ließ sie das Steuerrad los und der Lieferwagen geriet gefährlich ins Schlingern. Endlich hatte sie ihn wieder unter Kontrolle, fuhr aber weiterhin wie eine Verrückte die Straße entlang und bremste in den Kurven kaum ab. Die Reifen quietschten gefährlich, Philippe sträubten sich die Nackenhaare. Sie würde sie beide noch umbringen.

»Bitte, ich flehe dich an, fahr langsamer. Du bist verwirrt, das ist nicht verwunderlich, aber wir können doch über alles reden.«

»Reden?« Virginie lachte bitter auf und rollte dabei die Augen. »Immer willst du reden! Zu allem deinen Senf dazugeben. Aber es geht dich nichts mehr an! Hörst du? Nichts, nichts, nichts! Glaubst du etwa, ich hätte es nicht gewusst? Hältst du mich für so blöd? Ich habe es immer gewusst. Jedes Mal habe ich es gemerkt. Und ich habe mit dir gespielt, habe dir nur gezeigt, was ich wollte. Hörst du? Ich hatte immer die Kontrolle, du widerlicher, erbärmlicher Wicht!«

Sie spuckte die Worte regelrecht aus und lachte hämisch. Plötzlich griff sie mit der rechten Hand über seinen Schoß hinweg nach der Türklinke und öffnete sie, während der Wagen direkt auf den Steilhang zufuhr.

»Raus, du krankes Subjekt. Ich kann dich nicht mehr ertragen! Du ekelst mich an!«, kreischte sie und versuchte dabei, ihn aus dem Auto zu stoßen.

Die offene Wagentür schwang hin und her. Philippe fasste verzweifelt nach dem Türgriff. Als die Felswand nur noch ein paar Meter von ihnen entfernt war, schrie er auf. Virginie blickte nach vorne und ihre Augen weiteten sich. Instinktiv riss sie das Steuerrad nach links und die Fliehkraft schleuderte Philippe aus dem Wagen. Er prallte schmerzhaft an die Felswand und blieb benommen liegen. Dann hörte er Bremsen kreischen, ein Splittern und Krachen. Sekunden später erschütterte eine gewaltige Explosion den Wald und eine rote Feuersäule stieg in die dunkle Nacht.

»Virginie! Nein!«

Philippe erwachte schweißgebadet. Er keuchte. Jeder Muskel in seinem Körper war zum Zerreißen gespannt. Sein Herz hämmerte wild und drohte zu zerplatzen. Jede Nacht, und das seit zwei Jahren, träumte er dasselbe. Erlebte die Unglücksnacht wieder und wieder. Jede verdammte Nacht!

Er drehte sich zur Wand und weinte.

40

Saskia stand in der Tür und warf einen wehmütigen Blick in ihr Zimmer. Sie hatte bereits die Bettwäsche abgezogen, die wie ein Häufchen Elend zu Füßen des geschmiedeten Eisenbettes lag. Das war's also.

Mama Sol hatte wider Erwarten schnell einen Ersatz für sie gefunden. Marie-Claire, Chantals Cousine, würde Saskias Stelle bis Ende der Saison übernehmen. Das neunzehnjährige Mädchen sprach sogar etwas Deutsch. Ein Glücksfall für das Gut.

In zwanzig Minuten würde Arnaud Saskia abholen. Ihr blieb noch Zeit, ein letztes Mal durchs Haus zu gehen. Sie stellte Reisetasche und Koffer in die Eingangshalle und schlenderte durch die verlassenen Räume. Im Speisesaal war das Frühstücksgeschirr abgeräumt, Chantal deckte den großen Tisch bereits fürs Mittagessen. Nele war heute Morgen mit Géraldine und Mama Sol nach Carpentras gefahren und würde nicht vor Mittag zurück sein. Es war still im Haus, nur ab und zu hörte man Henriette aus der Küche mit den Töpfen klappern.

Saskia hatte sich bereits gestern beim gemeinsamen Abendessen von allen verabschiedet, wobei auch ein paar Tränen geflossen waren. Vor allem Nele hatte tapfer dagegen angekämpft, doch ihr Lächeln glich eher einer Clownsmaske und diese war, je später es wurde, von ihrem Gesicht gebröckelt. Saskia musste ihr hoch und heilig versprechen, sie oft anzurufen oder vorbeizukommen. Einen Ausflug ans Meer hatten sie bereits organisiert. In drei Tagen würden sie an die Côte d'Azur fahren. Das machte den Abschiedsschmerz erträglicher.

Géraldine hatte überhaupt nicht versucht, ihre Freude über Saskias Abreise zu verbergen. Sie drückte ihr zum Abschied die Hand und quetschte sich ein paar Floskeln über die Lippen. Der Zerberus hatte den Feind also vertrieben – die Welt war wieder in Ordnung. Jean-Luc war dem Abendessen ferngeblieben. Auf der einen Seite war Saskia froh darüber, es wäre sicher für beide eine peinliche Situation gewesen. Auf der anderen Seite ...

»Ach, egal«, murmelte sie müde. Sie trat in den Garten und blickte über den Pool, der spiegelglatt in der Morgensonne glänzte. Im Schatten einer Pinie schlief Gaucho und zuckte ab und zu mit den Pfoten. Sie bückte sich und strich dem Hund übers Fell. Er hob schläfrig den Kopf und wedelte leicht mit dem Schwanz, bequemte sich aber nicht aufzustehen. Saskia schmunzelte. Hund müsste man sein.

Sie setzte sich an eins der Bistrotischchen und zog ihr Handy aus der Tasche. Vor zwei Tagen hatte sie eine SMS von David erhalten, die sie nicht verstand. Er wünschte ihr eine gute Reise und hoffte darauf, beim nächsten Mal einen besseren Zeitpunkt zu erwischen. Sie las die Mitteilung noch einmal und schüttelte den Kopf. Wovon sprach er? Saskia überlegte, ob sie nachfragen sollte, beschloss dann aber, es nicht zu tun, und löschte die Nachricht. Nur nichts aufwärmen, das nicht mehr schmeckt.

Jean-Luc stand in seinem Büro hinter dem Vorhang und beobachtete Saskia durchs Fenster. Sie sollte ihn nicht sehen, doch am liebsten wäre er hinausgestürmt und hätte sie angefleht, bei ihm zu bleiben. Aber er hatte keine Lust, sich zum Affen zu machen. Sie hatte sich entschieden und er würde – nein, musste! – das respektieren. Er war noch nie einer Frau hinterhergelaufen und würde jetzt nicht damit anfangen.

Er seufzte und ging zum Schreibtisch zurück. Lange betrachtete er den Brief, der das Emblem der Weinbaugenossenschaft trug. Philippe hatte also nur Saskias Zusage abgewartet und danach seinen Privatkrieg sofort wieder aufgenommen.

Jean-Luc schüttelte den Kopf. Wie war es seinem Schwager bloß möglich gewesen, die anderen Mitglieder der Genossenschaft von seinem Vorhaben zu überzeugen? Er hatte stets angenommen, dass die langjährige Freundschaft der Rougeons zu ihnen mehr zählte als Philippes Gewinnstreben. Aber gut, wenn sie seine Trauben nicht wollten, dann sollten sie ihm doch den Buckel hinunterrutschen. Er würde seinen Wein nicht bewusst schlechter machen, nur um damit den Preis dem der Konkurrenz anzupassen. Die Rougeons hielten ihre Qualität seit Jahren und würden auch weiterhin daran arbeiten, auf diesem Standard zu bleiben.

Er zerknüllte die Kündigung und warf sie in den Papierkorb. Sollte Philippe eben den Krieg haben, den er mit allen Mitteln anstrebte. Lieber in voller Fahrt untergehen, als mit gerafften Segeln im Ozean zu dümpeln.

Saskia hörte das Hupen bis in den Garten. Nun war es also so weit. Sie warf einen kurzen Blick zum Bürofenster. Stand da nicht jemand hinter den Gardinen? Ihr Herzschlag beschleunigte sich. Es hupte noch mal und sie stand auf. Nein, Jean-Luc war es sicher egal, dass sie abreiste, denn sonst hätte er sich von ihr verabschiedet.

»Also dann, Gaucho, halt die Ohren steif.« Der Hund wedelte zustimmend.

Saskia durchquerte die Eingangshalle, schnappte sich Koffer und Reisetasche und ging die Stufen zur Einfahrt hinunter. Arnaud stand bereits vor dem Wagen und öffnete ihr galant die Beifahrertür, danach verstaute er ihr Gepäck auf dem Rücksitz.

»Wollen wir?«

Saskia nickte. Der Kloß in ihrem Hals schmerzte unerträglich und sie verspürte den dringenden Wunsch, zu Jean-Luc zurückzulaufen und ihn darum zu bitten, bei ihm bleiben zu dürfen. Aber ihr Stolz ließ es nicht zu. Er war verheiratet und sie würde ein Leben als Geliebte nicht ertragen können. Sie atmete tief durch und stieg in den Wagen.

»Auf zu neuen Ufern!«

Die Gebäude der Weinbaugenossenschaft befanden sich Luftlinie nur etwa zehn Minuten vom Gut der Rougeons entfernt, jedoch musste man um einen weitläufigen Hügel herumfahren, der sich zwischen den beiden Anwesen erhob.

Arnaud versuchte ein paar Mal, Saskia in ein Gespräch zu verwickeln, da sie aber nur einsilbig antwortete, gab er seine Bemühungen schließlich auf, was ihr ganz recht war. Sie hatte keine Lust, sich zu unterhalten, und starrte trübsinnig vor sich hin.

Sie folgten dem staubigen Weg bis zur geteerten Hauptstraße, die zum Dorf hinabführte, bogen dann aber kurz vor dem Ortsschild in eine Seitenstraße ein.

Saskia kannte diese Route noch nicht und wider Erwarten weckte die unbekannte Umgebung ihr Interesse. Links und rechts säumten, wie fast überall in der Region, Rebstöcke den Weg und dazwischen sah sie Arbeiter, die mit Scheren bewaffnet durch die Reihen gingen. Ab und zu winkte ihnen einer zu und Arnaud grüßte zurück.

Nach einer zwanzigminütigen Fahrt erreichten sie ein stattliches Tor, an dessen Seite sich ein Wärterhäuschen befand. Ein Mann in Uniform und Schirmmütze saß darin und blätterte in einer Zeitung. Als er ihren Wagen erblickte, hob er die Hand zum Gruß, und nach ein paar Sekunden öffnete sich das Tor lautlos und sie passierten den eindrucksvollen Eingang. Die Straße dahinter war frisch geteert und glänzte in einem satten Schwarz in der Vormittagssonne. Lavendelbüsche, die zu dieser Jahreszeit in voller Blüte standen, säumten den Weg. Saskia öffnete das Fenster und die Hitze drang augenblicklich in den klimatisierten Wagen, aber ebenso der Lavendelduft, und sie atmete tief durch.

Sie fuhren eine schattige Pappelallee entlang, deren Wuchsrichtung nach Süden zeigte. Beaumes-de-Venise war dem Diktat des Mistrals zwar nicht so stark unterworfen wie andere Regionen in der Provence, doch auch hier waren seine Auswirkungen nicht zu übersehen. Vor einem massiven Monolith, in den der Name der Weinbaugenossenschaft eingemeißelt war, teilte sich der Weg. Rechts erhoben sich sandfarbene Neubauten, in denen Saskia die Kellerei und die Verarbeitungsräume vermutete. Vor einem flacheren Gebäude parkten ein paar Autos und ein grünes Schild, auf dem ›accueil‹ stand, führte Besucher und Geschäftspartner zum Empfang.

Arnaud bog jedoch nach links ab. Saskias Blick fiel auf ein weißes, schlossartiges Gebäude. Erker und Türmchen, die sich in den wolkenlosen Himmel streckten, verliehen ihm etwas märchenhaftes und den typischen provenzalischen Charme. Im Gegensatz zum Anwesen der Rougeons gab es keinen Vorhof. Sie fuhren direkt vor den Eingang des mit blauen Fensterläden geschmückten Gebäudes aus dem 17. Jahrhundert. Alles wirkte gepflegt und sauber.

Saskia überkam das Gefühl, dass Philippe Arnaud viel Wert auf Prestige legte. Im Grunde nichts Verwerfliches, doch über dem ganzen Anwesen lastete eine Sterilität, als hätte man die Pforten eines Krankenhauses durchschritten. Sie fröstelte plötzlich.

»Et voilà, da sind wir.« Arnaud stieg aus dem Wagen und öffnete ihr zuvorkommend die Autotür. »Ich hoffe, du wirst dich hier wohlfühlen«, sagte er freundlich und nahm ihr Gepäck aus dem Wagen.

»Danke, das werde ich sicher«, erwiderte Saskia und fächelte sich Luft zu. Die Hitze war unerträglich und wurde zusätzlich vom hellen Sandstein des Gebäudes reflektiert.

»Komm, gehen wir hinein, da ist es kühler.« Arnaud öffnete die Eingangstür.

Saskia hatte vermutet, dass das Innere – zwangsläufig dem Alter des Gebäudes entsprechend – finster und düster war, doch überraschenderweise fand sie es lichtdurchflutet und hell vor. Die Wände wie auch die Holzdecke waren weiß getüncht und nur ab und zu sah man einen dunklen Balken, aus denen das Haus einst gebaut worden war. Eine weiße Sitzgarnitur stand nahe dem Eingang und Arnaud stellte Saskias Gepäck auf einen der Sessel.

»Justine?«, rief er. Gleich darauf erschien eine junge Frau in einer schwarz-weißen Uniform.

»Monsieur, Madame.« Die junge Frau betrachtete Saskia aufmerksam.

»Justine, darf ich dir Madame Saskia Wagner vorstellen? Sie wird ab heute Gast in unserem Haus sein.«

Jetzt macht sie sicher einen Knicks, dachte Saskia, doch die Angestellte streckte ihr lediglich die Hand entgegen und nickte höflich.

»Solltest du irgendwelche Wünsche haben, dann wende dich vertrauensvoll an sie«, wandte Arnaud sich an Saskia, »sie wird sie dir erfüllen.«

»Danke, werde ich tun. Philippe, eine Frage …« Saskia schluckte. Lag hier eventuell ein Missverständnis vor? »Du sagtest mir doch, dass ich eine eigene Wohnung bekäme, nicht? Jetzt hast du aber von mir als Gast gesprochen. Habe ich da etwas falsch verstanden?«

Arnaud lächelte. »Nein, nein, du hast mich nicht falsch verstanden. Ich zeige dir deine Räume gleich. Sie befinden sich im rückwärtigen Teil des Hauses und haben einen separaten Eingang. Ich hoffe aber, dass wir – vorausgesetzt, du möchtest das – ab und zu zusammen essen werden. Unsere Küche steht der von Henriette in nichts nach.«

»Verstehe. Ja, das kann ich sicher einrichten«, erwiderte Saskia gedehnt.

Arnaud machte sich doch nicht etwa Hoffnung, dass sie und er …? Dann wäre sie ja vom Regen in die Traufe gekommen. Außerdem war er absolut nicht ihr Typ. Sie verzog bei dem Gedanken das Gesicht und nahm sich vor, jede Vertraulichkeit gleich im Keim zu ersticken. Schließlich wollte sie hier nur arbeiten und nichts anderes.

Die Haustür ging auf und ein älteres Ehepaar, mit Tüten und Taschen beladen, trat ein.

»Philippe! Ihr seid schon da?«, rief der Mann verblüfft und blickte lächelnd zu Saskia. Sein bis dahin freundliches Gesicht erstarrte zu Stein. Er ließ die Plastiktüte, die er in den Händen hielt, auf den Boden fallen. Dutzende Tomaten kullerten durch den Eingangsbereich und Justine schnappte nach ihnen wie ein Balljunge auf dem Center Court. Auch die ältere Frau stierte Saskia mit offenem Mund an und klammerte sich an ihre Einkäufe, als wolle die Besucherin sie ihr entreißen.

Saskia runzelte die Stirn. Weshalb starrten sie denn immer alle so entsetzt an? Hatte sie zwei Hörner? Automatisch strich sie sich über die langen Haare.

»Adèle, Vincent, darf ich euch Madame Saskia Wagner vorstellen? Unsere neue Mitarbeiterin. Saskia, das sind Adèle und Vincent Thièche, die Eltern von Justine. Sie führen uns schon seit einer Ewigkeit den Haushalt.«

Arnaud lächelte unmerklich und Saskia hatte das Gefühl, dass er die bizarre Situation genoss.

Der ältere Mann löste sich als Erster aus seiner Erstarrung und reichte ihr eine faltige Hand. »Madame«, sagte er höflich und versuchte, seine Fassungslosigkeit nicht allzu deutlich zu zeigen. »Enchanté.«

»Freut mich ebenfalls, Sie kennenzulernen«, erwiderte Saskia zurückhaltend.

Sie schüttelten sich die Hand. Adèle hatte sich derweil noch keinen Millimeter bewegt und murmelte etwas vor sich hin, das Saskia an ein Gebet erinnerte. Ihr Ehemann schubste sie unsanft an und endlich streckte auch sie ihr die Hand entgegen, wenn auch recht zaghaft und ängstlich. Waren denn hier alle verrückt geworden?

Schließlich erlöste Arnaud sie alle aus dieser merkwürdigen Situation und berührte Saskia am Arm.

»Möchtest du jetzt deine Wohnung sehen und deine Sachen auspacken? Es ist bald Mittagszeit. Ich habe Justine angewiesen, uns ein leichtes Mahl vorzubereiten. Etwas Schinken mit Melone, dazu einen Krabbensalat. Danach zeige ich dir deinen neuen Arbeitsplatz.«

»Einverstanden.« Saskia atmete auf und folgte ihm durch die Halle. Im Rücken spürte sie die Blicke der beiden Angestellten und schnappte ein paar Wörter auf, die Adèle ihrem Mann zuzischte. Impossible, incroyable, fantôme – unmöglich, unglaublich, Geist.

Wie in einem schlechten Theaterstück, ging es Saskia durch den Kopf, nur stand noch nicht fest, welche Rolle sie darin spielte.

41

Saskia folgte Philippe durch die lang gezogene Eingangshalle in den hinteren Teil des Gebäudes. Eine steinerne Treppe mit flachen Stufen führte in die oberen Räume, doch Arnaud öffnete eine reich verzierte Holztür neben der Treppe. Sie traten in einen kleinen Raum, einem Wintergarten ähnlich, in dem eine Sitzgruppe aus blauen Rattanmöbeln stand. Vor den mannshohen Glasfenstern reihten sich Kakteen in den unterschiedlichsten Formen und Farben. Es war ein wunderhübsches Zimmer, das zum Lesen und Verweilen einlud, doch auch hier fühlte sie dieses Sterile und ließ sie erschauern.

Arnaud unterbrach Saskias Betrachtungen. »Wenn du möchtest, zeige ich dir das Haus später, Vir…, Saskia. Wir haben ja alle Zeit der Welt, nicht wahr?«

»Ja, natürlich. Übrigens ein sehr schönes Gebäude. Ist es wirklich 1678 erbaut worden? Ich habe die Jahreszahl über dem Eingang gesehen.«

»Ja, bevor meine Familie das Anwesen kaufte, war es ein Kloster, eine sogenannte Prieuré. Das Haus wurde mehrmals umgebaut und renoviert, um es dem heutigen Standard anzupassen. Ich hoffe, dir gefallen Antiquitäten? In deiner Wohnung stehen nämlich eine ganze Menge davon.« Er lachte und trat durch die Glastür in den Garten. »Es gibt noch einen Durchgang, der direkt zur Küche führt und den ich dir später zeigen werde. Der Weg durch das Kakteenzimmer ist aber kürzer und auch schöner. Komm!«

Saskia schmunzelte. Das Kakteenzimmer? Herrlich, hier hatten Zimmer eigene Namen.

Sie traten ins Freie. Flache Steinplatten führten über einen perfekt getrimmten Rasen, der an einen Golfplatz erinnerte, auf ein einstöckiges Gebäude zu, das sich eng ans Haupthaus schmiegte.

Hier schneidet der Gärtner das Gras vermutlich mit der Nagelschere, dachte Saskia und musste sich beherrschen, um nicht zu lachen. Irgendwie erschien ihr alles so surreal. Sie räusperte sich und versuchte zu lächeln, als Arnaud sich verwundert umdrehte.

»Schön, sehr schön«, sagte sie anerkennend.

Der Garten fiel sanft in Richtung eines gekiesten Platzes ab, auf dem mehrere große Pflanzkübel standen. Im Gegensatz zu den Terrakottagefäßen der Rougeons waren sie hier jedoch aus Bronze. Die Jahre hatten das Metall mit einer grünen Patina überzogen, die einen ansprechenden Kontrast zu den üppig blühenden Geranien bildete, mit denen sie bepflanzt waren. Unter einer Trauerweide standen ein Tisch und ein paar Stühle. Es war alles perfekt! Zu perfekt, dachte Saskia. Nirgendwo war ein Mensch zu sehen. Kein Hund tollte über den Kies, kein Lachen oder lärmendes Geschirrklappern drang durch ein offenes Fenster. Es war ruhig und still, wie auf einem Friedhof. Saskia fröstelte wieder, trotz der Hitze. Ach, du bist ein dummes Huhn!, sagte sie sich. Ruhe ist doch auch etwas Schönes und schließlich muss man allem und jedem eine Chance geben.

»So, hier ist deine neue Wohnung.« Arnaud öffnete die Tür mit einem altmodischen Eisenschlüssel und übergab ihn ihr anschließend mit einer leichten Verbeugung.

»Danke«, sagte Saskia lächelnd.

»Du wirst dich sicher gerne umsehen wollen, dazu brauchst du mich nicht. Vincent bringt dir gleich dein Gepäck und dann kannst du dich frisch machen.« Er sah auf seine Uhr. »Sagen wir in einer Stunde in der Eingangshalle? Dann haben wir vor dem Mittagessen noch genügend Zeit für einen Rundgang durchs Haus. Vorausgesetzt natürlich, du möchtest das.«

»Ja, das wäre toll.«

»Gut, also bis dann.«

Er strahlte sie an, als hätte er im Lotto gewonnen, drehte sich auf dem Absatz um und ging den Weg zurück. Saskia blickte ihm nach. Was für ein komischer Kauz, dachte sie. Dann wandte sie sich ab und erkundete ihr neues Heim.

Philippe stand im ersten Stock am Fenster und betrachtete mit leerem Blick die Tür, hinter der Saskia verschwunden war. Er strich zärtlich über das mit Goldlaméfäden durchwirkte Seidentop. Sie wird darin fantastisch aussehen, dachte er und roch daran, aber der Duft war verflogen. Ich werde das Parfum in Carpentras kaufen und ihr schenken, überlegte er. Dann hängte er das Kleidungsstück wieder zurück in den Schrank und verschloss ihn sorgfältig.

42

Saskia lag auf dem weiß bezogenen Messingbett und betrachtete ihre Fußnägel. Über ihr wölbte sich ein feiner hellgelber Gazestoff. Sie fühlte sich wie eine Prinzessin. Doch der Anblick der Wohnung hatte sie vorhin sehr erstaunt.

Vom kleinen Entree gingen vier Türen ab. Die erste führte ins Badezimmer, in dem eine altmodische Badewanne auf vier gusseisernen Füßen stand. Beim näheren Hinsehen entpuppte sie sich jedoch nicht als Antiquität, sondern als modern und funktionell. Das blitzblanke Waschbecken und die farblich zum ziegelroten Steinfußboden passenden Handtücher machten den Eindruck, als wären sie noch nie benutzt worden. Der Raum war fast so groß wie Céciles Wohnzimmer. Hinter der zweiten Tür versteckte sich eine kleine Küche mit allen Raffinessen: Kühlschrank, Mikrowelle, Küchenherd mit Cerankochfeld. Die Schränke enthielten das typisch provenzalische blaue und ockerfarbene Geschirr. Auch hier war der Fußboden mit roten Ziegeln ausgelegt, zu dem die Einrichtung aus hellem Holz hervorragend passte. Die dritte Tür führte in das Wohnzimmer. Ein massiver, aus naturbelassenen Steinen gemauerter Kamin beherrschte den gemütlichen Raum. Davor stand eine geblümte Sitzgarnitur, flankiert von kleinen Holztischchen. Die Wände waren in einem hellen Rot gestrichen, dazu die passenden, bodenlangen Gardinen in einem dunkleren Ton. Der mannshohe Spiegel an der rückwärtigen Wand war das einzig Hässliche in der gesamten Wohnung.

Zweifellos hatte eine Frau diese Räume eingerichtet, und zwar eine mit einem Hang zum Kitsch. Doch weshalb sie sich für so einen Monsterspiegel entschieden hatte, konnte Saskia sich beim besten Willen nicht erklären. Für ihren Geschmack war die Einrichtung ohnehin eine Spur zu üppig. Sie mochte es schlichter, ohne großen Firlefanz. Neben der Terrassentür, die in den Garten führte, stand sogar eine Chaiselongue. Fehlte nur noch der livrierte Diener, der Longdrinks servierte. Hinter der letzten Tür fand Saskia endlich das Schlafzimmer. Es war in Weiß und Gelb gehalten, und sie konnte sich des Eindrucks nicht erwehren, in eine Puppenstube gezogen zu sein. An den Wänden hingen dilettantisch gemalte Bilder der Provence. Sie fingen das außergewöhnliche Licht der Gegend nur ungenügend ein und wirkten grobschlächtig und naiv. Saskia mochte sie auf Anhieb nicht. Sie beugte sich vor und studierte die Signatur. Sie war bei allen dieselbe: VA. Ob Vincent möglicherweise malte? Aber nein, der hieß ja Thièche. Auch in diesem Raum hing ein überdimensionaler Spiegel. Sie rümpfte die Nase. Entweder hatte hier zuvor eine selbstverliebte Dame gewohnt oder jemand, der sich gerne beim Liebesspiel beobachtete. Sie kicherte. Sie hätte diese Räume ganz anders eingerichtet.

»Aber einem geschenkten Gaul schaut man nicht ins Maul«, rezitierte sie und wandte den Kopf. Ein schnurloses Telefon stand auf einem der Nachttische und als sie die entsprechende Taste drückte, ertönte das Freizeichen. Was für ein Glück! Arnaud verlangte hoffentlich eine separate Telefonrechnung für diesen Apparat, sonst könnte es sein, dass er Ende des Monats eine böse Überraschung erlebte.

Saskia tippte Céciles Nummer ein, wurde aber durch ein Klopfen an der Wohnungstür gestört. Sie sprang vom Bett und lief zum Eingang. Durch den Spion sah sie Vincent, der mit ihrem Gepäck wartend davorstand. Himmel, wie peinlich, dass der alte Mann ihr die Koffer brachte, schließlich war sie – genau wie er – hier angestellt und es verlangte sie nicht nach einer Sonderbehandlung.

»Voilà, Madame, votre baggage«, sagte er freundlich, sah sie dabei aber erneut so verwundert an, dass Saskia ganz nervös wurde.

»Vielen Dank, Monsieur Thièche«, erwiderte sie betont munter, damit er ihre Unsicherheit nicht bemerkte. »Aber ich bin keine Madame. Nennen Sie mich doch bitte Saskia, einverstanden?«

Der alte Mann lächelte. »Mit Vergnügen. Dann bin ich aber Vincent.«

Er schmunzelte und Saskia nickte lächelnd. Der Mann gefiel ihr.

»Kommen Sie, ich meine, kommst du zurecht? Ist alles da? Wenn nicht, dann sag es ungeniert. Philippe hat angeordnet, dir jeden Wunsch zu erfüllen.«

Saskia runzelte die Stirn. Ob Arnaud zu all seinen Angestellten so aufmerksam war? Wenn ja, mussten sich die Leute ja darum reißen, für ihn zu arbeiten.

»Alles bestens, danke. Ihr seid alle sehr freundlich zu mir. Ich fühle mich wie eine Prinzessin.«

Vincent zuckte bei den Worten zusammen und sein Lächeln erstarb.

Saskia hob verwundert die Augenbrauen. Hatte sie etwas Falsches gesagt? Sie ging in Gedanken die französischen Sätze durch. Nein, eigentlich war alles korrekt gewesen.

Vincent bemerkte anscheinend ihre Verlegenheit, denn er sah auf seine Armbanduhr und verkündete: »Ich muss mich beeilen, sonst wird das Mittagessen nicht rechtzeitig fertig. Wir sehen uns sicher noch. Nochmals herzlich willkommen. Schön, wieder eine junge Frau im Haus zu haben.« Er drehte sich um und ging eilig den Weg zurück.

Wieder? Was meinte er damit? Hatte schon einmal eine Angestellte hier gewohnt? Saskia beschloss, sich später bei Arnaud danach zu erkundigen. Jetzt wollte sie Cécile anrufen und dann das Badezimmer einweihen, und zwar mit einer langen, heißen Dusche.

43

»Wie stellst du dir das vor? Unsere finanziellen Mittel erlauben uns keine eigene Abfüll- und Etikettieranlage. Ganz zu schweigen von der Lagerung, dem Vertrieb, überhaupt der ganzen Logistik.«

Soledat fuhr sich müde über die Augen. Sie saßen zusammen mit Géraldine im Büro und vor ihnen lagen Akten, Rechnungen und Steuerunterlagen auf dem Schreibtisch ausgebreitet.

»Ja, ich weiß«, erwiderte Jean-Luc ungehalten. »Aber es bleibt uns nichts anderes übrig, wenn wir nicht auf unseren Weinen sitzen bleiben wollen.«

Seine Mutter warf ihm einen vorwurfsvollen Blick zu.

»Du brauchst mich deswegen nicht anzuschreien, meine Ohren funktionieren noch tadellos.«

Jean-Luc murmelte eine Entschuldigung und sah betreten zu Boden.

»Und was wäre, wenn wir uns einfach einer anderen Genossenschaft anschließen?«, schlug Géraldine vor und blätterte gleichzeitig die Verkaufszahlen des letzten Jahres durch. »Damit wäre wenigstens die Logistik gesichert.«

Jean-Luc machte eine wegwerfende Handbewegung. »Das habe ich bereits abgeklärt. Die aus Carpentras sind nicht interessiert, weil sie selbst mit Absatzschwierigkeiten zu kämpfen haben. Und Châteauneuf-du-Pape ist einfach zu weit weg. Bei denen müssten wir uns finanziell am Transport beteiligen und diese Ausgaben wiederum über den Verkaufspreis reinholen, was den Absatz nicht fördert. Ein Teufelskreis.«

Es war zum Verrücktwerden! Die Kündigung der ansässigen Genossenschaft hatte schon längere Zeit wie ein Damoklesschwert über dem Gut geschwebt, doch Jean-Luc hatte nicht wirklich geglaubt, dass Philippe seine Drohung wahr machen würde. Fehleinschätzung. Seinem Schwager war es ernst und jetzt hatte er ihnen den Todesstoß versetzt.

Manchmal fragte sich Jean-Luc, ob Arnaud nicht verrückt war. Die Differenzen zwischen ihnen wären sicher auszubügeln gewesen, doch Philippe gab keinen Zoll nach und beharrte auf seinem Standpunkt. Und die anderen Mitglieder waren ihm wie eine Bande devoter Hunde gefolgt.

Er trommelte mit den Fingern nervös auf der hölzernen Lehne seines Stuhls. Es musste doch eine Lösung geben.

Seine Mutter blätterte währenddessen in den Papieren. »Für den diesjährigen Wein gilt noch unser alter Vertrag, den muss die Genossenschaft erfüllen, aber für nächstes Jahr stehen wir mit leeren Händen da, ist das richtig?« Sie sah Géraldine und ihren Sohn fragend über ihre randlose Brille an und beide nickten. »Gut, dann bleibt uns wenigstens noch eine Galgenfrist, die wir unbedingt nutzen müssen. Ansonsten steht die Insolvenz an und ihr wisst beide, was das für uns und unsere Familie bedeutet.«

Wieder nickten sie. Beaumes-de-Venise ohne die Rougeons? Unmöglich!

»Ich werde heute Nachmittag ein paar alte Freunde anrufen und dann sehen wir weiter. Du, Géraldine, streckst deine Fühler nochmals zur Genossenschaft von Châteauneuf-du-Pape aus. Manchmal erreicht eine hübsche Frau mehr als ein Geschäftsmann.« Und als Jean-Luc auffahren wollte, fügte sie hinzu: »Bitte, Jean-Luc, wir müssen alles versuchen, also sei nicht albern.«

»Und was soll ich bitte tun?«, fragte er ärgerlich. Er fühlte sich in seiner Kompetenz beschnitten.

»Vielleicht wäre es von Vorteil, wenn du dich mit den anderen Mitgliedern der Genossenschaft treffen würdest. Ich weiß ja nicht, wodurch Philippe ihre Zustimmung erhalten hat, aber es kann sein, dass er einen Trumpf im Ärmel hat, von dem wir nichts wissen. Trotzdem habe ich das Gefühl, dass sie mit der Entscheidung ihres Präsidenten nicht wirklich glücklich sind. Vielleicht kann man sie ja zu einer Meuterei bewegen. Präsidenten wählt man und man kann sie auch wieder absetzen, richtig? Und im Krieg ist alles erlaubt. Wenn Philippe meint, er könne uns so sang- und klanglos den Hahn zudrehen, dann hat er sich geschnitten. Die Rougeons sind hier genauso lange ansässig wie die Arnauds und haben sich stets als loyale Geschäftspartner erwiesen. Schließlich ist es letzten Endes nicht unsere Schuld, dass seine Schwester einen Unfall hatte. Genauso wenig, wie es die deine ist, Jean-Luc. Mach dir also deswegen keine Vorwürfe.«

Jean-Luc nickte. »Ja, vielleicht komme ich an ein paar Informationen, die uns weiterhelfen.«

Er erhob sich. Womöglich war Philippe momentan durch Saskias Arbeitsantritt in seinem Bestreben, die Rougeons zu vernichten, etwas weniger verbissen. Also galt es, die Gunst der Stunde zu nutzen.

Was sie jetzt wohl tat?, überlegte er. Von Nele wusste er, dass sie übermorgen für eine Fahrt ans Meer verabredet waren. Zu gern hätte er Saskia selbst die Schönheiten der Provence gezeigt: die Altstadt von Avignon, Gordes, das Dorf, das wie ein Schwalbennest an einem Felsen klebt, die Ockerfelsen von Roussillon, die malerisch gelegene Abbaye de Senanque oder die Schluchten des Verdon. Und an der Côte kannte er ein paar wundervolle Flecken, die touristisch kaum erschlossen waren und die ihr sicher gefallen hätten. Aber das waren Träumereien, denen er sich nur selten hingab. Doch manchmal kamen sie plötzlich und heftig über ihn und in diesen Momenten musste er sich zusammennehmen, damit er andere mit seiner wachsenden schlechten Laune nicht verletzte.

Jean-Luc schob die Gedanken an Saskia beiseite, er hatte jetzt größere Sorgen und sie dachte vermutlich schon nicht mehr an ihn und den Kuss.

»Also, bis später«, bemerkte er kurz angebunden und verließ hastig das Büro.

Seine Mutter sah ihm nach. Du kannst nicht davonlaufen, Jean-Luc, dachte sie, so funktioniert das Leben nicht. Sie seufzte und widmete sich wieder den Papieren. Es würde schon weitergehen. Es ging immer irgendwie weiter.

44

»Hier ist dein Schreibtisch. Dort hinten stehen Fax, Drucker und Scanner. CDs kannst du mit deinem eigenen Computer brennen. Ein Bildbearbeitungsprogramm ist schon installiert, es ist aber schon zwei Jahre alt. Mich kannst du diesbezüglich nicht fragen, damit habe ich mich nie beschäftigt, aber irgendwo in einer Schublade muss ein Handbuch herumliegen.«

Ariane, Arnauds Sekretärin, führte Saskia durch das moderne Bürogebäude, das sie bereits heute Morgen bei der Anreise gesehen hatte. Der Arbeitsplatz der älteren Frau befand sich direkt neben der Eingangstür. Saskia schätzte Ariane auf Mitte fünfzig, sie war für den Empfang der Gäste und Geschäftspartner und sämtliche Belange zuständig, die mit der Weinbaugenossenschaft zusammenhingen. Saskias Büro lag abgetrennt und konnte, Gott sei Dank, abgeschlossen werden. Sie hasste Großraumbüros und den Lärmpegel, der unweigerlich entstand, wenn mehrere Menschen zusammenarbeiteten.

»Gut, danke, Ariane.«

Saskia lächelte ihrer neuen Arbeitskollegin freundlich zu. Sie hatten beschlossen, sich gleich zu duzen, doch sie spürte, dass sie hier nicht dasselbe herzliche Verhältnis wie zu Nele aufbauen würde. Ariane war der Umgebung angepasst, kühl und nüchtern. Nun denn, sie hatte ja auch schon eine Freundin in der Provence gefunden und brauchte keine zweite.

Nachdem Arnaud ihr das umgebaute Kloster gezeigt hatte, hatten sie zusammen zu Mittag gegessen. Standesgemäß natürlich, in einem riesigen Esszimmer. Sie hatte gehofft, dass die Thièches an der Mahlzeit teilnehmen würden. Das taten sie auch, aber in der Rolle des Dienstpersonals. Saskia war es nicht gewohnt, dass man sie bediente, und fühlte sich unwohl, als Justine und Vincent die Gänge auftrugen und das benutzte Geschirr danach wieder abräumten. Sie beschloss, in Zukunft ihre Mahlzeiten selbst zuzubereiten und Arnaud nur ausnahmsweise Gesellschaft zu leisten. Überhaupt verspürte sie gegenüber ihrem neuen Chef ein Unbehagen, da er sie zuweilen musterte, als müsse er in ihrem Gesicht etwas überprüfen.

»So, das wär's. Ach ja, wenn du telefonieren willst, dann musst du zuerst die Null vorwählen«, erklärte Ariane und zeigte auf den Apparat.

»Alles klar, danke«, erwiderte Saskia.

Ariane nickte, setzte sich an ihren Schreibtisch und tippte einen Geschäftsbrief auf ihrem Computer. Ab und zu klingelte das Telefon und dann sprach sie schnell und kompetent mit den Anrufern.

Saskia setzte sich ebenfalls an ihren Schreibtisch und schaltete den Rechner ein. Endlich wieder eine anständige Tastatur – und Internet! Wie hatte sie das vermisst. Der Bildschirm wurde blau und das Emblem der Weinbaugenossenschaft tauchte in der Mitte des Monitors auf. Ein stilisiertes Weinblatt mit einer Traube auf dunkelrotem Grund.

Arnaud hatte ihr einen dicken Ordner auf den Schreibtisch gelegt, den man vor zwei Jahren, als das Projekt ›neuer Internetauftritt‹ in Angriff genommen wurde, angelegt hatte. Sie blätterte ein wenig in den Akten und seufzte. Alles auf Französisch, natürlich. Ab und zu entdeckte sie handgeschriebene Notizen, die mit dem Kürzel VA versehen waren. Das kam ihr bekannt vor. Wo hatte sie es schon gesehen? Es wollte ihr nicht einfallen. Die Fotos, die man damals von den Gebäuden, der Umgebung und den Erzeugnissen gemacht hatte, waren gar nicht mal so schlecht. Saskia drehte eines der Bilder um. Das Atélier Camille in Carpentras hatte sie angefertigt und sie notierte sich den Namen. Der Fotograf hatte ein gutes Auge. Sie beschloss, ihn wieder zu buchen. Natürlich müssten die Fotos wie auch die Etiketten der Weine aktualisiert werden, ebenso die Porträts der Belegschaft, die sich seit damals vermutlich verändert hatte.

Saskia griff nach einem Foto, auf dem die Mitarbeiter und Mitarbeiterinnen der Weinbaugenossenschaft abgebildet waren. Arnaud erkannte sie sofort und auch Ariane, die direkt neben ihm stand. Ein paar Arbeiter, die breit grinsend in die Linse blickten, hatte sie bereits auf dem Höhlenfest kennengelernt. Am rechten Bildrand stand eine Frau, deren Haar ihrem eigenen glich. Es hatte die gleiche Länge, war aber dunkler. Leider konnte man ihr Gesicht nicht erkennen, da sie sich in dem Moment, als der Auslöser gedrückt wurde, hinunterbeugte. Wonach griff die Frau denn da?

Saskia riss verblüfft die Augen auf. Die Frau, die sogar die gleiche Statur wie sie selbst hatte, bückte sich nach Gaucho!

45

»Sur le Pont d'Avignon, l'on y dance, l'on y dance, sûr le pont d'Avignon, l'on y dance toute en rond!«

Nele und Saskia sangen voller Inbrunst das bekannte französische Lied.

»Wusstest du eigentlich«, schrie Nele gegen das Rauschen des Fahrtwindes an, »dass dieses Lied ursprünglich ein zweideutiges Spottlied war?« Saskia schüttelte den Kopf und Nele nickte eifrig. »Ja, es hieß nämlich zuerst ›sous le pont‹, also *unter* der Brücke, weil sich dort Avignons Rotlichtviertel befand. Und man quasi unter den Augen des Papstes *tanzte*. Wenn du verstehst, was ich meine.« Nele verdrehte vielsagend die Augen und Saskia kicherte amüsiert.

Der Himmel leuchtete in einem strahlenden Blau, die Luft war warm und voller fremder Gerüche. Bald würden sie das Mittelmeer sehen. Das Leben war herrlich!

Arnaud hatte Saskia gestern Abend den Schlüssel für den versprochenen Wagen in die Hand gedrückt. Und als sie heute Morgen das Garagentor geöffnet hatte, waren ihre Augen groß geworden. Ein bordeauxfarbenes Cabriolet hatte ihr aus dem Dämmerlicht entgegengefunkelt. Vorsichtig hatte sie mit dem Finger über den Lack gestrichen. Ein richtiges Bijoux! Ob es Arnaud gehörte? Aber der Wagen war eher ein typisches Frauenauto. Egal, jetzt würde er ihr als Firmenwagen dienen. Damit hatte ihr neuer Arbeitgeber auch sein zweites Versprechen eingehalten. So verrückt war er demzufolge nicht.

Es war noch dunkel, als Saskia in der Frühe in den Vorhof der Rougeons fuhr. Nur eine einzelne Lampe brannte oberhalb des

Eingangs. Nele und sie wollten zuerst nach Avignon, dort etwas bummeln und anschließend weiter bis zur Côte.

Saskia stellte den Motor ab und wartete. Sie war etwas zu früh und betrachtete wehmütig die Umgebung. Seit ihrem Stellenwechsel war sie nicht mehr hier gewesen. Sie vermisste das Gut, Nele, die Menschen und vor allem vermisste sie Jean-Luc. Ach, es war ein Übel! Der Mann ging ihr einfach nicht aus dem Kopf. Da nützte es auch nichts, dass sie sich verbot, an ihn zu denken. Ob er schon wach war oder immer noch in Géraldines Armen schlief?

»Hör auf damit, du dumme Kuh!«, schimpfte sie halblaut mit sich selbst und suchte im Autoradio nach ›Provence Radio‹.

In der Eingangshalle ging das Licht an und eine verschlafene Nele öffnete die Eingangstür. Sie trug kurze Hosen und ein dazu passendes Top. Auf ihren Haaren thronte der hässlichste Hut, den Saskia je zu Gesicht bekommen hatte. Die Holländerin schleifte eine große Strandtasche hinter sich her und in der anderen Hand trug sie einen geflochtenen Weidenkorb.

»Wow, Süße! Ein Cabriolet! Ich werd verrückt!« Sie schmiss ihre Tasche auf den Rücksitz. Den Korb verstaute sie vorsichtig hinter dem Beifahrersitz. »Ein Gruß von Henriette«, sie deutete auf den Korb, »damit die Küken nicht verhungern.« Sie lachte. »Na, dann los. Mal sehen, ob die Franzosen diese geballte Ladung Östrogen verkraften.«

Saskia kicherte und war sich sicher, dass dieser Tag unvergesslich werden würde.

Jean-Luc stand hinter einer Säule in der Eingangshalle und beobachtete die beiden Frauen. Er war gerade aufgestanden, als er hörte, wie ein Wagen die Straße herauffuhr. Der Anblick von Virginies Cabriolet hatte die letzte Müdigkeit aus seinen Knochen verscheucht. Im Dämmerlicht hätte man Saskia wirklich für seine verstorbene Frau halten können, wobei ihr Lachen so viel lebendiger klang, als es Virginies – selbst in den glücklichsten Momenten – je gewesen war. Er fragte sich, was Philippe damit bezweckte, Saskia gerade diesen Wagen zu geben. Ob sie wusste, wem er vorher gehört hatte? Wahrscheinlich nicht. Vielleicht sollte er ihr die Geschichte doch erzählen, damit sie gewappnet war, falls sich sein Schwager mit dem Gedanken trug, aus ihr eine Kopie seiner Schwester zu machen. Er sah den roten Rücklichtern nach, wie sie sich die gewundene Straße hinunterschlängelten und hinter der Biegung verschwanden. Er hätte viel darum gegeben, der Beifahrer sein zu können.

»Irgendwo bei Nîmes musst du auf die A54 wechseln und dann bei Arles die Autobahn verlassen. Von dort ist es nicht mehr weit bis Saintes-Maries-de-la-Mer.« Nele hatte die Straßenkarte auf ihren muskulösen Beinen ausgebreitet und manövrierte Saskia durch die Gegend. »Ich werde die Camargue sehen«, flüsterte die Holländerin ehrfurchtsvoll und plötzlich stand sie vom Autositz auf, hielt sich an der Frontscheibe fest und schrie: »Ich werde die Camargue sehen!«

Der Fahrer des Lasters, den sie gerade überholten, hupte mehrmals und Nele winkte ihm freudestrahlend zu.

Saskia lachte. »Du hast einen Dachschaden. Setz dich sofort wieder hin, bevor du noch hinausfällst!«, befahl sie, aber sie war selbst ganz aufgeregt und kribbelig. Sie erinnerte sich an das letzte Mal, als sie in Südfrankreich gewesen war. Sie musste acht oder neun Jahre alt gewesen sein, als sie mit ihren Eltern durch die Camargue gereist war. Ihr Vater besaß damals einen alten, klapprigen Wohnwagen, der von einem noch älteren und klapprigeren Volvo gezogen wurde. Sie waren damit das Rhônetal hinuntergefahren und hatten die beiden Vehikel anschließend auf einem Zeltplatz abgestellt. Die Gegend erkundeten sie mit den Fahrrädern. Saskia erinnerte sich noch an die weiten Grasflächen, die vielen Flüsse und Seen und an die frei laufenden Pferde. Deshalb hatte sie ihrer Freundin vorgeschlagen, die mondänen Badeorte wie Cannes,

Nizza und St. Tropez zu meiden und einen Tag in Saintes-Maries-de-la-Mer zu verbringen.

»Flamingos!«, kreischte Nele plötzlich und riss Saskia damit aus ihren Gedanken. Und wirklich, auf einem flachen See, der sich neben der Autobahn erstreckte, standen Hunderte der anmutigen, rosafarbenen Vögel. Auf ihren dünnen Beinen staksten sie durchs Wasser und suchten nach Krebstieren, Insektenlarven und Algen. Die Hitze waberte über den Étang und in der Ferne schien es, als würden die auffliegenden Vögel einem Feuersee entsteigen. Wie Phönix aus der Asche, ging es Saskia durch den Kopf.

»Gibt's in Saintes-Maries nicht eine schwarze Madonna?«, fragte sie und konzentrierte sich weiterhin auf den Verkehr, der immer dichter wurde.

»Ja, genau«, erwiderte Nele und kämpfte mit der Straßenkarte, die sich partout nicht mehr zusammenfalten ließ. »Möchtest du die Geschichte hören?« Was wohl mehr eine rhetorische Frage gewesen war, denn sie begann gleich zu erzählen. »Der Sage nach wurde in Saintes-Maries die Barke von Marie-Jacobe, der Schwester der Muttergottes, und Marie-Salome, der Mutter von Johannes dem Täufer, nach ihrer Flucht aus dem Heiligen Land angespült. Die mächtige Kirche Notre-Dame de la Mer geht in ihren Ursprüngen bis ins 12. Jahrhundert zurück und ist der Marienverehrung gewidmet. Die beiden Heiligen wurden von Sarah, ihrer Dienerin, begleitet. Dargestellt als Schwarze Madonna wurde sie zur Schutzpatronin der Roma. Hast du übrigens gewusst, dass Mama Sol von den Fahrenden abstammt?«, fragte Nele mit einem kurzen Seitenblick und fuhr, ohne Saskias Antwort abzuwarten, fort. »Seit dem 14. Jahrhundert findet alljährlich in Saintes-Maries-de-la-Mer die Wallfahrt der Sinti und Roma zur Heiligen Sarah statt. Mehrere Tausende nehmen jedes Jahr daran teil. Während der Pilgerzüge am 24. Mai wird die Ikone der Schwarzen Sarah in einer feierlichen Prozession zum Meer getragen und dort mit Wasser benetzt. Dann setzen sie die Schutzpatronin in eine Barke. Die Träger sind in weiße Gewänder gehüllt. Am darauf folgenden Tag werden die beiden Marien geehrt. Zu den Festlichkeiten reisen Roma aus allen Teilen Europas nach Saintes-Maries-de-la-Mer.«

Nele redete ohne Punkt und Komma und Saskia fand es ungemein praktisch, eine Geschichtsstudentin bei sich zu haben.

»Schade, dass wir nicht im Mai hier sind. Ich hätte gern so ein Fest miterlebt. Nehmen die Rougeons daran teil?«, fragte Saskia und betätigte den Blinker, als die Ausfahrt nach Saintes-Maries angezeigt wurde.

Nele zuckte die Schultern. »Keine Ahnung, wahrscheinlich schon. Ich habe nie danach gefragt. Jean-Luc hat mir mal erzählt, dass er in der Schule ständig gehänselt wurde, weil er von den Fahrenden abstammt. Kinder können echt grausam sein, nicht?« Sie warf ihrer Begleiterin einen schnellen Seitenblick zu, doch Saskia hatte keine Lust, auf das Thema *Jean-Luc* einzugehen. Nele seufzte. »Dann erzähl mir, was du beim verrückten Philippe machen musst. Ich brenne darauf, alles zu erfahren.«

46

Der Deckel ließ sich nur schwer verschließen. Philippe bemühte sich, die Tiegel und Töpfchen wieder genau so hinzustellen, wie sie vorher angeordnet waren. Vermutlich würde sie nicht bemerken, dass sich jemand in ihrer Wohnung umgesehen hatte, aber er wollte das Risiko nicht eingehen.

Über der Duschstange hing ein Frottiertuch zum Trocknen. Er griff danach und schmiegte seine Wange an den noch feuchten Stoff, wobei er sich vorstellte, wie sie sich heute Morgen ihren Körper damit abgetrocknet hatte. Ihm wurde heiß. Schnell hängte er das Badetuch an seinen Platz und schloss die Badezimmertür. Dann öffnete er sie wieder, sie war nur angelehnt gewesen. Er linste durch den Spion in den Garten hinaus und als er niemanden erblickte, schlüpfte er durch die Tür und schloss die Wohnung ab. Dann ging er rasch über den Rasen und verschwand im Kakteenzimmer. Dass ihn Vincent dabei beobachtete, bemerkte Philippe nicht. Er war in einer anderen Welt. In Virginies Welt.

47

»Ein Zitronensorbet, bitte.«

Saskia faltete die Speisekarte zusammen und reichte sie der Kellnerin. Nachdem sie am Hafen einen Parkplatz gefunden hatten und die geschmacklose Uferpromenade, die nur aus grauem Beton bestand, entlangspaziert waren, saßen sie jetzt in einem Bistro und genehmigten sich etwas Süßes. Nele trug wieder ihren grässlichen Hut und Saskia eine dunkle Sonnenbrille. Die weißen Häuserwände reflektierten das Sonnenlicht so stark, dass sie davon Kopfschmerzen bekam.

»Nach dem Eis gehen wir schwimmen«, schlug Nele vor und schleckte dabei genüsslich ihren Löffel ab.

Saskia nickte. »Ja, klar. Ich bin schon ganz verschwitzt und kann mir nichts Schöneres vorstellen, als mich in die Wellen zu stürzen.«

Am Nebentisch saßen zwei junge Männer, die ihnen seit geraumer Zeit auffordernde Blicke zuwarfen und miteinander flüsterten. Plötzlich erhob sich einer der beiden und trat an ihren Tisch.

»Pardon, wir hörten Ihre Unterhaltung«, sagte er auf Deutsch mit starkem Akzent, »wenn Sie möchten, würden wir Ihnen gerne eine kleine Bucht zeigen, die nicht so überlaufen ist und wo man herrlich schwimmen kann. Mein Name ist Rémy und das ist Pierre.« Dabei zeigte er auf seinen Freund, der lächelnd winkte.

Saskia und Nele sahen sich schmunzelnd an. Da waren wohl zwei auf der Jagd.

»Vielen Dank für das Angebot, Rémy, aber wir haben nicht viel Zeit und müssen bald wieder abreisen«, beantwortete Nele seine Frage und zwinkerte ihm dabei zu.

Der Franzose zuckte bedauernd die Schultern und gesellte sich kopfschüttelnd zu seinem Freund. Bald darauf standen sie auf und verschwanden nach einem kurzen Winken in der Touristenmasse, die sich träge durch die Gassen schob.

»Schade«, meinte Nele. »Der eine hätte mir gefallen.«

»Also wirklich, Nele. Du bist unmöglich!« Saskia lachte. »Nichts aus der Geschichte mit Armand gelernt?«

»Ach, schließlich sind wir zum Spaß hier und es gibt keine bessere Möglichkeit, eine Sprache zu lernen, als sich mit Einheimischen abzugeben«, erwiderte die Holländerin mit einem schiefen Grinsen.

»Ja, falls man mit ihnen redet und sie nicht nur küsst«, konterte Saskia schlagfertig.

»Ja, Mama, du hast recht.« Nele schmunzelte. »Komm, gehen wir lieber zum Strand!«

Sie beglichen die Rechnung und folgten dem Touristenstrom bis zum Hafen hinunter. Am Strand mieteten sie sich ein Schließfach, in das sie ihre Wertsachen legten, und deponierten den Korb und ihre Badetücher im Sand. Die Nachmittagssonne spiegelte sich auf dem ruhigen Mittelmeer und lachend liefen sie ins kühle Wasser.

48

»Hast du es bekommen?«

Philippe äugte in die braunen Tüten, die Adèle mit einem Seufzen auf den Küchentisch stellte. Ihr war heiß und sie fühlte sich nicht wohl, doch Philippe hatte darauf bestanden, dass sie heute nach Carpentras fuhr. Ihr Chef wühlte zwischen Auberginen und Paprika herum und sie gab ihm einen Klaps auf die Hand.

»Nicht da!« Adèle schüttelte den Kopf. »Parfum gibt's sicher nicht auf dem Gemüsemarkt.« Sie bückte sich und stellte eine hellgrüne Papiertüte mit einer weißen Kordel auf den Tisch. »Hier, ich musste in drei verschiedene Geschäfte, bis ich es gefunden hatte.«

Philippe betrachtete die blaue Flasche entzückt und drückte sie an seine Brust. Ohne Dank stürmte er davon. Adèle schüttelte besorgt den Kopf. Seine Tabletten hatte er in seinem Eifer gar nicht mitgenommen.

49

Das stete Gemurmel der anderen Badegäste, das Rauschen der Wellen und die Wärme machten Saskia schläfrig. Ab und zu fielen ihr die Augen zu, entspannt döste sie vor sich hin. Nachdem Nele und sie sich ausgiebig im Mittelmeer abgekühlt hatten, lagen sie jetzt auf den Strandtüchern und ließen sich von der Sonne bräunen. Henriettes Picknickkorb war bereits geplündert. Das kalte Hühnchen ruhte mit dem frischen Fruchtsalat in Saskias Bauch und tat das Seinige, damit sie sich träge und faul fühlte. Sie warf Nele einen kurzen Blick zu. Ihre Freundin lag auf dem Bauch, hatte die Ellbogen aufgestützt und las in einem dicken Wälzer. Saskia kniff die Augen zusammen und las den Titel. »Das alte Europa 1660–1789« von T.C.W. Blanning. Tolle Strandlektüre!

»Sag mal, Nele«, wandte sie sich an ihre Freundin und stützte dabei den Kopf in die Hand. »Ist Gaucho eigentlich Jean-Lucs Hund?«

Nele schob sich die Sonnenbrille in die Haare und schaute sie überrascht an. »Ich glaube schon, ja. Warum interessiert dich das?«

Saskia dachte an die Fotografie in dem dicken Projektordner und zuckte die Schultern. »Nur so, es fiel mir gerade ein.«

Wenn Gaucho Jean-Lucs Hund war, weshalb befand er sich dann auf diesem Bild der Weinbaugenossenschaft, die vor ein paar Jahren aufgenommen worden war? Zufall? Oder war es ein anderer Hund, der ihm bloß ähnlich sah? Und wer war die Frau auf dem Bild, die sich so fürsorglich zu ihm hinunterbeugte? Auf den ersten Blick hätte man sogar meinen können, dass sie selbst, Saskia, auf dem Bild zu sehen war. Das Ganze ließ ihr keine Ruhe, deshalb würde sie Arnaud später danach fragen.

Saskia blickte auf ihre Uhr. Die Zeiger bewegten sich auf 18 Uhr zu. Langsam wurde es Zeit, ihre Sachen zu packen und aufzubrechen. Sie würden gut zwei Stunden unterwegs sein. Schade, es war so herrlich am Meer. Gerne wäre sie über Nacht geblieben, aber morgen hatte sie einen wichtigen Termin mit einem Webdesigner, den sie für die Internetseite der Weinbaugenossenschaft engagiert hatte. Er wollte ihr bereits die ersten Entwürfe zeigen und auch Nele musste wieder zurück. Eine deutsche Firma hatte eine Degustation gebucht. Géraldine war nach Châteauneuf-du-Pape gefahren und überließ der Holländerin und der neuen Angestellten das Feld.

»Müssen wir los?«, fragte Nele.

Saskia nickte. »Ja, leider.« Sie streckte sich, stand auf und packte ihre Sachen zusammen.

Der Strand hatte sich geleert. Die Touristen kehrten in ihre Hotels zurück, um das Abendessen nicht zu verpassen, und nur noch ein paar vereinzelte Liegestühle waren belegt. Die Angestellten der Strandbuden schlossen bereits die Sonnenschirme und räumten den Müll weg, den die Besucher zurückgelassen hatten. Nicht weit von ihnen entfernt lag ein junges Pärchen auf einer Decke und küsste sich ausgiebig. Sie schienen alles um sich vergessen zu haben und waren ganz in ihre Zärtlichkeiten versunken.

Saskia beobachtete sie eine Weile und ein Lächeln glitt über ihr Gesicht. Dann seufzte sie leise. Nur keinen Neid!

50

Jean-Luc blickte zum wiederholten Mal auf seine Armbanduhr. Sie müssten schon längst zurück sein! Hoffentlich war ihnen nichts passiert. Er öffnete die Tür zur Eingangshalle. Es war schon nach 22 Uhr. Wo zum Teufel blieben sie?

Gauchos Schnarchen tönte unter dem Tisch hervor. Jean-Luc schnaubte. Was für ein Wachhund! Womöglich freute er sich sogar, wenn nachts jemand durch ein Fenster einstieg. Aber seit ihm der Hund quasi das Leben gerettet hatte, war er ihm noch mehr ans Herz gewachsen. Er erinnerte sich daran, wie Virginie den Welpen eines Tages mitgebracht hatte. Er war so süß gewesen, wie er ihn von unten herauf mit seinen großen, feuchten Knopfaugen angesehen und dabei auf den Boden gepinkelt hatte. Er pfiff und das Schnarchen hörte sofort auf. Wenigstens hatte er gute Ohren.

»Viens ici!« Schwanzwedelnd kam der Hund auf ihn zu. »Wollen wir noch raus?« Gaucho sprang an ihm hoch. »Das soll wohl ja bedeuten, was?« Jean-Luc grinste und öffnete die Eingangstür.

Der Mond stand am wolkenlosen Nachthimmel und tauchte das Gut in silbernes Licht. Jean-Luc schlug den Weg durch die Reben ein, die sich raschelnd im lauen Nachtwind bewegten. Er war früher fast jede Nacht mit Gaucho spazieren gewesen, als der noch nicht stubenrein war. Virginie bequemte sich nie dazu, nachts aufzustehen, um den winselnden Hund hinauszulassen. Sie brauche ihren Schlaf, hatte sie immer gesagt, und Jean-Luc biss sich dann regelmäßig auf die Lippen, um keine Bemerkung über die Schlafgewohnheiten eines Babys fallen zu lassen. Das hätte nur wieder zu endlosen Diskussionen geführt. Als Gaucho sich dann bis zum

Morgen gedulden konnte, hatte er die nächtlichen Exkursionen beinahe vermisst.

Motorenlärm ließ ihn aufhorchen. Ein Wagen bog in die Straße zum Gut ein. Ob es die beiden Mädchen waren? Er verbarg sich hinter einem Rebstock und erkannte tatsächlich Virginies Wagen. Nein, jetzt war es Saskias Gefährt. Sie bog in die Auffahrt und stoppte für einen Moment, ohne den Motor auszuschalten. Er hörte ein Türenschlagen und gleich darauf kamen die gelben Lichter wieder die Straße herunter. Als der Wagen Jean-Luc fast erreicht hatte, sprang Gaucho plötzlich laut bellend zwischen den Reben hervor auf den Weg. Mit einer Vollbremsung kam der Wagen schlingernd zum Stehen, Kies und Staub stoben durch die Luft. Der Motor erstarb und die Fahrertür wurde aufgerissen.

»Verdammter Köter! Sag mal, spinnst du!?« Mit vor Entsetzen geweiteten Augen stand Saskia neben dem Wagen und schrie Gaucho an, der seinen Kopf freudig an ihren nackten Beinen rieb. »Ich hätte dich beinahe platt gefahren, du Idiot!« Noch immer hatte sie ihre Stimme nicht unter Kontrolle und atmete stoßweise. Jean-Luc räusperte sich und trat zwischen den Reben hervor.

»Tut mir leid, Saskia. Normalerweise macht er so etwas nicht, aber er kennt das Auto. War es schön an der Côte?«

Eine Gestalt schälte sich aus der Dunkelheit und Saskia zuckte erschrocken zusammen. Als sie erkannte, wer es war, schlug ihr das Herz bis zum Hals. Jean-Luc trug ein verwaschenes T-Shirt, eine Jogginghose und Turnschuhe. Sie hatte ihn bisher nur in Jeans gesehen, deshalb fragte sie: »Warst du joggen?«, und merkte gleich, wie unlogisch diese Frage war.

Jean-Luc lachte. »Nein, ich kann mich beherrschen. Ich habe mir lediglich die Füße vertreten. Also, wie war die Côte?«

»Großartig!«, strahlte Saskia und wollte schon beginnen zu erzählen, als sie plötzlich innehielt und die Stirn furchte. »Wagen? Erkannt? Wie meinst du das?«

»Na ja, er gehörte Virginie. Und Gaucho hat ihn natürlich erkannt; er ist oft mitgefahren.«

Saskia verstand kein Wort. Nur wieder dieser Name. Überall hörte sie diesen Namen, der sie wie ein Phantom begleitete.

»Wer ist eigentlich diese Virginie?«, fragte sie genervt. »Alle naselang höre ich diesen Namen.« Es war an der Zeit, dass ihr endlich jemand die Zusammenhänge erklärte, damit ihre Spekulationen ein Ende hatten.

Jean-Luc starrte sie verblüfft an. Sie wusste nicht, wer Virginie war? Das konnte nicht wahr sein! Irgendwer musste ihr doch von ihrer Ähnlichkeit erzählt haben, jetzt, da sie in Virginies alter Wohnung lebte. Dort hingen doch überall ihre Bilder, Fotos und vieles mehr. Sogar die Kleider, die seine verstorbene Frau bei ihrem Auszug nicht mitgenommen hatte, befanden sich noch in den Schränken. Das hatte ihm Vincent einmal erzählt. Er oder Adèle würden Saskia doch sicher über die frühere Bewohnerin aufgeklärt haben. Aber wenn nicht, aus welchem Grund hatten sie es unterlassen? Er war verwirrt.

»Also? Wer ist denn nun diese ominöse Virginie?«, fragte Saskia erneut und schaute ihn erwartungsvoll an.

»War, Saskia, war. Virginie war meine Frau.«

51

Philippe drehte sich unruhig von einer Seite auf die andere. Ihm war heiß und er hatte Kopfschmerzen. Es war schon nach zehn Uhr und Saskia immer noch nicht von der Côte zurück. Er machte sich Sorgen, daher hatte er schon mehrere Male versucht, sie auf ihrem Handy zu erreichen. Leider wurde er immer nur mit der Mailbox verbunden. Und auch jetzt, nachdem er noch einmal gewählt hatte, schnarrte die sonore Stimme ihr Sprüchlein herunter. Er warf sein Handy wütend auf den Nachttisch, stand auf und trat ans Fenster. Das Garagentor war immer noch geöffnet und in der Wohnung brannte kein Licht. Und sein Geschenk stand sicher auch immer noch brav vor ihrer Haustür.

Er hätte ihr nicht erlauben dürfen, an die Côte zu fahren, dazu noch mit dieser Holländerin, die sich wie ein Flittchen benahm. Man wusste ja, wie leicht sich Virginie beeinflussen ließ und dann Dummheiten beging. Was war bloß in ihn gefahren, ihr so einen Ausflug zu gestatten?

Philippe schüttelte betrübt den Kopf. So leid es ihm tat, es war an der Zeit, die Zügel fester zu zurren.

52

»Deine Frau?!« Saskia starrte Jean-Luc entgeistert an. »Ja, aber … dann bist du zum zweiten Mal verheiratet?«

Er lachte. »Nein, ein Mal hat mir wirklich gereicht.«

»Jetzt verstehe ich nur noch Bahnhof«, murmelte sie verwirrt und setzte sich auf die Kühlerhaube.

»Das glaube ich dir, schließlich gehst du ja davon aus, dass Géraldine meine Frau ist, nicht wahr? Keine Ahnung, wie du auf diese verrückte Idee gekommen bist. Géraldine ist meine Cousine, Virginie war meine Frau und gleichzeitig Philippes Schwester. War, weil sie vor zwei Jahren bei einem Autounfall ums Leben kam. Sie und unser ungeborenes Kind«, fügte er leise hinzu und das Lächeln verschwand aus seinem Gesicht.

Saskia schüttelte ungläubig den Kopf. Géraldine seine Cousine? Virginie seine verstorbene Frau? Sie verstand die Welt nicht mehr. Wenn das tatsächlich stimmte, dann …! Eine unbändige Freude flutete unvermittelt durch Saskias Körper, als ihr bewusst wurde, was dies bedeutete. Jean-Luc war frei! Mein Gott, sie hatte sich umsonst gequält und schuldig gefühlt. Am liebsten wäre sie ihm um den Hals gefallen, um ihm zu sagen, was sie in den vergangenen Tagen durchlitten hatte, doch plötzlich war es ihr peinlich. Was, wenn er für sie nicht dieselben Gefühle hegte?

Jean-Luc blickte währenddessen zu Boden und scharrte mit einem Fuß im Straßenstaub. Er denkt sicher an Virginie und das Kind, das nie zur Welt gekommen ist, überlegte Saskia. Sie stand auf und griff nach seiner Hand.

»Tut mir leid, Jean-Luc. Ich weiß, wie schlimm es ist, geliebte Menschen zu verlieren.«

Er nickte. »Schon gut«, sagte er mit einem Schulterzucken, »es ist ja schon eine Weile her.« Dabei drehte er gedankenverloren den Goldring an seinem linken Ringfinger. »Ich sollte ihn nicht mehr tragen«, meinte er plötzlich, »es ist nur …« Wieder zuckte er mit den Schultern. »Die Zeit ist ein Fluss und trägt die Hügel des Kummers bis ins Meer.«

Saskia beobachtete ihn aufmerksam. Ob er schon bereit für etwas Neues war? Mit ihr? Doch sie traute sich nicht, ihn darauf anzusprechen, deshalb fragte sie: »Das ist schön, ist die Zeile aus einem Gedicht?«

»Nein, ein Spruch der Fahrenden, den Mama in aussichtslosen Situationen zu sagen pflegt. Dass ich ein halber Roma bin, weißt du?«

Saskia nickte. »Ja, *das* hat man mir erzählt.«

Sie hielt immer noch seine Hand und ließ sie los. Er brauchte ihren Trost nicht. Jean-Luc jedoch griff hastig wieder nach ihren Fingern und umschloss sie mit den seinen. Und als sie ihm in die Augen blickte, die trotz der Dunkelheit seltsam glänzten, verstand sie, dass er jetzt noch etwas ganz anderes brauchte.

Er zog sie zu sich, sie spürte die Hitze seiner Haut durch das T-Shirt. Die Haltung war unbequem, da sein Gips störte, doch das war ihr egal. Sie hätte mit diesem Mann sogar ein Nagelbrett geteilt.

»Ich habe mir immer wieder vorgestellt, wie es wäre, dich noch einmal zu küssen«, flüsterte er rau und streifte mit seinen Lippen ihre Augenbrauen.

Saskia schmolz dahin. Sie schluckte krampfhaft den Kloß hinunter, der sich in ihrem Hals gebildet hatte. Ein Glücksgefühl durchströmte sie, das ihr den Atem raubte. Sie fühlte sich begehrenswert. Als sie den Kopf hob, trafen sich ihre Blicke, und alles war so klar.

Er presste seine Lippen leidenschaftlich auf die ihren und mit nicht minderer Erregung erwiderte sie seinen Kuss. Mit einer

Hand fasste Jean-Luc sie im Nacken, beugte ihren Kopf zurück und fuhr mit der Zunge an ihrem Hals entlang.

»Du schmeckst nach Sonne und Salz«, flüsterte er heiser.

Saskia stöhnte. Sie wollte mehr, sie wollte alles, hier und jetzt. Es fehlte nicht viel und sie hätte sich die Kleider vom Leib gerissen. Es war ihr peinlich, wie stark sie auf seine Berührungen reagierte, doch auch er musste sich beherrschen, das war nicht zu übersehen.

Ein Bellen riss sie aus ihrer Traumwelt. Verlegen sahen sie zu Gaucho hinunter, der den Kopf auf die Pfoten gelegt hatte und sich anscheinend vernachlässigt fühlte.

»Komm!«, sagte Jean-Luc und reichte ihr die Hand.

»Und der Wagen?« Saskia strich sich nervös durch die Haare. Sie hätte sich jetzt gerne cool gegeben, doch für wen sollte sie schauspielern und wozu?

»Stell ihn am Straßenrand ab. Um diese Zeit kommt keiner mehr zum Gut und wenn doch, hat er genug Platz, um an ihm vorbeizufahren.«

Saskia nickte, setzte sich ins Auto und fuhr ein paar Meter vorwärts an den Wegrand. Als sie ausstieg, umfasste Jean-Luc ihre Taille.

»Ich habe mir das so gewünscht, chérie, so sehr gewünscht, dass ich fast verzweifelt bin«, raunte er ihr ins Ohr. »Komm!«, sagte er nochmals und zog sie mit sich fort.

Schweigend gingen sie Hand in Hand den Weg hinauf zum Gut, überquerten den Vorplatz und betraten das Haupthaus durch den Seiteneingang. Gaucho stürmte an ihnen vorbei und verschwand im Dunkeln.

Saskia war gespannt, denn sie war noch nie in Jean-Lucs Zimmer gewesen, das sich direkt neben dem Büro befand. Er öffnete die schwere Holztür, die sich geräuschlos in den Angeln bewegte. Als er den Lichtschalter betätigte, erstrahlten drei Lampen, die in den verschiedenen Ecken des Zimmers standen. Er dimmte das Licht so weit, dass die Umrisse der Möbel nur noch schemenhaft zu erkennen waren.

An der Längsseite des Raumes thronte ein ausladendes, satinbezogenes Doppelbett aus hellem Holz. Links und rechts davon standen zwei Nachttische, beide mit Unmengen von Büchern beladen. Saskia hatte nicht gewusst, dass Jean-Luc gerne las, war aber freudig überrascht und sah sich schon mit ihm an einem gemütlichen Feuer sitzen und über Literatur philosophieren. Ein kleiner Sekretär stand an der gegenüberliegenden Seite, der unter einem Stoß Papiere zusammenzubrechen drohte. Ordnung war offensichtlich nicht Jean-Lucs Stärke. Auf dem ziegelroten Steinboden lagen dicke Teppiche. Durch das ebenerdige Terrassenfenster sah sie auf den beleuchteten Pool, in dem sich das Wasser leicht im Nachtwind kräuselte.

Hatte er hier mit Virginie gelebt?, überlegte Saskia, spürte bei dem Gedanken aber keine Eifersucht. *Man muss sich nur vor den Lebenden fürchten*, ging es ihr plötzlich durch den Kopf. Wer hatte ihr das kürzlich gesagt und wieso? Sie erinnerte sich nicht mehr daran.

Saskia streifte ihre Sandalen von den Füßen und sah sich nach dem Badezimmer um. Sie hätte gerne eine Dusche genommen und sich die Sonnencreme, das Salz und den Sand vom Körper gespült.

»Willst du dich frisch machen?«, erriet Jean-Luc ihre Gedanken. Und als sie nickte, wies er mit dem Kopf auf eine kleine Tür neben einem Kleiderschrank.

Sein Badezimmer war demjenigen, das zu ihrem früheren Zimmer gehört hatte, ähnlich. Es war jedoch doppelt so groß und ganz in Weiß und Blau gehalten.

Saskia schlüpfte schnell aus ihren Kleidern und unter die Dusche. Das kühle Wasser prasselte auf ihren von der Sonne und der Vorfreude erhitzten Körper und sie atmete tief durch. War es unmoralisch? Zu früh? Zu unüberlegt?

»Darf ich dir die Haare waschen?«

Jean-Luc war unbemerkt ins Badezimmer getreten und stand als dunkle Silhouette hinter dem Duschvorhang. Plötzlich war sich

Saskia ihrer Nacktheit bewusst und eine jähe Scheu ergriff sie. Sie nickte errötend, was er aber nicht sehen konnte, deshalb räusperte sie sich und sagte, wie sie hoffte, mit fester Stimme: »Wenn du möchtest.«

Er zog den Vorhang langsam zur Seite und betrachtete sie lange, ohne etwas zu sagen. Saskia wagte kaum zu atmen. Wieso sieht er mich so an?, schoss es ihr durch den Kopf. Bin ich nicht schön genug? Zu dick? Zu dünn?

»Du bist wunderschön«, brach er das Schweigen, »ich muss mich beherrschen, damit ich mich nicht gleich auf dich stürze! Was aber auch schwierig werden würde«, fügte er hinzu und klopfte ärgerlich auf seinen Gips. »Kannst du mir helfen, das T-Shirt auszuziehen? Ich verrenke mir jedes Mal fast die Schulter dabei.«

Saskia musste lächeln und war froh, dass er die Situation mit einem Scherz auflockerte. Lachend half sie ihm aus den Kleidern und jetzt war sie es, die ihn bewundernd anschaute. Er hatte den gleichen olivefarbenen Teint wie seine Mutter, war schlank und muskulös. Seine Brust war unbehaart. Über einen Oberschenkel verlief eine tiefe Narbe, die jedoch schon alt sein musste, denn die Wundränder waren nur noch als weiße Linie zu sehen. Saskia strich mit ihrem Finger zart darüber und Jean-Luc lachte leise.

»Das kitzelt, chérie.« Er wand sich unter ihrer Berührung, aber nicht nur, weil er empfindlich war, sondern, wie sie freudig registrierte, sie ihn erregte.

»Lass mich jetzt deine Haare waschen, so gut es mit einem Arm eben geht.«

Er stieg zu ihr unter die Dusche und gab acht, dass sein Gips nicht nass wurde. Mit dem Mund öffnete er geschickt die Shampooflasche und goss ihr einen Klecks auf das nasse Haar. Mit langsamen, kreisenden Bewegungen wusch er ihr die Haare. Saskia hätte am liebsten geschnurrt, so angenehm war die Berührung. Jean-Lucs Präsenz hinter ihr machte sie jedoch ganz zappelig, und sie war meilenweit von jeglicher Entspannung entfernt. Plötzlich fuhr seine Hand aufreizend an ihrer Wirbelsäule entlang, liebkoste die Rundung ihrer Taille, strich zärtlich über ihren Bauch und umfasste ihre Brust.

Saskia stöhnte und schmiegte sich näher an Jean-Lucs Körper. Er spielte währenddessen mit den empfindlichen Spitzen ihrer Brust und sie meinte, vergehen zu müssen. Sie drehte sich um und suchte hungrig seinen Mund.

»Mehr, Jean-Luc, mehr«, flüsterte sie atemlos. Ineinander verschlungen stolperten sie durchs Badezimmer. Nass, wie sie waren, sanken sie auf das Bett und hinterließen dabei Wasserflecken auf dem glänzenden Satin.

Jean-Luc war ein zärtlicher, erfahrener Liebhaber und Saskia so voller Erregung, dass sie am liebsten geweint hätte. So etwas war ihr noch nie passiert und erschreckte sie ein wenig. Das Liebesspiel gestaltete sich, infolge seines eingegipsten Arms, reichlich unkonventionell. Ab und zu mussten sie lachen, wenn einer von ihnen eine Verrenkung vollführte. Aber bald schon hatten sie herausgefunden, wie es für beide am angenehmsten war. Und als Saskia den Höhepunkt erreichte, hatten sich ihre Körper bereits so gut kennengelernt, dass Jean-Luc ihr unmittelbar mit einem lauten Stöhnen folgte.

So muss es sein, dachte Saskia aufgewühlt, als sie danach eng umschlungen beieinanderlagen. Nur so! Alles, was sie vorher erlebt hatte, und sie hatte ihre Erfahrungen gemacht, war nichts gegen das, was sie gerade fühlte. Nichts war mehr wichtig, nichts hatte mehr Bedeutung. Nur noch in Jean-Lucs Armen zu liegen, seine Wärme zu spüren und seinen Worten zu lauschen.

Du bist der Leuchtturm. Letztes Ziel.
Kannst, Liebster, ruhig schlafen.
Die Andern ... das ist Wellenspiel,
du aber bist der Hafen.

Die Zeilen ihrer Lieblingsdichterin Mascha Kaléko kamen ihr in den Sinn. Sie nahm Jean-Lucs Hand und legte sie sich auf die Brust, dann schlief sie ein.

53

Die Sonne strich über die Fensterbank, verfing sich in den dunkelgrünen Vorhängen und wanderte über den Steinfußboden bis zum Bett. Saskia blinzelte schläfrig in das gleißende Licht und riss dann erschrocken die Augen auf, als ihr Blick auf die Digitalanzeige von Jean-Lucs Wecker fiel. Sie hatte verschlafen! Hastig wühlte sie sich aus der leichten Sommerdecke und suchte ihre Kleider zusammen. Jean-Luc lag quer ausgestreckt auf dem Bett und brummte etwas Unverständliches.

»Mist, Mist, Mist!«, stieß sie zwischen den Zähnen hervor und nestelte am Verschluss ihres BHs.

»Kann ich dir helfen?« Jean-Luc grinste sie schelmisch an und sie warf ihm einen ärgerlichen Blick zu.

»Ich hasse es, wenn ich zu spät komme, und heute habe ich einen wichtigen Termin. Ich muss mich beeilen!«

»Komm mal her.«

Er streckte die Hand aus und Saskia setzte sich zögerlich auf die Bettkante. Sie war plötzlich nervös. Was würde jetzt mit ihnen passieren? Würde überhaupt etwas passieren? Wie nach einem Rausch fühlte sie eine Katerstimmung, gab sich aber nonchalant. Er sollte nicht merken, wie es in ihrem Innern brodelte. Sie wusste genau, dass sie damit lediglich eine Angst vor Enttäuschung überspielte, konnte es aber nicht ändern. Jean-Luc robbte auf dem gesunden Arm zu ihr hin und sah ihr direkt in die Augen.

»Bereust du es?«, fragte er und stellte damit genau die Frage, die Saskia selbst durch den Kopf ging.

»Nein, Jean-Luc, ganz und gar nicht«, sagte sie mit fester Stimme und er strahlte sie an.

»Dann bin ich beruhigt, ich nämlich auch nicht.« Er küsste die Innenseite ihrer Hand und legte sie sich dann auf seine warme Brust. »Je te donne mon cœur. Ich schenke dir mein Herz.«

Sie lächelte gerührt. Die Welt war einfach herrlich! Dann schlüpfte sie in ihre Sandalen und stand auf. Sie musste jetzt unbedingt zur Arbeit, auch wenn sie gerne geblieben wäre.

»Also«, sagte Jean-Luc und setzte sich auf, »wann bringst du deine Sachen zurück?«

Saskia stockte in der Bewegung und drehte sich langsam zu ihm um. Seine schwarzen Haare standen in alle Richtungen ab, er sah wie ein kleiner Junge aus.

»Wieso zurück? Ich bin doch gerade erst gegangen.«

Jean-Luc runzelte die Stirn. »Aber chérie, du kannst doch unmöglich bei Philippe wohnen und arbeiten, wenn wir … na ja, wenn wir zusammen sind.« Er blickte sie verständnislos an.

Saskia schüttelte verwirrt den Kopf. »Was hat denn das damit zu tun? Mir gefällt der Job und ich habe nicht vor, ihn aufzugeben.«

»Das kann nicht dein Ernst sein, Saskia!« Jean-Luc strampelte sich die Decke von den Beinen und stand auf. Nackt baute er sich vor ihr auf und seine dunklen Augen blitzten. »Das werde ich nicht erlauben!«

»Erlauben? Sag mal, hast du sie noch alle? Ich entscheide immer noch selbst, was ich tue.«

Saskia wurde ärgerlich. Was bildete er sich ein? Sie ließ sich keine Vorschriften machen. Wäre ja noch schöner!

»Ich muss jetzt los. Wir können später darüber reden. Ich ruf dich an, okay?«

Ohne seine Antwort abzuwarten, stürmte sie zur Tür hinaus. Und als sei der unfreundliche Abgang nicht schon misslich genug, stieß sie im Flur auf Géraldine. Jean-Lucs Cousine fiel fast die Kinnlade zu Boden, als sie ihre ehemalige Angestellte erkannte. Entsetzt blickte sie Saskia nach, die mit einer gemurmelten Entschuldigung davoneilte.

»Genau derselbe Chauvi wie David. Ich fasse es nicht! Warum gerate ich bloß immer an solche Männer?«

Saskia stolperte durch die Eingangshalle zur Tür hinaus ins Freie, vorbei an einer verblüfften Chantal, die gerade mit einem Tablett schmutziger Weingläser in Richtung Küche ging. Noch eine halbe Stunde bis zur Sitzung mit Arnaud und dem Webdesigner. Wenn sie Gas gab, konnte sie es noch schaffen. Fürs Duschen und Schminken blieb jedoch keine Zeit mehr.

Sie rannte den Weg hinunter zu ihrem Wagen und hatte Mühe, in den Sandalen auf dem steinigen Weg nicht zu stolpern. Das Auto war nass vom Morgentau, stand aber immer noch brav am Wegrand. Saskia klaubte den Autoschlüssel aus ihren Shorts und legte einen klassischen Kavaliersstart hin. Der aufgewirbelte Staub löste sich in der windstillen Luft nur langsam wieder auf und blieb als sandfarbener Nebel über den Reben hängen. Im Norden türmten sich hohe Wolken über den Dentelles de Montmirail und erste Blitze kündigten einen Wetterumschwung an.

54

Géraldine saß zitternd auf dem Bürostuhl und atmete hektisch. Nur eine Wand trennte sie von Jean-Luc. Sicher würde er bald hereinkommen, um die Neuigkeiten zu hören, die sie von Châteauneuf-du-Pape mitbrachte. Bis dahin musste sie unbedingt ihre Fassung wiederfinden. Ihr war übel, sie versuchte krampfhaft, den Brechreiz zu unterdrücken.

Wie konnte das geschehen? Wie war das möglich? Wieso? Es hatte doch so gut ausgesehen. Saskia hatte sich mit Jean-Luc überworfen, war ausgezogen und wäre im Herbst wieder in ihr Land zurückgekehrt. Und jetzt das!

Géraldine war nicht so dumm zu glauben, dass die Schweizerin ihm lediglich einen Höflichkeitsbesuch abgestattet hatte. Noch nie war irgendjemand, außer seiner verstorbenen Frau oder der Haushaltshilfe, in Jean-Lucs Zimmer gewesen. Schon oft hatte sie ihn deswegen scherzhaft Blaubart genannt. Und Géraldine wusste auch, wie eine befriedigte Frau aussah, auch wenn sie in Eile war.

Heiß brandete die Eifersucht in ihr hoch und drohte sie zu ersticken. Was sollte sie bloß tun? Es war höchste Zeit, dass sie agierte, sonst wäre es für Jean-Luc und sie zu spät.

Die Bremsen quietschten, als Saskia den Wagen in der Garage zum Stehen brachte. Sie schnappte sich ihre Handtasche und stieg eilig aus, die nassen Badesachen von gestern ließ sie im Auto zurück.

Sie würde sich später darum kümmern. 8.25 Uhr. Ihr blieben noch genau fünf Minuten.

Sie zog die Sandalen aus, damit sie schneller laufen konnte, rief Vincent, der in der Eingangshalle auf einer Leiter stand, ein hastiges »Bonjour« zu und eilte durchs Kakteenzimmer zu ihrer Wohnung. Vor der Tür stand ein kleines, in blaues Geschenkpapier eingeschlagenes Päckchen, das sie mit einem Fußtritt in den Flur beförderte. Hoffentlich war es nicht zerbrechlich. Sie riss den Kleiderschrank auf, zerrte ein geblümtes Sommerkleid vom Haken, schnappte sich ein Haarband vom Nachttisch und eilte auf gleichem Weg wieder zurück. Auf einem Bein hüpfend, zog sie sich die Sandalen an. Vincent erwiderte ihr hingeworfenes »Adieu« mit einem konsternierten Heben der Augenbrauen.

Die Haustür der Prieuré fiel krachend ins Schloss. Saskia hastete über den kurz geschnittenen Rasen auf das Bürogebäude zu. In der Ferne hörte sie Donnergrollen, die Sonne war hinter dicken grauen Wolken verschwunden. Sie konnte das Gewitter bereits riechen. Verblüfft stellte sie fest, dass es, seit sie hier war, noch nie geregnet hatte.

Ariane sah anklagend auf ihre Armbanduhr, als Saskia durch die elektrische Schiebetür stolperte.

»Sie erwarten dich bereits«, sagte die Sekretärin frostig und wies mit dem Kinn auf das Besprechungszimmer.

Saskia stoppte schnaufend vor der Eichentür. Sie atmete dreimal tief ein und aus, straffte die Schultern und trat ein.

55

»Cédric hat mir versprochen, dass er in der nächsten Verwaltungsratssitzung unser Problem noch mal zur Sprache bringt.«

Géraldine sah von ihren Notizen auf und warf Mama Sol einen kurzen Blick zu, die ihr konzentriert lauschte, danach sah sie zu Jean-Luc hinüber, der zum Fenster hinausstarrte. Sie folgte seinem Blick. Der Regen tropfte gleichmäßig an die Fensterscheiben und bildete kleine Kreise auf der Wasseroberfläche des Pools. Géraldine schürzte die Lippen und fuhr fort.

»Er wollte mir nichts versprechen, hat mir aber doch Hoffnung gemacht, weil er die Qualität unserer Trauben schätzt.« Sie schloss ihre braune Ledermappe und verstummte.

Mama Sol räusperte sich und sagte mit einem tiefen Seufzer: »Nun ja, dann müssen wir abwarten und hoffen. Was meinst du dazu?« Sie blickte zu ihrem Sohn, der an seinen Haaren zupfte und weit weg zu sein schien. »Jean-Luc?«, hakte sie nach. »Ich habe dich etwas gefragt.«

»Wie?« Er zuckte zusammen und straffte die Schultern. »Ja, nicht schlecht. Abwarten, genau. Danke, Géraldine.« Er erhob sich und versuchte sich unter dem Gips zu kratzen. »Ich werde zum Südhang gehen. Der Boden dort macht mir Sorgen. Bis später.«

Mit diesen Worten verließ er das Zimmer. Seine Mutter sah ihm verblüfft nach.

»Was ist denn mit dem los?«, fragte sie Géraldine. »Schon den ganzen Morgen benimmt er sich so komisch. Weißt du etwas?«

Géraldine zuckte die Schultern. »Nein, keine Ahnung. Vielleicht der Wetterumschwung?«

Soledat nickte. »Ja, denkbar. Hoffen wir, dass der Regen nicht stärker wird. Und Gott schütze uns vor Hagel.« Sie machte schnell ein Zeichen, das wenig christlich war, dann erhob sie sich und gab ihrer Nichte einen Kuss auf die Wange. »Danke für deinen Einsatz. Was würden wir ohne dich machen?«

Géraldine lächelte, aber als Mama Sol sich umdrehte, gefror ihre freundliche Miene zu einer Fratze. Genau, was würden sie ohne sie machen? Sie würden es bald erfahren.

56

»Ich dachte mir, wir könnten den gemeißelten Monolith als Bild für das Eingangsportal der Internetseite verwenden. Darüber eine Panoramaansicht der Prieuré. Als Hintergrund die Farben der Weinbaugenossenschaft.« Der junge Mann mit der randlosen Brille machte sich fleißig Notizen und nickte ab und zu. Saskias Unterlagen lagen ausgebreitet auf dem Konferenztisch. Mit einem Kugelschreiber spielend, ging sie auf und ab. »Beim zweiten Klick sollte der Besucher auf eine Seite mit verschiedenen Auswahlmöglichkeiten gelangen. Geschichte des Betriebes, vielleicht auch der Umgebung, Erzeugnisse der Genossenschaft, Vertrieb, Kontakt, Impressum und so weiter. Alle diese Bereiche natürlich mit Dropdown-Menus zur schnelleren Navigation und mit Fotos. Sollen die Zulieferer auch aufgelistet werden?« Sie warf Philippe einen fragenden Blick zu, und als er nickte, fuhr sie fort: »Gut, also noch eine Rubrik Geschäftspartner beziehungsweise Mitglieder. Ariane wird Ihnen eine Liste zusammenstellen.«

Philippe beobachtete Saskia aufmerksam. Der gestrige Tag am Meer hatte auf ihrer Haut einen goldenen Schimmer hinterlassen. Sie sah erholt und frisch aus. Etwas atemlos war sie zum Meeting erschienen und erstaunt hatte er festgestellt, dass sie nicht geschminkt war. Irgendwann letzte Nacht hatte er es aufgegeben, zu ihrer Wohnung hinüberzustarren und darauf zu warten, dass sie nach Hause kam. Er hatte schlecht geschlafen. Und als er heute Morgen die Garage leer vorgefunden hatte, war ihm fast übel geworden. Entweder war ihr etwas passiert oder sie hatte die Nacht auswärts verbracht. Da sie jetzt aber hier war, musste es Letzteres gewesen sein und ihm war nicht klar, ob ihm Ersteres nicht lieber gewesen wäre. Das erschreckte ihn und er rief sich zur Ordnung. Vielleicht klärte sich das Ganze als harmlos auf. Er versuchte krampfhaft, die quälenden Bilder von ihr zusammen mit einem anderen Mann vor seinem geistigen Auge zu verscheuchen.

»Habe ich etwas vergessen?« Saskia drehte sich um.

»Nein, ich glaube nicht. Das hast du ganz toll gemacht, danke. Ich bin wirklich beeindruckt.«

Sie strahlte ihn glücklich an. Philippes Herz machte einen Sprung. Er lächelte ihr zu und erhob sich. »Dann warten wir mal ab, welche Vorschläge uns Monsieur Cuche unterbreiten wird.«

Der Angesprochene sprang behände auf.

»In einer Woche kann ich Ihnen den Rohentwurf zeigen. Ich bin sicher, Sie werden zufrieden sein.«

Philippe nickte. »Gut, dann also in einer Woche. Lassen Sie sich von Ariane einen Termin geben.«

Er schüttelte dem schmächtigen Mann die Hand und verließ den Raum. Beim Hinausgehen hörte er Saskias Lachen, als der Webdesigner eine Bemerkung fallen ließ, und er biss die Zähne aufeinander, bis die Wangenknochen hervortraten. Warum musste sie bloß mit allen flirten?

57

»Komm schon, Gaucho, beweg dich!« Der Hund gähnte ausgiebig, machte aber keine Anstalten, dem Befehl seines Herrn zu folgen. »Dann bleib eben hier, du blöder Köter«, zischte Jean-Luc und lief über den Vorhof in eines der Nebengebäude. Er schnappte sich eine dunkelgrüne Pelerine von einem Haken, zog ein Paar Gummistiefel an und verließ das Gut in Richtung Südhang. Der Boden dort machte seit jeher Probleme. Ein Teil des Hangs war schon einmal infolge starker Regenfälle abgerutscht und hatte die dortigen Weinstöcke zerstört.

Jean-Luc blickte zum Himmel. Dicke Wolken hingen wie vollgesogene Watte über dem Bergkamm. Und es sah nicht so aus, als würden sie in der nächsten Zeit weichen. Das passte ja hervorragend! Irgendwie konnte es nicht noch schlimmer kommen: sein Vater ein Vollinvalide, der Vertrag mit der Weinbaugenossenschaft gekündigt und jetzt noch Saskia.

Was dachte sie sich eigentlich? Sah sie nicht ein, dass es ein Affront gegen die Rougeons war, weiterhin bei Arnaud zu wohnen und für ihn zu arbeiten? Er spuckte auf den Boden.

Philippe hatte das sehr geschickt eingefädelt, das musste man ihm lassen. Prospekt, Internetseite, ha, das er nicht lachte! Für all das gab es Agenturen, die das ruck, zuck erstellten. Schließlich hatten sie all das vor gar nicht so langer Zeit selbst in Auftrag gegeben. Dazu brauchte man keine Journalistin.

Es war sehr unsensibel von ihm gewesen, Saskia etwas zu verbieten, und er hatte nach ihrer Weigerung vermutlich überreagiert. Aber er wollte sie ständig um sich haben und sie jede Nacht in den

Armen halten. Deshalb hatte er rot gesehen, als sie darauf bestand, weiterhin bei seinem Schwager zu arbeiten.

Jean-Luc erinnerte sich nur zu gut, was Virginie ihm über ihren Bruder erzählt hatte. An die Spiegel, die Überwachung der Telefonate, Konten und Briefe. Und bei der Vorstellung, dass Philippe das Gleiche mit Saskia tat, packte ihn die kalte Wut. Am liebsten hätte er dem falschen Hund die Visage poliert. Und dass er das infolge seines eingegipsten Arms nicht konnte, machte ihn nur noch wütender.

Er zog sein Handy aus der Hosentasche. Nichts. Sie hatte nicht versucht, ihn zu erreichen. Nun gut, sollte sie doch schmollen. Er hatte nicht vor, den ersten Schritt zu tun.

»Quelle merde!«, schrie er einen Weinstock an, der unter dem steten Regen tropfte.

58

Das gebratene Huhn mit den Rosmarinkartoffeln schmeckte hervorragend. Saskia hatte trotz des Streits mit Jean-Luc einen Riesenhunger und nahm reichlich Nachschlag. Arnaud saß zu ihrer Rechten am Esstisch und stocherte lustlos in seinem Essen herum. Er war heute einsilbig, das kam ihr gelegen. Ansonsten hätte er sie womöglich gefragt, wo sie die letzte Nacht verbracht hatte.

Als Justine den Nachtisch – Vanilleeis mit warmen Himbeeren – servierte, brach er aber unvermittelt das Schweigen.

»Wie war denn der Ausflug gestern?«

»Toll, wir haben uns köstlich amüsiert.«

»Schön. Wer ist denn wir, wenn ich fragen darf?«

Saskia löffelte mit Hingabe ihr Dessert, damit Arnaud ihren Gesichtsausdruck nicht bemerkte, der zwischen Genervtheit und Unverständnis wechselte. Meine Güte, war das ein Verhör? Sie wusste ganz genau, worauf er anspielte, wollte ihm aber keine Gelegenheit geben, nachzuhaken. Als die Pause jedoch unerträglich wurde, erwiderte sie leichthin: »Aber Philippe, ich habe dir doch gesagt, dass ich mit Nele an die Côte fahre.«

»Ja, stimmt. Das hattest du erwähnt. Entschuldige meine dumme Frage.«

Er lächelte und bestellte bei Justine einen petit café. Saskia schüttelte den Kopf, als er sie fragend anschaute. Ihr war nicht nach Kaffee zumute, sie war schon nervös genug.

»Dann seid ihr aber reichlich spät nach Hause gekommen, nicht wahr? Musste denn deine ... Freundin heute nicht arbeiten?«

Er gibt nicht auf, dachte Saskia ärgerlich. Nun gut, sollte er seine Informationen bekommen, wenn er so danach lechzte.

»Doch, sicher. Und weil es schon so spät war, habe ich gleich auf dem Gut übernachtet. Ist das ein Problem für dich?«, fragte sie forsch. Wenn er jetzt mit einer Moralpredigt anfängt, springe ich ihm an die Gurgel, dachte sie. Ein schwieriger Mann pro Tag reichte ihr vollkommen.

»Nein, nein, kein Problem. Ich habe mir nur Sorgen gemacht«, sagte er schnell und schob das Dessert unberührt zur Seite. »Ich meine ja nur, schließlich ist dir die Gegend fremd und leicht hätte dir … ich meine euch etwas passieren können.«

»Ist es aber nicht«, erwiderte sie schnippisch und erhob sich, als Arnaud seinen Kaffee ausgetrunken hatte.

»Wo gehst du hin?«, fragte er in einem Ton, der an ein quengelndes Kind erinnerte.

Saskia hob die Augenbrauen. Musste sie ihm denn über jeden Schritt Rechenschaft ablegen? Langsam strengte er sie an, deshalb erwiderte sie spöttisch: »Aufs Klo, wenn es gestattet ist. Möchtest du mich etwa begleiten?«

Arnaud lächelte säuerlich. »Natürlich nicht, entschuldige. Ich bin heute etwas durch den Wind.«

Auf einmal tat er Saskia leid. Wahrscheinlich war er einsam und krallte sich aus diesem Grunde so an sie. In versöhnlicherem Ton sagte sie deshalb: »Dann sehen wir uns am Nachmittag im Büro, einverstanden?« Und als er ergeben nickte, fügte sie hinzu: »Das Essen war übrigens köstlich, danke.«

Er machte eine wegwerfende Handbewegung.

»Ich richte es Adèle aus, sie wird sich darüber freuen.«

Saskia schloss ihre Haustür auf und wäre fast über das blaue Päckchen gestolpert, das sie heute Morgen achtlos in den Flur gekickt hatte. Sie hob es auf und runzelte die Stirn. Arnaud? Wahrscheinlich. Sie kannte ja sonst niemanden hier. Und Vincent war aus dem

Alter heraus, in dem er jungen Frauen Geschenke machte. Ungeduldig riss sie das Geschenkpapier auf. Ein Parfüm? Sie löste den Verschluss, schnupperte daran und krauste die Nase. Zu süß für ihren Geschmack, aber ein Duft entfaltete sich erst auf der Haut; deshalb tupfte sie sich ein paar Tropfen auf die Handgelenke und hinter die Ohren. Doch auch jetzt überzeugte sie das Aroma nicht. Ihm lastete ein Hauch von Verwesung an.

Saskia betrachtete den Flakon: »Princess« von Fragonard. Sie kannte weder den Duft noch den Hersteller. Ich werde mich bedanken müssen, dachte sie mit Widerwillen. Sie hatte noch nie verstanden, weshalb Männer Frauen ungefragt Parfüm schenkten. Das Risiko, den falschen Duft zu erwischen, war einfach zu groß.

Sie stellte das Fläschchen in den Spiegelschrank über dem Waschtisch und runzelte die Stirn. Die Zahnpastatube stand sauber verschlossen neben ihrer Zahnbürste. Nanu? David hatte Stunden damit verbracht, ihr zu predigen, die Tube wieder zuzuschrauben. Doch Saskia hatte es, trotz redlichen Bemühens, nie geschafft, sich diese schlechte Eigenart abzugewöhnen. Daher hatte es im Hause Wagner & Hunziker immer einen großen Vorrat an Zahnpastatuben gegeben.

Justine hatte das Bad noch nicht geputzt, sonst wären die Handtücher gewechselt worden. Wer hatte also die Tube verschlossen? Saskia fühlte sich auf einmal unwohl. Arnaud würde doch nicht …? Oder etwa doch? Sie fröstelte plötzlich. Sollte sie ihn zur Rede stellen? Aber was, wenn er es nicht gewesen war? Dann war es mehr als peinlich für sie. Eventuell hatte sie es doch selbst getan.

»Spinn nicht rum, Saskia. Dein Chef hat sicher Besseres zu tun, als deine Tuben zu verschließen«, murmelte sie vor sich hin. Jetzt musste sie erst mal die nassen Sachen von gestern aufhängen und dann wollte sie Jean-Luc anrufen. Sie atmete tief durch und versuchte, nicht allzu nervös zu sein, als sie seine Nummer wählte: Doch sie konnte nicht verhindern, dass ihre Hände eiskalt wurden, als das Freizeichen ertönte.

Philippe zuckte zusammen, als er das altbekannte Piepsen hörte und das rote Lämpchen hektisch aufleuchtete. Er schwang seine Beine vom Bett, wo er sich ein wenig ausgeruht hatte, und betrachtete nachdenklich das Telefon. Dann nahm er vorsichtig den Hörer ab und lauschte.

59

»Es tut mir leid!«, sagten beide wie aus einem Mund und mussten dann lachen.

»Ich wollte nicht …«

»Habe wohl überreagiert …«

Saskia und Jean-Luc sprachen durcheinander und lachten wieder.

»Lass mich zuerst reden.« Jean-Luc versuchte, sein Handy vor dem Regen zu schützen, was mit einem Arm gar nicht so leicht war. »Hör zu, es tut mir wirklich leid, wie ich mich aufgeführt habe. Das war nicht angemessen. Natürlich habe ich kein Recht, dir etwas zu verbieten. Und wenn du weiterhin bei Philippe wohnen und arbeiten willst, dann akzeptiere ich das. Ich war nur so … so eifersüchtig. Verzeihst du mir altem Rüpel?«

Saskia lächelte. Sie hatte ebenfalls überreagiert und sich in die Situation hineingesteigert.

»Natürlich, Jean-Luc, natürlich verzeihe ich dir«, sagte sie warm und drehte eine Haarsträhne um den Finger. »Wir waren wohl beide überfordert. Ich bin ein gebranntes Kind, was männliche Vorschriften anbelangt, und deshalb war deine Forderung ein rotes Tuch für mich. Aber Schwamm drüber. Können wir uns heute noch sehen?«, fragte sie hoffnungsvoll.

»Aber ja, natürlich. Ich kann nur leider nicht fahren, wie du weißt. Und Géraldine darum zu bitten ist vermutlich keine so gute Idee.«

Saskia kicherte. Nein, der Zerberus wäre sicher wenig begeistert, Jean-Luc zu einem Schäferstündchen zu kutschieren.

»Ich arbeite bis etwa 18 Uhr und rufe dich danach an, einverstanden?«, sagte sie.

»Ich freue mich auf dich«, erwiderte er gut gelaunt, »also bis dann, ma chérie.«

»Bis dann, du Rüpel! Ich kann's kaum erwarten.«

Saskia legte auf und hatte noch ein breites Grinsen im Gesicht, als sie sich auszog und unter die Dusche stellte.

Philippe legte den Hörer langsam wieder auf die Gabel. Er presste wütend die Lippen aufeinander und massierte sich dabei die Stirn. Also doch!

60

Jean-Luc verstaute sein Handy unter der weiten Regenpelerine. Hätte ihn jemand dabei beobachtet, wie er grinsend durch den schlammigen Rebberg stampfte, hätte man ihn sicher für verrückt gehalten. Doch weit und breit war niemand zu sehen und wenn doch, wäre es ihm auch egal gewesen.

Jean-Luc Rougeon hatte es schon vor langer Zeit aufgegeben, sich nach dem zu richten, was andere für gut und richtig hielten. Das brachte ihm zwar wenig Freunde ein, doch die brauchte er auch nicht. *Lieber nur ein einziger Wolf an deiner Seite, als hundert Schakale am Arsch* pflegte seine Mutter immer zu sagen, wenn er als Kind weinend nach Hause gekommen war, weil ihn die anderen Kinder gehänselt hatten.

Plötzlich kam ihm eine Idee. Sein Gesicht hellte sich auf. Ja, das würde Saskia sicher gefallen. Er klaubte das Mobiltelefon wieder hervor und tätigte nochmals einen Anruf.

Zur selben Zeit telefonierte auch Géraldine. Doch weder lag ein Lächeln auf ihrem Gesicht noch freute sie sich auf die kommenden Tage, denn David Hunziker war, gemäß seiner Sekretärin, für zwei Wochen in Japan und nur in Notfällen zu erreichen.

»Das ist ein Notfall, du dumme Kuh!«, hätte Géraldine am liebsten ins Telefon geschrien, doch natürlich tat sie nichts dergleichen und bedankte sich höflich bei der Sekretärin, deren Französisch dermaßen schlecht war, dass sie sie kaum verstand.

Merde!, dachte Géraldine. Zwei Wochen! So lange konnte sie nicht warten. Unmöglich! Des Feindes Feind ist dein Freund, ging es ihr durch den Kopf. Genau! Auf die einfachste Lösung kam man immer zuletzt. Sie wählte nochmals und hatte diesmal mehr Glück. Mit einem Lächeln lehnte sie sich im Bürostuhl zurück. Im Grunde war es so leicht.

61

»Oh, Jean-Luc, das ist ja zauberhaft!« Saskia drehte sich mit großen Augen um die eigene Achse.

Sie befanden sich im ›Coq Rouge‹, dem Restaurant, das Baptiste Pelletier neben seiner Weinhandlung führte. Der Kellner geleitete sie durch den kleinen Raum, der zum Bersten voll mit Touristen war. Die Gäste saßen dicht gedrängt und die Raumluft war durch die vielen Körper und den andauernden Regen warm und feucht geworden, wie in einem Treibhaus.

»Da hinten ist es besser«, erklärte Jean-Luc und zeigte auf eine winzige Nische, die durch eine dicke, gemauerte Steinwand vom Rest des Lokals abgetrennt war. »Weniger stickig«, fügte er hinzu und wedelte sich mit der Hand Luft zu.

Saskia fand das kleine Lokal hinreißend. Die rote Ziegelsteindecke wölbte sich in vier spitz zulaufenden Bögen bis zur Mitte des Raums, der früher lediglich ein Keller gewesen war. Auch der Fußboden bestand aus roten Steinplatten, daher wohl der Name ›Roter Hahn‹. Die Farbe spiegelte sich auch in den Tischtüchern und den Servietten wider.

In dem kleinen Separee, den Blicken der meisten Gäste entzogen, befand sich das einzige Fenster des Lokals. Fenster wäre zu viel gesagt, eher eine Luke, die schräg nach oben führte – sie diente früher wohl als Kohlerutsche –, zeigte ein winziges Stück grauen Himmels. Jean-Luc hatte recht, hier war die Luft angenehmer, und Saskia überlegte, wen er bestochen hatte, um so kurzfristig an den besten Platz zu kommen.

Der Kellner, der sie an Henri erinnerte, überreichte ihr mit einer vollendeten Verbeugung die originelle, zweisprachige Speisekarte. Sie war ganz aus Holz und mit provenzalischen Motiven bemalt. Zwei Lederbänder hielten die beiden Holzplatten zusammen, die durch die Jahre einen satten glänzenden Braunton erhalten hatten. Auf der einen Seite standen die Gerichte auf Französisch, auf der anderen Seite auf Deutsch geschrieben.

»Merci«, sagte Saskia lächelnd und sah dem Kellner nach. »Erinnert er dich nicht auch an Henri?«, fragte sie Jean-Luc und er nickte.

»Ja, tut er. Er ist ja auch sein Bruder.«

»Ach, tatsächlich?« Sie lachte und widmete sich weiter der Speisekarte. Bei ihrem Bärenhunger hätte sie einen ganzen Ochsen vertilgen können.

Henris Bruder trat zu ihnen und schenkte Wasser aus einer bauchigen Karaffe ein, dazu stellte er einen Teller voller Tapenade auf den Tisch. Ein provenzalischer Snack, bestehend aus einer Oliven-, Sardellen- und Kapernpaste, die auf Toastbrot serviert wird.

»Was empfiehlst du mir?«, wandte Saskia sich an Jean-Luc, der kaum einen Blick auf die Speisekarte geworfen hatte und jetzt eher sie studierte.

»Das Menü«, schlug er mit einem sexy Lächeln vor. Sie wäre am liebsten wieder aufgestanden und gegangen, um einen anderen Hunger zu stillen. Aber zuerst das Essen und dann das Vergnügen! Sie räusperte sich.

ENTRÉE	VORSPEISE
Salade Nicoise	Salat mit Tomaten, Oliven und Sardellen
PLAT PRINCIPAL	HAUPTGANG
Lapin farci aux herbes de Provence avec des pommes de terre	Kaninchen mit frischen provenzalischen Kräutern, dazu Kartoffeln

DESSERT
Beignets Pommes-Raisines secs

NACHTISCH
Apfel-Rosinen-Krapfen

FROMAGE

KÄSE

Saskia brach in schallendes Gelächter aus. Jean-Luc sah sie verwirrt an. Sie schlug sich die Hand vor den Mund, konnte ihr Lachen jedoch nicht unterdrücken. Schon drehten sich ein paar Köpfe in ihre Richtung, deshalb versuchte sie verzweifelt, ihr Gekicher zu ersticken. Tränen liefen ihr über die Wangen und sie barg den Kopf in ihrer Handtasche, in der sie hektisch nach einem Taschentuch wühlte.

»Chérie, alles in Ordnung?« Jean-Luc beugte sich über den Tisch und versuchte, ihren Blick zu erhaschen. Doch jedes Mal, wenn Saskia den Kopf hob, begann sie erneut zu kichern. Jean-Luc zuckte mit den Schultern, um dem Kellner zu zeigen, dass er keine Ahnung hatte, wieso sich seine Begleiterin derart seltsam benahm.

Endlich bekam Saskia wieder Luft und versuchte, sich zu beruhigen. Sie nahm einen großen Schluck Wasser und wischte sich dabei die Lachtränen aus den Augen.

»Tut mir leid«, sagte sie bemüht ruhig und unterdrückte den Drang, abermals in sinnloses Gekicher auszubrechen, »ich lache nicht wegen dir, wirklich. Es ist nur …« Ein Glucksen drang von ganz tief in ihrem Bauch nach oben, und sie konnte es gerade noch hinunterschlucken, bevor es an der Oberfläche explodierte. Sie spürte die verwunderten Blicke der Gäste auf sich und hustete. Was mussten die von ihr denken? Und Jean-Luc sah auch wie ein begossener Pudel aus. Ein neuer Lachanfall kündigte sich an. Saskia hielt sich schnell ein Taschentuch vors Gesicht und schnäuzte sich die Nase.

»Was ist denn so lustig?«, fragte Jean-Luc, der ein wenig genervt klang. Sie konnte es ihm nicht verdenken, sie benahm sich ja auch zu kindisch. Doch je mehr sie versuchte, das Lachen zu unterdrücken, desto schlimmer wurde es.

Sie holte tief Luft. »Das Dessert«, sagte sie und in ihrem Gesicht zuckte es erneut.

»Was ist denn an Beignets so witzig?« Er schüttelte verwirrt den Kopf. »Bist du betrunken?«

»Nein, *die* sind ja auch nicht witzig. Es ist die ... die Übersetzung«, brachte sie endlich hervor, »man sagt nicht Krampf, sondern Krapfen. Krampf bedeutet crampe. Oh Gott, ich kann gar nicht mehr aufhören zu lachen, entschuldige!« Sie schüttelte ihre Haare und setzte sich aufrecht hin. »So, fertig jetzt! Lass uns bestellen, einverstanden? Ich nehme das Menü ... samt Krampf!«

Und nun brachen beide in schallendes Gelächter aus.

62

Philippe runzelte die Stirn, als es an seine Schlafzimmertür klopfte. Er blickte zu der Standuhr auf dem Kamin. 22.15 Uhr. Wer störte ihn um diese Zeit? Er legte das Buch, in dem er unkonzentriert gelesen hatte, auf den Nachttisch und öffnete die Tür. Vincent stand draußen, er sah besorgt aus.

»Madame Rougeon wünscht dich zu sprechen«, meldete er außer Atem. Philippes Zimmer befand sich im zweiten Stock und die Prieuré besaß keinen Fahrstuhl.

»Mama Sol ist hier?«, fragte Philippe verwundert. Was wollte *die* denn von ihm?

»Nein, Géraldine. Sie sagt, es sei wichtig. Es wird doch Mademoiselle Saskia nichts passiert sein?«, hakte der Diener nach und sah seinen Arbeitgeber dabei gespannt an.

»Saskia? Nein, die ist ausgegangen«, erwiderte Philippe barsch. Er versuchte, seinen Ärger darüber vor seinem Angestellten zu verbergen, das ging ihn nichts an, doch er konnte nicht verhindern, dass seiner Antwort eine gewisse Schärfe innewohnte. Er räusperte sich. »Sag Géraldine, dass ich gleich hinunterkommen werde. Sie kann ja solange im Foyer warten. Schließlich ist das keine Zeit für Besuche und ich wüsste wirklich nicht, was *ich* mit den Rougeons zu besprechen hätte.«

Vincent nickte und ging die Treppe hinunter. Gott sei Dank war mit Mademoiselle Saskia alles in Ordnung. Er hatte die Schweizerin auf Anhieb gemocht, obwohl sie Virginie so ähnlich sah. Aber Philippes Benehmen seit ihrer Ankunft bereitete ihm und seiner Frau große Sorgen. Das war nicht gut. Und weshalb sein Arbeitgeber die Rougeons so sehr hasste, konnte er ebenfalls nicht verstehen. Virginies Tod war ein Unfall gewesen. Niemand trug die Verantwortung dafür, schon gar nicht Jean-Luc. Der war ja nicht einmal dabei gewesen. Wenn man schon einen Schuldigen suchte, dann war es Philippe selbst, der das Unglück nicht verhindert hatte. Aber das wagte keiner laut auszusprechen.

Vincent seufzte und sprach ein stummes Gebet. Mochte der Herr sich der Sache annehmen, er konnte Philippe Arnaud seinen Dämonen nicht entreißen.

Die Hosenbeine des Pyjamas, die unter dem zerschlissenen Morgenmantel hervorschauten, flatterten um die alten, dürren Beine, als Vincent die Treppe herunterkam. Es fehlen nur noch die Kerze und die Schlafmütze, dachte Géraldine schmunzelnd, dann wäre die Karikatur perfekt.

»Er kommt gleich. Wenn du bitte hier warten würdest?«

Vincent wies auf die weiße Sitzgarnitur. Géraldine hob konsterniert die Augenbrauen. Sie war sich bewusst, dass diese Aufforderung einen Affront bedeutete und sehr unhöflich war. Vor allem, weil sie mit Philippe – zwar nur durch seine Heirat, aber immerhin – verwandt war. So behandelte man seine Familie nicht. Daher erwiderte sie spöttisch: »Zu gütig, danke. Aber ich stehe lieber. Ich bin noch ganz nass vom Regen und möchte das Leder nicht beschmutzen.«

Vincent seufzte, sagte aber nichts und nickte. Er schlurfte durch die Eingangshalle und verschwand in der Küche.

Philippe wird seine Hochnäsigkeit schon noch vergehen, dachte Géraldine. Die Arnauds waren schon immer ein arrogantes Pack. Aber in der Not frisst der Teufel auch Fliegen und die Situation erforderte, sich mit dem Geschmeiß zu verbünden. Sie betrachtete ein Gemälde, das neben dem riesigen Kamin hing, als das Geräusch von Schritten sie aus der Betrachtung riss. Philippe kam durch die Eingangshalle auf sie zu. Auch er trug einen Morgenmantel, aber ein eleganteres Modell. Sein Gesichtsausdruck wechselte zwischen Neugier und Abweisung.

»Géraldine, welch ungewöhnliche Freude, dich zu sehen. Was beschert mir das Vergnügen deines nächtlichen Besuches?«

Er hauchte ihr drei Küsse auf die Wangen und wies mit der Hand einladend auf die Sitzgruppe.

»Vielleicht sollten wir das, was ich dir vorschlagen möchte, in einem anderen Zimmer besprechen. Es ist recht delikat und nicht für fremde Ohren bestimmt.« Sie wies mit dem Kinn zur Küchentür, die sich einen Spalt weit geöffnet hatte. Philippe folgte ihrem Blick und nickte.

»Gut, gehen wir in den kleinen Salon.«

Er trat durch eine Tür zu seiner Linken. Der Raum diente früher als Parlatorium. Ein Zimmer, in dem die Mönche von ihrem Schweigegelübde entbunden waren und ohne Einschränkung sprechen durften. Wie passend, dachte Géraldine und setzte sich auf einen der antiken Stühle. Philippe nahm ihr gegenüber Platz, machte aber keine Anstalten, ihr etwas zu trinken anzubieten. Er schlug die Beine übereinander und sah sie fragend an.

Nun gut, dachte sie, dann verlieren wir keine Zeit mit Höflichkeiten und kommen gleich zur Sache. Sie räusperte sich: »Um es kurz zu machen, Philippe, du willst Saskia und ich will Jean-Luc.« Sie machte eine Pause und sah zufrieden, wie Arnauds Augen schmal wurden. Er wollte etwas erwidern, doch Géraldine sprach einfach weiter. »Sag nicht, dass es nicht stimmt. Ich bin nicht dumm und es gefällt mir selbst nicht, dass Jean-Luc sich mit der Schweizerin abgibt. Hätte ich gewusst, dass sie Virginie so ähnlich sieht, hätte ich sie ganz sicher nicht eingestellt.«

»*Du* hast …?«, unterbrach sie Philippe und Géraldine nickte.

»Ja, leider. Nun, das ist nicht mehr zu ändern. Auf alle Fälle müssen wir diese Liaison sofort beenden. Und ich weiß auch schon, wie.«

63

Der Regen hatte aufgehört, die Luft roch frisch und leicht nach Ozon. Saskia und Jean-Luc schlenderten eng umschlungen zum Parkplatz vor der Kirche und stoppten nach ein paar Schritten, um sich ausgiebig zu küssen. Die verwunderten Blicke der wenigen Passanten störten sie nicht, sie bemerkten sie nicht einmal. Das Essen war vorzüglich gewesen, sie fühlten sich satt und zufrieden. Als sie beim Cabriolet ankamen, wühlte Saskia in ihrer Handtasche nach dem Autoschlüssel. Jean-Luc umfasste ihre Taille und biss sie zärtlich in den Nacken, bis sie kicherte.

»Lass das«, sagte sie, aber ihr Tonfall strafte die Aufforderung Lügen.

»Ich möchte es aber nicht lassen«, raunte ihr Jean-Luc ins Ohr und knabberte an ihrem Ohrläppchen. »Du riechst so gut. Ich kenne den Duft von irgendwoher«, bemerkte er. »Am liebsten würde ich ein Stück von dir abbeißen.«

»Unterstehe dich!«, drohte sie ihm. »Mich gibt's nur am Stück.«

»Wie Sie meinen, Frau Metzgerin, dann geben Sie mir halt den ganzen Braten. Wie lange ist er denn haltbar?«

Sie zwickte ihn in die Seite und er lachte. Endlich fand sie den Schlüssel und mit einem quiekenden Ton öffnete sich die Zentralverriegelung. Jean-Luc hielt ihr galant die Tür auf und setzte sich anschließend auf den Beifahrersitz.

Saskia überlegte sich, ob sie die typische Frage *Zu dir oder zu mir?* stellen sollte, als Jean-Luc meinte: »Lass uns noch ein wenig herumfahren. Ich bin noch nicht müde und möchte dir etwas zeigen.«

Schade, sie hatte auf eine Wiederholung der letzten Nacht gehofft. Aber womöglich schmerzte sein Arm. Es war ihr nicht entgangen, wie er manchmal zusammenzuckte, wenn er mit seinem Gips eine unbedachte Bewegung vollführte. Zudem waren sie momentan in einer misslichen Lage, denn sie konnte Jean-Luc nicht mit zur Prieuré nehmen. Gut möglich, dass Arnaud wieder den Wachhund spielte. Auf der anderen Seite lauerte bei den Rougeons der Zerberus. Sie schmunzelte und fühlte sich wie ein Teenager, der nirgends einen Platz für ein Schäferstündchen fand.

»Ja, einverstanden. Cruisen wir ein wenig.«

Jean-Luc runzelte die Stirn. »Cruisen?«, fragte er und Saskia winkte lachend ab.

Sie fuhren die Rue Principale entlang, vorbei an den Cafés, die um diese Uhrzeit bereits alle geschlossen waren, und bogen nach einem Fingerzeig Jean-Lucs in einen schmalen Feldweg ein, der in südliche Richtung führte. Nach kurzer Fahrt hatten sie das Dorf hinter sich gelassen und befanden sich in den Weinbergen. Links und rechts erhoben sich kleine Steinmauern. Saskia hoffte inständig, dass ihnen kein Fahrzeug entgegenkam, da es kaum Ausweichmöglichkeiten gab. Ihre Sorge entpuppte sich als unbegründet, denn außer ihrem gelben Scheinwerferpaar durchschnitt kein anderes die Nacht.

Jean-Lucs unverletzte Hand lag auf ihrem Oberschenkel. Mit seinen Fingern zeichnete er spielerisch die Linien ihrer Muskeln nach. Seine Berührung löste kleine elektrische Schauer aus. Saskia musste sich konzentrieren, um den Wagen in der Spur zu halten. Mehr als einmal seufzte sie wohlig und Jean-Luc lächelte dann amüsiert vor sich hin.

»Fahr etwas langsamer, chérie«, sagte er plötzlich und sie schaltete in den zweiten Gang.

»Da!« Er wies mit dem Finger auf eine kleine Hütte, die sich eng an den Rebberg presste und im Dunkeln kaum auszumachen war. Die Steinmauer endete unvermittelt. Saskia steuerte den Wagen durch die schmale Lücke auf einen winzigen Parkplatz.

»Was ist das denn für ein Gebäude?«, fragte sie, als sie den Schlüssel abzog und die Autotür öffnete. Die Luft roch intensiv nach nasser Erde und Laub. Das Zirpen der Grillen übertönte jeden Laut, den die Nacht sonst noch hervorbrachte.

»Eine Schutzhütte«, beantwortete er ihre Frage und strich mit der einen Hand über den oberen Türrahmen, von wo er einen Schlüssel herunterholte. »Manchmal bauen sich die Gewitter unmittelbar über den Dentelles auf und dann kann es auf offenem Feld sehr ungemütlich werden.« Er schloss auf und drückte mit einer Schulter gegen die verwitterte Holztür, die sich nach einem kurzen Moment ächzend öffnete. »Voilà, Madame, bitte einzutreten.«

Die Hütte bestand nur aus einem einzigen Raum. Es roch nach altem Holz und Staub. Saskia hörte, wie Jean-Luc eine Schublade aufzog. Plötzlich flammte ein Streichholz auf, mit dem er eine alte, verrußte Petroleumlampe anzündete. Das warme Licht erhellte die Kate nur spärlich und warf lange Schatten an die Wand.

In der Mitte des Raumes befanden sich ein Holztisch mit sechs Stühlen, an den Wänden Rechen und sonstige Geräte, die von den Arbeitern in den Weinbergen gebraucht wurden: Seile, Schnüre, Scheren, ein paar Weidenkörbe, in denen Handschuhe lagen. In einer Ecke standen ein kleiner Ofen und daneben ein großes Bett, über das eine provenzalische Decke geworfen war.

Jean-Luc stellte die Lampe auf den Tisch und ging zu einem Regal aus Ziegelröhren, in dem verschiedene Flaschen lagerten.

»Möchtest du einen Schluck Wein?«, fragte er und ohne ihre Antwort abzuwarten, zog er eine Flasche aus dem Regal und stellte sie neben die Lampe. »Du musst sie selbst öffnen, chérie, ich kann das schlecht.« Er wies dabei mit dem Kopf auf seinen Gips.

Saskia nickte und nahm den Flaschenöffner, den er aus der Tischschublade zog. Jean-Luc öffnete währenddessen das Fenster. Die warme Nachtluft und das Zirpen der Grillen belebten den Raum. Von einem Holzbord, das über den Ziegelröhren an der Wand befestigt war, nahm er zwei Gläser. Saskia füllte sie mit dem tiefroten Wein.

»A la tienne!«, sagte er und prostete ihr zu.

Sie nippte nur an ihrem Glas. Weshalb waren sie hier? Und was wollte er ihr zeigen? Als hätte er ihre Gedanken erraten, stellte Jean-Luc sein Glas auf den Tisch und streckte ihr die Hand entgegen.

»Komm!« Er griff nach ihren Fingern und presste seine Lippen darauf, dann zog er sie langsam zum Bett hinüber und setzte sich auf den Überwurf. »Als kleiner Junge bin ich oft hergekommen, wenn mich die anderen in der Schule Zigeuner nannten.« Er bückte sich und zog eine alte Holzkiste unter dem Bett hervor, an der ein rostiges Schloss hing. »Obwohl ich einer der Kräftigsten war, verbot mir meine Mutter, mich mit meinen Schulkameraden zu prügeln. Deshalb flüchtete ich mich häufig hierher. Manchmal aus Trauer, meist aber aus Wut.«

Er zuckte die Schultern, als wolle er sich entschuldigen, und lächelte dann.

Saskia blickte ihn mitfühlend an. Kinder konnten grausam sein, das hatte sie am eigenen Leib erfahren. Sie war während ihrer Schulzeit ein Moppelchen gewesen und häufig weinend nach Hause gerannt, weil man sie im Turnunterricht verspottet hatte.

»Würdest du mir bitte die kleine Dose dort holen?« Jean-Luc wies auf eine rote Blechbüchse, die auf einem Fenstersims stand. Mit ein paar Schritten war Saskia wieder zurück und reichte sie ihm. Er klemmte sich die Dose zwischen die Beine und klappte den Deckel auf. Unter allerlei Krimskrams zog er einen alten Schlüssel hervor und öffnete damit das Schloss der Holzkiste. Darin lagen Fotos, Zinnsoldaten, kleine Autos und ein paar Briefe.

»Setz dich doch«, forderte er Saskia auf und klopfte mit der flachen Hand aufs Bett. »Hier«, er hielt ihr eine vergilbte Schwarz-Weiß-Fotografie mit gezackten Rändern hin, »das sind meine Großeltern: Sarah und Farkas Vannier.«

Saskia betrachtete interessiert die zwei alten Leute darauf. Der Mann und die Frau blickten mit ernsten Mienen in die Kamera und hielten sich an den Händen. Die Frau trug ein glänzendes Taftkleid und in dem straff nach hinten gekämmten Haar eine

Schleife, die unpassender nicht sein konnte. Der Mann trug einen dunklen Anzug, dazu derbe Schuhe und hielt in der anderen Hand einen Hut.

»Das sind die Eltern deiner Mutter, nicht wahr?«, fragte Saskia und gab ihm das Bild zurück.

»Ja, waschechte Fahrende!«, erwiderte Jean-Luc lachend. »Früher habe ich mich dafür geschämt, Nachkomme der Roma zu sein, aber heute bin ich stolz auf mein Volk.«

»Hast du sie noch gekannt?«

»Nein, leider nicht. Meine Mutter war ein Nachzügler. Als sie fünf Jahre alt war, starben meine Großeltern an einer Krankheit. Vermutlich Tuberkulose. Man weiß es nicht genau.«

»Das tut mir leid.«

Saskia zog eine weitere Fotografie aus der Kiste. Sie zeigte eine Gruppe Menschen vor einem Planwagen. Die Kinder strahlten in die Kamera, trotz ihrer ärmlichen Kleidung und den bloßen Füßen. Zwei Frauen am rechten Bildrand blickten eher skeptisch und klammerten sich an die Weidenkörbe, die sie in den Armen hielten.

»Ich weiß recht wenig über die Roma«, sagte Saskia und gab Jean-Luc das Bild. »Eigentlich nur das, was man in der Schule lernt. Die Deportationen im Zweiten Weltkrieg zum Beispiel.«

Jean-Luc nickte. »Ja, ein düsteres Kapitel in der Geschichte, nicht nur für unser Volk. Und die vielen Vorurteile über die Fahrenden halten sich leider hartnäckig.«

Saskia stand auf und holte die zwei Gläser Wein, die noch auf dem Tisch standen. Schweigend sahen sie sich noch ein paar Fotos an, bis Jean-Luc die Kiste wieder verschloss und unter das Bett schob.

»Lassen wir die Vergangenheit ruhen«, sagte er zärtlich, »denn die Gegenwart ist viel zu schön.«

Er küsste sie fordernd. Sein Kuss schmeckte nach Wein und den provenzalischen Kräutern, mit denen das Essen zubereitet gewesen war. Lavendelküsse, dachte Saskia lächelnd.

64

»Um 13 Uhr Mittagessen mit Sébastien und um 15 Uhr kommt dieser deutsche Unternehmer«, Ariane blätterte in ihrem Kalender, »Herbert Wollschläger, dem gehört eine kleine Lebensmittelkette. Er interessiert sich für unsere Erzeugnisse.« Sie klappte den Kalender zu und legte ihn neben ihren Computer.

Philippe stand vor ihrem Schreibtisch und nickte.

»Danke, Ariane.« Er warf einen Blick zu Saskias Büro hinüber, sah aber durch die Glasscheibe lediglich ihren Rücken und den blonden Pferdeschwanz. Die Sekretärin folgte seinem Blick und räusperte sich.

»Noch etwas?« Philippe las die Schlagzeile der Tageszeitung, die er sich vom Poststapel genommen hatte.

»Nun ja …«, druckste sie herum.

Er warf ihr einen erstaunten Blick zu. »Ja?«

»Sie hat heute Morgen einen Blumenstrauß bekommen«, flüsterte Ariane vertraulich und wies mit dem Kopf zu Saskias Büro. »Ich dachte, vielleicht interessiert dich das.«

Philippes Blick wurde abweisend. »Weshalb sollte mich so etwas interessieren?«, fragte er kalt.

Ariane biss sich auf die Lippen. »Ich weiß nicht, es hätte ja sein können«, versuchte sie sich zu rechtfertigen.

»Was meine Angestellten in ihrer Freizeit tun und ob und wie viele Blumen sie bekommen, interessiert mich nicht im Geringsten. Vielleicht wäre es gut, du würdest dich in Zukunft um deine eigenen Angelegenheiten kümmern. Habe ich mich klar ausgedrückt?«

Die ältere Frau schrumpfte auf ihrem Drehstuhl merklich zusammen.

»Natürlich, Philippe, natürlich. Tut mir leid, ich wollte nicht indiskret sein.«

Philippe warf seine Post wütend auf den viktorianischen Schreibtisch. Verdammt, jetzt reichte es! Als ihm Géraldine gestern ihren Plan darlegte, hatte er sie für verrückt erklärt. Das würde nie und nimmer funktionieren und er hatte sich geärgert, sie so spät noch empfangen zu haben. Aber nach einer erneuten schlaflosen Nacht, die er praktisch wieder hinter dem Fenster verbracht hatte, kamen ihm Géraldines Vorschläge gar nicht mehr so dumm vor. Versuchen konnten sie es auf alle Fälle, sie hatten nichts zu verlieren.

Er griff nach dem Telefonhörer und tippte Géraldines Nummer ein.

»Gut, ich mache mit«, sagte er und legte wieder auf. Dann fuhr er seinen Computer hoch und verschickte eine E-Mail.

Saskia saß zwei Räume weiter und lächelte vor sich hin. In einer Kristallvase standen neun langstielige, blutrote Rosen und verströmten einen betörenden Duft. Sie hatten gestern wundervolle Stunden in der alten Hütte verbracht und heute Morgen hatte sie vom ortsansässigen Florist diese Überraschung geliefert bekommen.

Saskia streckte die Hand aus und griff nach der kleinen Karte, deren Inhalt sie längst auswendig kannte: Pour mon ange, JL. Für meinen Engel.

Sie war so glücklich, dass sie am liebsten jeden umarmt hätte, der ihr über den Weg lief. Sie nahm sich vor, in der Mittagspause gleich Cécile und Nele anzurufen, um ihren Freundinnen die Neuigkeiten bezüglich ihres Liebeslebens mitzuteilen. Aber zuerst musste sie sich auf ihre Arbeit konzentrieren. Doch ihre Gedanken schweiften ständig ab und sie gab sich romantischen Träumereien hin. Ein groß gewachsener, schwarzhaariger Pirat, in den sie sich unsterblich verliebt hatte, spielte darin die Hauptrolle.

65

Géraldine atmete tief durch und legte den Hörer auf. Gut, Arnaud war also dabei. Ob ihr Plan Erfolg haben würde, war fraglich, aber alles war besser, als tatenlos mit anzusehen, wie sich ihre große Liebe an eine ausländische Schnepfe verschwendete. Sie war sich sicher, dass weder Jean-Luc noch Mama Sol die Schweizerin über die frappierende Ähnlichkeit mit Virginie aufgeklärt hatten. Die beiden würden sich hüten. Auch Philippe hatte Saskia nichts erzählt. Und Nele wusste nichts davon, da sie erst nach deren Tod hergekommen war. Saskia war impulsiv. Sie würde kaum die zweite Geige spielen wollen. Wenn sie, Géraldine, ihr erzählte, dass Jean-Luc in ihr lediglich die Doppelgängerin seiner verstorbenen Frau sah, würde die Schweizerin verletzt und gedemütigt die Segel streichen. Wer wollte schon als Kopie durchs Leben gehen? Vor allem mit dem Mann, den man liebte? Nein, Saskia würde sich das nicht gefallen lassen und sofort handeln. Géraldine musste lediglich die Weichen für die Abreise stellen.

66

»Ja, das gefällt mir.« Saskia klickte sich durch die verschiedenen Seiten des neuen Internetauftritts und begutachtete Layout und Bilder. Pierre Cuche strahlte.

Eine Woche war vergangen, in der sie konzentriert an dem Projekt gearbeitet hatte, das bereits Gestalt annahm. Jean-Luc und sie hatten sich jeden Tag nach der Arbeit getroffen und Ausflüge in die Region unternommen oder einfach nur eng umschlungen in der kleinen Hütte in den Rebbergen gelegen und über Gott und die Welt geredet. Sie war noch nie so glücklich in ihrem Leben gewesen und freute sich auf jeden neuen Tag.

Plötzlich runzelte sie die Stirn und stoppte bei einem Bild. Sie konnte sich nicht erinnern, es ausgewählt zu haben.

»Hm«, murmelte sie gedehnt.

Der Webdesigner linste über ihre Schulter auf den Bildschirm.

»Ach ja, dieses Bild wollte Monsieur Arnaud unbedingt noch einbauen. Er hat es mir per E-Mail geschickt. Wussten Sie nichts davon?« Cuche sah sie überrascht an.

Saskia schüttelte den Kopf. Komisch, Arnaud hatte ihr doch freie Hand gelassen. Wieso mischte er sich jetzt trotzdem ein? Sie klickte das Bild an und riss erstaunt die Augen auf. Es zeigte: sie selbst! Aber das konnte doch nicht sein? Sie zoomte in die Fotografie.

»Die Qualität ist leider nicht wirklich gut, das habe ich Monsieur Arnaud auch gesagt, aber er bestand dennoch darauf, es einzubauen«, verteidigte sich der Designer und zuckte die Schultern. »Es kam mir etwas komisch vor, aber ich hielt es für einen kleinen Scherz.«

Das Programm brauchte eine Weile, um das Bild größer darzustellen. Saskia wollte sich gerade bei Cuche darüber beschweren, als sie nach Luft schnappte.

Auf der Fotografie sah man eine junge, lachende Frau, die ihre Zwillingsschwester hätte sein können. Das gleiche herzförmige Gesicht, eine beinahe identische Frisur, dieselbe Statur. Die Frau stand neben dem Eingang der Prieuré und hielt einen Strauß Lavendel in den Händen. Als Saskia die dazugehörende Bildunterschrift las, wurde ihr übel: Virginie Rougeon, geborene Arnaud (1978–2011).

67

Jean-Luc pfiff vor sich hin und zwinkerte Chantal zu, die tief errötete und beinahe ein Rotweinglas fallen ließ, das sie gerade abtrocknete.

»Henriette, liebste aller Köchinnen, ich muss unbedingt etwas essen, sonst kippe ich aus den Latschen!«

Er hob den Deckel einer Pfanne an und spähte interessiert hinein.

»Wag es ja nicht!«, schimpfte die Köchin und gab ihm mit einem hölzernen Löffel eins auf die Finger. »In einer halben Stunde gibt's Mittagessen. So lange wirst du es wohl noch aushalten.« Sie warf ihm einen tadelnden Blick zu, musste aber schmunzeln, als sie sein todtrauriges Gesicht sah.

»Eine halbe Stunde? Nettie, wie kannst du so grausam sein?« Er rollte theatralisch die Augen.

»Dann nimm dir ein Stück Brot, du Lümmel«, erwiderte sie lachend.

Jean-Luc schnappte sich ein großes Stück Baguette aus einem der Brotkörbe. Er verneigte sich übertrieben vor den zwei Frauen und verließ kauend die Küche.

»Männer!«, murmelte Henriette.

Jean-Lucs Laune hätte nicht besser sein können. Wäre der Gips nicht gewesen, er hätte ein paar Bäume ausgerissen. Die Welt sah auf einmal gar nicht mehr so düster wie noch vor ein paar Tagen aus. Sie würden irgendwie einen Weg finden, ihren Wein – auch ohne die Genossenschaft – an den Mann zu bringen. Sein Vater käme bald aus Paris zurück. Es ging ihm, wie Odette heute am

Telefon gesagt hatte, bedeutend besser. Die neuen Medikamente schlugen an und brachten den erhofften Erfolg. Mit seiner Schwester und ihrem Mann kämen auch seine Nichte und sein Neffe zurück. Auch wenn Magali und François ihm manchmal gehörig auf die Nerven fielen, fehlte ihm das Kindergeschrei. Jean-Luc war ein Kindernarr und vielleicht würden Saskia und er … Ein Strahlen zog über sein Gesicht und er rief sich zur Ordnung. Das war Zukunftsmusik und noch weit weg, aber unmöglich war es nicht.

»Komm, alter Knabe!«, rief er Gaucho zu. »Lass uns zum Südhang gehen. Schließlich sind wir zum Arbeiten hier!«

68

»Weißt du, wo Philippe steckt?«

Saskia stand vor Arianes Schreibtisch, war kreidebleich und knetete sich nervös die Hände.

»Er ist mit Sébastien zum Mittagessen verabredet«, antwortete Ariane. »Ich glaube, sie sind ins Dorf gefahren. Wieso?«

Die Schweizerin sah auf ihre Uhr. Es war kurz vor zwölf. »Wann kommt er wieder?«

Ariane runzelte die Stirn. So aufgelöst hatte sie ihre Kollegin noch nie erlebt. War etwas passiert? Ariane war neugierig, was Saskia so aus der Fassung gebracht hatte.

»Keine Ahnung. Um 15 Uhr hat er seinen nächsten Termin. Normalerweise kommt er eine halbe Stunde vorher ins Büro, um sich vorzubereiten. Was ist denn los, Saskia? Bist du krank?«

»Krank? Ja, ich fühle mich nicht gut. Würdest du bitte Monsieur Cuche an meiner Stelle verabschieden? Ich werde mich hinlegen.«

Ariane nickte. »Kein Problem. Gute Besserung!«, rief sie Saskia hinterher, die bereits durch die Schiebetür verschwunden war.

Die benimmt sich ja komisch, dachte sie und zuckte die Schultern. Hoffentlich fing sie jetzt nicht auch an, so rumzuzicken wie Virginie.

Wieso hat er mir das nicht gesagt? Wieso hat mich niemand darüber informiert? Wieso nur? In Saskias Kopf wirbelten die Gedanken durcheinander. Bilder und Gesprächsfetzen schossen wie Videoclips in schneller Abfolge vor ihrem geistigen Auge vorbei. Das Erstaunen der Menschen, die sie zum ersten Mal sahen; Philippe, der sie Virginie nannte; Gaucho, der seinen Kopf auf ihren Schoß legte; die Initialen VA. Natürlich: Virginie Arnaud!

Saskias Handy piepste. Ihre Finger zitterten, als sie die grüne Taste betätigte.

»Hallo?«, meldete sie sich atemlos.

»Saskia, hier Géraldine Rougeon. Verzeih, wenn ich dich beim Mittagessen störe, aber ich möchte dich um etwas bitten.«

Der Zerberus, das hatte gerade noch gefehlt. »Worum geht's?«

»Ach, im Grunde ist es keine große Sache, weißt du. Aber ich wollte es dir trotzdem mitteilen, weil du jetzt sicher wieder öfter bei uns zu Besuch bist.« Géraldines Tonfall hatte etwas Falsches und Saskia spannte unwillkürlich die Muskeln an. »Nun, mein Onkel wird in den nächsten Tagen aus Paris zurückkommen. Du weißt ja, Jean-Lucs Vater leidet an Alzheimer und ist manchmal etwas, sagen wir mal, abwesend. Er war seinerzeit ganz vernarrt in Virginie. Und weil du ihr wie aus dem Gesicht geschnitten bist, wird er dich vermutlich mit ihr verwechseln. Und da ist er ja auch nicht der Einzige, nicht wahr? Sei doch bitte so gut und lass ihn in dem Glauben. Ich weiß, das ist gewiss nicht ganz leicht für dich, nur eine Kopie von jemandem zu sein, und ich würde dich auch nicht darum bitten, wenn mir mein Onkel nicht so am Herzen läge. Aber schließlich halten dich hier ja alle für Virginie, da wird dich dieser kleine Gefallen doch sicher keine große Überwindung kosten, nicht wahr?«

Saskias Beine fühlten sich plötzlich an wie Gummi und sie musste sich an die Hauswand lehnen. Dunkle Ringe kreisten vor ihren Augen. Sie beugte sich vornüber, damit sie nicht ohnmächtig wurde.

»Saskia, hallo? Bist du noch da?«

»Ja«, krächzte Saskia und atmete tief ein und aus.

»Kann ich mich auf dich verlassen? Wie gesagt, ist es ja keine große Sache und du würdest einem alten Mann damit eine große

Freude machen. Das wäre für Onkel Ignace fast so, als sei eine Tote zurückgekehrt, verstehst du? Jean-Luc findet auch, dass du seinen Vater in dem Glauben lassen solltest. Er und mein Onkel haben Virginie abgöttisch geliebt. Du könntest quasi zwei Fliegen mit einer Klappe schlagen.«

Die Verbindung brach ab. Géraldine legte den Telefonhörer mit einem Grinsen auf. Sie nickte zufrieden. Sie hatte also recht gehabt: Saskia hatte von der Ähnlichkeit zwischen ihr und Virginie nichts gewusst. Der Stachel war gepflanzt, jetzt musste das Gift nur noch wirken.

69

»Ich erkenne dich kaum wieder, lieber Sohn.« Soledat schmunzelte. Jean-Luc aß mit gesundem Appetit und lächelte zuweilen grundlos vor sich hin.

Géraldine biss sich auf die Lippen, als er seiner Mutter verschwörerisch zuzwinkerte, wandte sich dann aber mit einem gezwungenen Lächeln an ihn: »Soll ich dich heute Nachmittag zum Arzt fahren?«

»Nicht nötig, Cousinchen. Baptiste holt mich ab. Er hat geschäftlich in Carpentras zu tun und nimmt mich mit. Ich bin heilfroh, wenn dieser blöde Gips weg ist!«

Jean-Luc wollte für Saskia ein Geschenk kaufen und da traf es sich gut, dass Géraldine nicht fuhr. Es wäre ihm peinlich, wenn sie es mitbekäme. Er musste sich zwar deswegen nicht vor ihr rechtfertigen, aber grundlos verletzen wollte er sie schließlich auch nicht. Baptiste war da weniger involviert und mehr als ein sarkastischer Spruch war nicht zu erwarten.

»Verstehe. Dann bist du ja bald wieder fit und ich kann meine Chauffeursuniform an den Nagel hängen«, versuchte seine Cousine zu scherzen.

»Ja, vielen Dank nochmals für deine Hilfe. Man weiß seine zwei Arme erst so richtig zu schätzen, wenn man sie nicht benutzen kann«, erwiderte er und schenkte seiner Mutter ein strahlendes Lächeln.

Wenn er mich doch nur einmal so anlächeln würde, nur ein einziges Mal, und mir sagte, dass er mich liebt. Géraldines Augen füllten sich mit Tränen. Sie wandte sich schnell ab und faltete ihre Serviette zusammen. Es musste niemand sehen, wie es in ihr aussah.

»Wenn ihr mich bitte entschuldigt. Ich habe noch Papierkram zu erledigen.«

Sie stand auf und ging betont gelassen zur Tür, die weit offen stand, um wenigstens den Hauch eines Lüftchens ins Zimmer zu lassen. Der Regen der letzten Tage hatte nur eine kurze Abkühlung gebracht und schon wieder zeigte das Thermometer um die dreißig Grad. Die Hitze machte alle reizbar, von Jean-Luc einmal abgesehen. Aber es war nur noch eine Frage der Zeit, bis sich ein Gewitter über ihm entlud.

Mama Sol blickte ihrer Nichte bekümmert nach. Sie wusste, was in ihr vorging, und es bereitete ihr Sorgen. Eine abgewiesene Frau war zu allem fähig. Soledat hoffte inständig, dass Géraldine keine Dummheiten beging. Es war ihr nicht entgangen, dass sie mehrmals mit Philippe Arnaud telefoniert hatte, und dieser Umstand verhieß nichts Gutes. Aber sie wollte ihr nicht in den Rücken fallen und Jean-Luc darüber in Kenntnis setzen. Der hätte sich nur aufgeregt und seiner Cousine – womöglich unnötig – die Hölle heiß gemacht. Sie brauchten Géraldine auf dem Gut, gerade in diesen Zeiten, und Soledat nahm sich vor, später mit ihr zu sprechen. Möglicherweise stellte sich die ganze Sache als harmlos heraus.

70

Er ist nur mit mir zusammen, weil ich seiner Frau ähnlich sehe! Saskia liefen die Tränen über die Wangen. Liebt er mich überhaupt oder nur die Kopie? Sie wusste es nicht. Er hatte ihr nie gesagt, was er für sie empfand, sie hatte einfach stillschweigend angenommen, dass er dieselben Gefühle hegte wie sie selbst. Aber wenn sie zurückdachte, konnte sie sich nicht erinnern, dass Jean-Luc die berühmten drei Worte je ausgesprochen hatte. Ganz im Gegensatz zu ihr. Bereits in der ersten Liebesnacht hatte sie ihm ein ›je t'aime‹ ins Ohr geflüstert.

»Ich bin so dumm!«, schrie sie plötzlich aufgebracht und traktierte die Matratze mit den Füßen. Sie hatte allein sein wollen und sich in ihr Schlafzimmer zurückgezogen. »Was bin ich nur für eine dämliche Kuh!«

Die Wut verrauchte jedoch so schnell, wie sie aufgeflammt war, und weinend barg Saskia ihr Gesicht in den Kissen.

Philippe hatte ein schlechtes Gewissen. Waren sie zu weit gegangen? Ariane hatte ihm erzählt, dass es Saskia nicht gut ging und sie sich für diesen Nachmittag entschuldigt hatte. Dass es ein Schock für sie sein musste, hatte er einkalkuliert, aber er wollte sie doch nicht zur Verzweiflung bringen.

Er tigerte in seinem Büro auf und ab und überlegte, was er tun konnte, um sie aufzuheitern. Ein Geschenk? Zu auffällig! Sie besuchen? Zu aufdringlich! Dann kam ihm eine Idee. Er würde

Vincent schicken. Die beiden mochten sich und sein Angestellter könnte sich nach ihrem Befinden erkundigen. Ja, das war angemessen.

Er drückte die Gegensprechanlage, die sein Büro direkt mit der Prieuré verband, und wartete, bis Thièche sich meldete. Dann gab er die nötigen Anweisungen und spürte selbst durch die Leitung Vincents Verwunderung. Aber darauf konnte er keine Rücksicht nehmen, denn es ging den Bediensteten im Grunde nichts an.

Es klopfte an der Tür und Ariane führte den deutschen Geschäftsmann herein. In den nächsten zwei Stunden musste sich Philippe auf die Geschäfte konzentrieren. Nur ab und zu gestattete er sich einen Gedanken an Virginie.

71

Jean-Luc war am Verzweifeln. Er versuchte schon zum zwanzigsten Mal, Saskia auf ihrem Handy zu erreichen, wurde aber jedes Mal nur mit ihrer Mailbox verbunden. Im Büro wollte er sie nicht anrufen und wählte nochmals ihre Mobilfunknummer. Vergeblich. Verdammt!

»So, wir sind da.« Baptiste bog auf den Parkplatz der Arztpraxis ein. »Kannst du allein gehen oder soll ich dir das Händchen halten?« Er kicherte.

»Danke, mon vieux, aber das schaffe ich schon.«

Jean-Luc stieg aus und verstaute sein Mobiltelefon in der Hosentasche. Er würde es später wieder versuchen.

»Wir treffen uns auf der Place de la Concorde.« Baptiste sah auf seine Uhr. »Sagen wir in zwei Stunden?«

»Einverstanden, bis dann.«

Pelletier tippte sich an die Mütze und fuhr mit seinem alten Lieferwagen davon.

Jean-Luc schüttelte verwirrt den Kopf. Hoffentlich war Saskia nichts passiert. Es sah ihr gar nicht ähnlich, sich einfach nicht zu melden. Ob sie zu beschäftigt war? Nun gut, sie würde es ihm schon erklären, schließlich waren sie für heute Abend verabredet. Er freute sich schon auf ihr Gesicht, wenn sie das Geschenk auspackte. Das würde sie glatt umhauen.

72

»Es ist unfassbar!« Saskia schüttelte ungläubig den Kopf und stellte die in Silber gerahmte Fotografie wieder auf das Tischchen zurück.

»Ja, das ist es«, meinte Vincent seufzend. »Du kannst dir vorstellen, wie sehr es uns erschreckt hat, als wir dich das erste Mal gesehen haben.« Saskia nickte.

Vincent trat nervös von einem Fuß auf den anderen. Sie standen in Virginies altem Zimmer. Eigentlich war es ihm verboten, es zu betreten. Wenn Philippe das herausfand, noch dazu, dass er jemanden mitgebracht hatte, gäbe es ein gehöriges Donnerwetter. Doch als er vor einer halben Stunde nach Saskia gesehen hatte, war sie völlig aufgelöst und hatte ihn inständig darum gebeten, ihr alles über die Verstorbene zu erzählen. Und da Vincent weinenden Frauen nichts abschlagen konnte, hatte er sie einfach bei der Hand genommen und in Virginies ehemaliges Mädchenzimmer geführt.

Er war wirklich wütend auf Philippe. Warum nur hatte er der Schweizerin nichts von der Ähnlichkeit erzählt? Es so zu erfahren, musste sie ja aus der Fassung bringen. Und die Rougeons hatten auch nichts gesagt. Unglaublich! Saskias Gesicht war fleckig und ihre Augen verquollen, aber wenigstens weinte sie jetzt nicht mehr.

Saskia trat vor den Schminkspiegel und betrachtete die Tiegel und Fläschchen. ›Princess‹ las sie auf einem Flakon und schnaubte.

»Kein Wunder, dass dir der Duft bekannt vorkam«, murmelte sie wütend. Wieder stiegen ihr die Tränen in die Augen und sie schluckte krampfhaft. »Wie war sie so?«, wandte sie sich an Vincent und strich dabei mit den Fingerspitzen sachte über das dunkle Holz des antiken Möbelstücks.

Der alte Mann zuckte zusammen. Seine Loyalität gegenüber seinem Arbeitgeber kämpfte mit dem Wunsch nach Ehrlichkeit. War es eine Sünde, schlecht über Tote zu sprechen? Die Schweizerin sah ihn an und es lag so viel Schmerz in ihrem Blick, dass ihm die Entscheidung nicht allzu schwerfiel.

»Sie war wunderschön … so wie du«, sagte er leise. Saskia lächelte bei diesen Worten zum ersten Mal wieder ein bisschen und er fuhr fort: »Aber sie war auch ein verwöhntes Gör. Virginie konnte alle um den kleinen Finger wickeln. Vor allem Philippe las ihr jeden Wunsch von den Augen ab und gab Unsummen für Kleider und die Vergnügungen seiner Schwester aus. Sie war sehr egoistisch und konnte zur Furie werden, wenn etwas nicht nach ihrem Kopf ging. Dass sie Jean-Luc geheiratet hat, hat damals alle sehr verwundert. Ich glaube fast, sie hat ihn nur geheiratet, weil Philippe ihn so ablehnte. Die Arnauds waren immer sehr stolz auf ihre Herkunft und plötzlich einen Fahrenden in der Familie zu haben, war ein Skandal.«

Saskia runzelte die Stirn und Vincent fügte schnell hinzu: »Nicht, dass ich etwas gegen die Fahrenden hätte. Im Gegenteil, Adèles Mutter war selbst eine Sinti. Und so ein bisschen Feuer im Hintern ist nicht zu verachten.« Er schmunzelte. »Aber für die Arnauds war eine solche Verbindung untragbar.«

»Aber sie haben sich doch geliebt, oder?«

Vincent war Saskias direkte Frage unangenehm, vielleicht, weil er sie sich damals selbst gestellt hatte.

»Ich weiß nicht, wahrscheinlich ja. Jean-Luc hat sie sicher geliebt, das hat man gesehen. Er konnte es kaum fassen, dass sie seinen Heiratsantrag angenommen hat. Aber ob Virginie ihn auch geliebt hat, da bin ich mir nicht so sicher. Im Grunde liebte sie wohl nur sich selbst.«

»Vielen Dank, Vincent. Ich weiß es zu schätzen, dass du mir ihr Zimmer gezeigt hast.«

Der alte Mann nickte stumm und wandte sich zur Tür. Saskia folgte ihm und warf einen letzten Blick zurück. *Man braucht sich vor den Toten nicht zu fürchten, nur vor den Lebenden.* Nein, Nele, da hast du dich getäuscht, dachte sie, manchmal ist es genau umgekehrt.

73

»So, mein lieber Jean-Luc, dann setz dich mal gerade hin, leg den Arm ganz locker auf die Lehne und zappele nicht so herum. Ich will dir doch nur den Gips entfernen und nicht den Arm amputieren.« Der ältere Mann kicherte übermütig und Jean-Luc kniff die Augen zusammen, als die Säge aufheulte. »Ich hätte dir den Gipsverband lieber noch eine Woche länger dran gelassen, aber wenn es so wahnsinnig juckt, ist es wohl besser, wir schauen mal nach.«

Der Arzt beugte sich über seinen Patienten, schob die Brille auf die Nasenwurzel und setzte das Gerät schnell und sicher an.

»Jetzt kann es ein bisschen warm werden.«

Die Edelstahlscheibe der oszillierenden Säge fraß sich in schwingenden Bewegungen in die harte Gipsmasse und kleine feine, weiße Staubwölkchen stiegen auf. Jean-Luc rümpfte die Nase.

»Riecht gut, nicht wahr?«, bemerkte der Arzt schmunzelnd. »Im Sommer ist er immer noch um einen Hauch intensiver.« Jean-Luc lächelte gequält. »So!« Der nervige Ton der Säge erstarb und der Arzt legte sie auf den gläsernen Beistelltisch. Mit beiden Händen zog er den Gips auseinander, der mit einem Knirschen zerbrach.

»Et voilà, mon cher, tu es libre! So, mein Lieber, du bist frei.«

»Das glaube ich einfach nicht!« Neles Augen blitzten und sie stemmte die Hände in die Hüften. Saskia kauerte auf dem Bett ihrer ehemaligen Arbeitskollegin und versuchte, nicht wieder in Tränen auszubrechen. »So ein Schwein! So ein gemeiner, hinterhältiger Mistkerl!« Nele lief wütend auf und ab und warf die Arme in die Luft. »Wenn ich den in die Finger kriege! Ich drehe dem Typen glatt den Hals um. Ich ...«, sie blickte zu Saskia hinüber, und als sie deren wässrige Augen sah, brach sie mitten im Satz ab. Mit zwei Schritten war sie bei ihr und setzte sich neben sie aufs Bett. »Es tut mir so leid für dich, Süße.« Mitfühlend ergriff sie ihre Hand. »Ich hätte es dir sicher gesagt, wenn ich's gewusst hätte. Aber hier spricht man nur selten von Jean-Lucs toter Frau und ich selbst kam ja erst nach ihrem Unfall aufs Gut.«

Saskia nickte und schniefte. Es tat ihr gut, dass ihre Freundin so bedingungslos auf ihrer Seite stand. Sie hatte Nele vor einer halben Stunde angerufen und versucht, ihr am Telefon die Sache zu erklären, war aber ständig in Tränen ausgebrochen. Nele hatte nur Bruchstücke verstanden und sie gebeten, aufs Gut zu kommen, da Jean-Luc im Moment nicht da war. Jetzt saßen sie zusammen in Neles Zimmer und Saskia streichelte gedankenverloren Gauchos Kopf.

Im Grunde gehörte der Hund Virginie und sie stockte in der Bewegung. Alles gehörte Virginie! Ihr Geist schwebte über der Prieuré, den Rougeons und vor allem über Jean-Luc.

Ich komme mir wie in Daphne du Mauriers Roman ›Rebecca‹ vor, dachte Saskia mit einer Spur Galgenhumor. Das Gut ist Manderley, Jean-Luc ist Maxime de Winter, Géraldine Mrs. Danvers und ich bin die kleine, blöde Nachfolgerin, die nicht einmal einen Namen bekommen hat. Sie musste unwillkürlich lachen und Nele warf ihr einen erstaunten Blick zu, in dem die Befürchtung lag, ihre Freundin habe den Verstand verloren.

»Weißt du, Nele, es ist ja nicht so, dass ich denke, Jean-Luc würde nichts für mich empfinden. Ich glaube nicht – soweit ich ihn bis jetzt kennengelernt habe –, dass er der Typ ist, der Liebe heucheln kann. Aber dass er mir nicht gesagt hat, dass ich seiner verstorbenen Frau zum Verwechseln ähnlich sehe, das trifft mich hart. Ich frage mich, warum er geschwiegen hat? Wieso baut er die Sache mit mir auf einer Lüge auf? Und wo soll das hinführen, wenn man nicht von Anfang an ehrlich ist? Ich kann mir doch nie sicher sein, ob er mich nur liebt, weil ich Virginies Ebenbild bin, verstehst du?«

Nele nickte. »Ja, das verstehe ich. Du solltest unbedingt mit ihm darüber reden.«

Saskia stand abrupt auf und Gaucho zuckte zusammen.

»Nein, ich kann nicht mit ihm reden. Unmöglich! Er würde mir irgendeine Ausrede auftischen, die ich natürlich nur zu gerne glauben würde.« Sie trat ans Fenster und schaute über die Weinberge, die sich im dunstigen Horizont verloren. »Es ist Zeit, den Traum zu begraben. Wir hatten ein paar tolle Tage, aber letztendlich ist es eine Verbindung ohne Zukunft, nicht wahr? Eine Ferienliebe, nichts weiter. Mir bleibt noch ein Monat, um meinen Auftrag für die Genossenschaft zu beenden. Die vier Wochen werde ich schon noch aushalten und dann in die Schweiz zurückgehen.« Sie drehte sich um und sah die mitleidigen Augen ihrer Freundin. »Was man nicht ändern kann, muss man akzeptieren, sagte mein Vater immer. Ich bin erwachsen und werde schon darüber hinwegkommen, keine Sorge.« Sie trat zum Bett und gab Nele einen Kuss auf die Wange. »Danke fürs Zuhören, du bist ein Schatz.«

Die beiden Frauen umarmten sich. Dann verließ Saskia das Gut, ohne ein einziges Mal in den Rückspiegel zu blicken.

Trotz der Schlinge, in der sein Arm steckte und ihn fest am Körper hielt, fühlte sich Jean-Luc um Tonnen leichter. Er hatte das nicht ganz ernst gemeinte Angebot des Arztes abgelehnt, den Gips als Erinnerungsstück mitzunehmen, und war jetzt auf dem Weg in die Innenstadt von Carpentras. Vor einer der traditionellen Bijouterien blieb er stehen und betrachtete die Auslagen im Schaufenster. Er hatte etwas Bestimmtes im Kopf und hoffte, dass der Schmuckladen ihm seinen Wunsch erfüllen konnte. Mit einem Lächeln auf den Lippen trat er ein.

74

»Soll ich das zweite Gedeck abräumen?«, fragte Justine und griff bereits nach dem Teller, der unberührt auf dem Esstisch stand. Philippes Blick ruhte auf einem imaginären Punkt an der Wand, dabei massierte er sich die Stirn. Justine wiederholte ihre Frage.

»Bitte?« Philippe kniff die Augen zusammen. »Ja, danke. Du kannst es mitnehmen. Madame Wagner scheint keinen Hunger zu haben und kommt sicher nicht mehr zum Abendessen. Sie fühlt sich nicht wohl«, fügte er hinzu. Er griff nach der silbernen Kaffeekanne und schenkte sich eine zweite Tasse des dunklen Gebräus ein. Wenn er schon nicht schlafen konnte, dann wenigstens wegen des Koffeins.

Saskia war am Nachmittag nicht wieder zur Arbeit erschienen und fürs Abendessen hatte sie sich entschuldigen lassen. Er machte sich Sorgen, doch traute er sich nicht, sie zu besuchen und sich nach ihrem Befinden zu erkundigen. Vincent hatte ihm nur einsilbig geantwortet, als er ihn gefragt hatte, wie es ihr gehe. Fast schien es, als sei der alte Mann über ihn erzürnt, und Philippe hatte nicht weiter nachgehakt.

Hoffentlich waren sie mit ihrer Intrige nicht zu weit gegangen. Er fürchtete sich davor, dass Saskia die Konsequenzen zog und auf der Stelle abreiste. Zu verdenken wäre es ihr nicht. Aber womöglich klärte sie mit Jean-Luc das Missverständnis, jetzt gerade, in diesem Moment. Und das fürchtete Philippe fast noch mehr. Denn dann wäre alles umsonst gewesen.

Ärgerlich stand er auf und warf die weiße Stoffserviette auf den Tisch. Er musste sich ablenken und beschloss, einen Spaziergang zu machen. Die Nachtluft würde ihm guttun und die wirren Gedanken ordnen.

Als er die Tür der Prieuré schloss, ging soeben der Mond über den Dentelles auf und seine Schritte lenkten ihn unbewusst dorthin, wo seine große Liebe ihre letzte Ruhe gefunden hatte.

Saskia lag auf ihrem Bett, die Arme hinter dem Kopf verschränkt, und sah zum Fenster hinaus. Im Zimmer war es dunkel, nur der soeben aufgegangene Mond warf sein Licht durch die Scheiben. Ihr Handy piepste. Als sie die Nummer erkannte, schaltete sie es aus. Augenblicke später klingelte das Telefon auf dem kleinen Sekretär und sie stand auf und zog den Stecker aus der Wand. Ihr Hals war trocken, ihre Augen brannten von den vielen Tränen. Sie ging ins Badezimmer und wusch sich das Gesicht mit einem kalten Lappen. Als sie in den Spiegel blickte, erschrak sie und verließ das Badezimmer. Dann öffnete sie die Terrassentür, setzte sich auf die steinernen Stufen, schlang die Arme um die Beine und fing erneut an zu weinen.

75

Jean-Luc sah erstaunt auf sein Handy. Irgendetwas stimmte nicht. Er klickte sich durch die gespeicherten Nummern und wählte erneut, diesmal die Festnetznummer von Saskias Wohnung. Nach dreimaligem Klingeln brach die Verbindung plötzlich ab, ohne dass sich jemand gemeldet hatte. Er runzelte die Stirn. Ein ungutes Gefühl beschlich ihn. Hastig lief er durch den Korridor zu den Zimmern der Angestellten. Unter Neles Tür sah er Licht und klopfte ungeduldig an das dunkle Holz.

»Ja bitte?«, tönte es und Jean-Luc trat ein.

Die Studentin saß mit angezogenen Beinen auf dem Bett und las in einem dicken Wälzer. Neben ihr lag ein Block für Notizen. Sie sah ihn überrascht an, wobei ihre Augen schmal wurden.

»Hi Nele«, sagte Jean-Luc und stand etwas verlegen unter der Tür.

»Hi«, erwiderte sie lediglich und funkelte ihn dabei böse an.

Nanu, was war der denn für eine Laus über die Leber gelaufen?

»Sag mal, weißt du zufällig, wo Saskia ist? Ich kann sie nicht erreichen und …«, er brach ab. Er wusste nicht, wie viel Saskia der Holländerin erzählt hatte, hielt es daher für klüger, nicht zu viel preiszugeben.

»Keine Ahnung, Jean-Luc, vielleicht ist sie ausgegangen.«

Auf Neles schnippischen Tonfall konnte er sich keinen Reim machen.

»Ja«, meinte er gedehnt, »das ist natürlich möglich. Weißt du zufällig, mit wem?«

»Nein, keine Ahnung. Aber es gibt sicher ein paar Bewerber. Henri, Philippe. So toll, wie Saskia aussieht, kann sie jeden haben, nicht wahr?«

Jean-Luc hatte das Gefühl, dass Nele ihn provozieren wollte, konnte sich aber nicht erklären, weshalb.

»Ja, sicher, das kann sie. Ehm … also nichts für ungut, danke.«
»Keine Ursache, Jean-Luc, habe ich doch gern gemacht.«

Ihr Tonfall troff vor Sarkasmus und er beeilte sich, das Zimmer zu verlassen. Sind jetzt alle Frauen verrückt geworden?, dachte er ärgerlich und stapfte durch den Korridor. Saskia und er waren doch verabredet, hatte sie das etwa vergessen? Er schüttelte den Kopf. Nein, das glaubte er nicht, aber irgendetwas musste heute vorgefallen sein und er wollte wissen, was.

Er ging in sein Büro zurück und starrte eine Weile auf das Telefon. Die Nummer kannte er noch auswendig, er hatte sie vor Jahren ständig gewählt, doch jetzt war es ihm unangenehm, in der Prieuré anzurufen. Verdammt, weshalb konnte er nicht fahren! Oder sollte er es versuchen? Ein Automatikgetriebe bräuchte man, ging es ihm durch den Kopf. Dann seufzte er und griff zum Hörer.

76

»Weißt du, Prinzessin, sie ist überhaupt nicht wie du. Du brauchst also nicht eifersüchtig zu sein.« Philippe entfernte ein paar braune Blätter von der grünen Marmorplatte, auf der mit goldener Schrift Virginies Lieblingsgedicht eingraviert war. Dann strich er zärtlich über den kalten Stein. »Es ist nur ... jedes Mal, wenn ich sie ansehe, dann ...« Er suchte nach Worten, um seine Gefühle zu beschreiben, verfiel dann aber wieder in Schweigen.

Die Stelle unter dem alten Maulbeerbaum war Virginies Lieblingsplatz gewesen. Sie hatten den Baum schon als Kinder im hintersten Winkel des parkähnlichen Gartens der Prieuré entdeckt. Er war der letzte Zeuge einer Ära, als man sich an der Seidenraupenproduktion in der Provence versucht hatte. Sein kurzer, gedrungener Stamm wand sich in eigentümlichen Verrenkungen in den nächtlichen Himmel. Darüber thronte eine breit ausladende, schirmartige Blätterkrone. In der Finsternis waren die herzförmigen Blätter nur als dunkle, homogene Masse auszumachen. Das Aroma der süß-säuerlichen Beeren lag über der Umgebung wie ein duftender Mantel.

Es waren damals nur ein paar Telefonate für die Genehmigung nötig, Virginies sterbliche Überreste unter diesem Baum begraben zu dürfen. Normalerweise war dies untersagt, doch für einen Arnaud gab es Mittel und Wege, solche Verbote zu umgehen.

Philippe erinnert sich, wie er und seine Schwester von den schwarzen Beeren genascht hatten, bis ihre Münder dunkelblau verfärbt waren und sie wie Pestkranke aussahen. Adèle schlug jedes

Mal ein Kreuz, wenn ihr die zwei Kinder übermütig die dunklen Zungen herausstreckten.

Philippe lächelte wehmütig. Alles vorbei, alles nur noch Erinnerung. Er seufzte und erhob sich. Mit einer hastigen Bewegung wischte er sich den Schmutz von den Knien. Er mochte keinen Dreck, und wenn er sich vorstellte, dass seine geliebte Schwester zwei Meter unter der Erde vermoderte, wurde ihm übel.

Er musste sie heute unbedingt noch sehen. Ihre weiße Haut bestaunen; die Anmut ihres Nackens; den vollen Mund. Ein bebendes Frösteln schüttelte ihn und er wurde hart. Er drehte sich um und ging mit raschen Schritten durch den Park zurück zur Prieuré.

77

»Tut mir leid, Jean-Luc, aber Madame Wagner wünscht, nicht gestört zu werden. Sie fühlt sich nicht wohl und ist schon zu Bett gegangen. Nein, ich werde sie nicht wecken. Ja, das ist mein voller Ernst. Gute Nacht!«

Vincent legte entrüstet den Hörer auf die Gabel. Dieser Rougeon hatte manchmal eine Art! Er schnaubte und schüttelte ärgerlich den Kopf.

Adèle war schon eingeschlafen und schnarchte leise, als er wieder ins Bett schlüpfte. Er betrachtete sie eine Weile und küsste sie dann auf die Wange. Sie brummte etwas Unverständliches, schlug aber die Augen nicht auf. Vincent knipste die Nachttischlampe aus und starrte an die dunkle Zimmerdecke.

Er hatte nicht gehört, ob Philippe zurückgekommen war. Nicht, dass ihn das beunruhigte, schließlich war er erwachsen, aber womöglich … Nein, er hoffte nicht. Sie hätten schon längst dem Maurer Bescheid geben sollen. Aber Adèle und er konnten doch nicht ahnen, dass Saskia Virginie so ähnlich sah, und er selbst hatte auch schon lange Zeit nicht mehr an die Geheimgänge gedacht. Oder sie einfach verdrängt. Aber nun fürchtete er, dass Arnaud sein Treiben wieder aufnahm oder es bereits getan hatte.

Vincent warf sich unruhig von einer Seite auf die andere. Gleich morgen würde er im Dorf anrufen und einen Handwerker bestellen. Es war ihm gleichgültig, was Philippe dazu sagen würde. Es war einfach nicht recht!

»Merde!« Jean-Luc warf den Telefonhörer wütend auf den Schreibtisch. Eine hässliche Kerbe blieb zurück, als er ein paar Minuten später den tutenden Hörer auf die Gabel zurücklegte. Saskia fühlte sich nicht wohl? War sie krank? Und wenn ja, weshalb hatte sie ihm nichts davon gesagt? Er kaute an seiner Unterlippe und blickte auf die Uhr. Es war schon nach 22 Uhr. Er konnte jetzt nichts mehr unternehmen und stand ärgerlich auf.

Jean-Luc hasste es, wenn er zur Untätigkeit gezwungen wurde. Als er das Licht im Büro löschte, fiel sein Blick auf die kleine, quadratische Schachtel in hellblauem Papier, die er Saskia hatte geben wollen und die jetzt immer noch auf dem Schreibtisch stand. Jean-Luc schnaubte und warf die Tür mit einem bitteren Lächeln ins Schloss.

78

Die Nacht war schwül. Saskia fand keinen Schlaf. Seit sie ins Bett gegangen war, wachte sie alle halbe Stunde auf und konnte danach nur schwer wieder einschlafen. Ihr T-Shirt war nass geschwitzt, deshalb schaltete sie das Licht an, tapste auf nackten Füßen zum Kleiderschrank und zog es aus. Ein Geräusch ließ sie zusammenfahren. Irgendwo knarrte Holz, als wäre jemand auf eine lose Diele getreten. Sie hielt in der Bewegung inne und lauschte, konnte aber nichts mehr hören. Mit einem Schulterzucken wandte sie sich dem mannshohen Spiegel zu, der an der gegenüberliegenden Seite an der Wand hing, und betrachtete darin ihre Figur.

Entgegen ihrer Befürchtung, in der Provence zuzunehmen, hatte sie sogar ein paar Kilos verloren. Saskia durchquerte das Zimmer und drehte sich kritisch hin und her. Sie hob ihre weißen Brüste an, die einen Kontrast zu der Sommerbräune bildeten. Ihrer Figur hatte der Aufenthalt hier gutgetan – ihrem Herz weniger.

Abermals hörte sie ein Geräusch, das wie ein Keuchen oder Seufzen klang. Ob es hier Mäuse gab? Oder sogar Ratten? Ihre Nackenhaare sträubten sich bei der Vorstellung. Nur keine Ratten! Sie warf einen letzten Blick in den Spiegel, holte sich ein frisches T-Shirt aus dem Kleiderschrank und beschloss, noch etwas zu lesen. Vielleicht würde sie dadurch schläfrig werden.

Irgendwann verschwammen die Buchstaben zu Wortseen und sie löschte das Licht. Trotzdem lag sie in dieser Nacht noch lange wach und bereute es zum ersten Mal, in die Provence gekommen zu sein.

Der Mann hinter dem Spiegel trat vorsichtig rückwärts, um kein Geräusch zu verursachen. Er zog den Samtvorhang wieder vor die Wand und verschloss die massive Eichentür sorgfältig mit dem alten Schlüssel, der an einer silbernen Kette um seinen Hals baumelte.

Dann huschte Philippe durch den dunklen Eingangsbereich und bald darauf hörte man nur noch das Zirpen der Grillen. Die Prieuré war endlich zur Ruhe gekommen.

79

Auf dem Frühstückstisch stand nur noch ein Gedeck. Saskia setzte sich müde und war dankbar, mit niemandem sprechen zu müssen. Sie war nach der wenig erholsamen Nacht heute Morgen mit verquollenen Augen aufgewacht, die auch durch reichlich kaltes Wasser nicht zu beseitigen waren. Sie schenkte sich Kaffee ein und schlürfte genüsslich das heiße Gebräu. Arnaud musste schon vor ihr gefrühstückt haben, was ihr recht war. Sie schnappte sich ein Croissant aus dem Brotkorb und bemerkte erst jetzt die flache, in farbiges Papier gewickelte Schachtel neben ihrem Teller. Saskia runzelte die Stirn. Schon wieder ein Geschenk von Arnaud? Plötzlich fiel ihr ein, dass sie sich noch gar nicht für das Parfum bedankt hatte, und sie bekam ein schlechtes Gewissen. Sie würde das gleich heute nachholen.

Mit ein paar schnellen Handgriffen löste sie die dunkelrote Schleife und hob den Deckel an. Unter weißem Seidenpapier kam ein goldenes Seidentop mit passender Stola zum Vorschein. Saskia betrachtete das Etikett und zog die Luft ein. Wahrscheinlich hatte das Teil mehr gekostet, als sie in einem Monat verdiente. Aber trotz der noblen Herkunft gefiel ihr das Kleidungsstück nicht besonders. Sie musste Arnaud unbedingt bitten, ihr in Zukunft keine Geschenke mehr zu machen. Gewiss tat er das nur, weil sie seiner Schwester so ähnlich sah. Aber sie war nicht Virginie und würde es niemals sein! Damit sollten sie sich alle gefälligst abfinden!

Saskia merkte, dass ihr wieder die Tränen in die Augen schossen, und sie stand hastig auf. Es war Zeit, zur Arbeit zu gehen, das würde sie ablenken. Sie brachte die Schachtel in ihre Wohnung, bevor sie über den Rasen auf das Bürogebäude zulief. Noch vier Wochen, dann habe ich es geschafft, dachte sie erleichtert.

80

»Wir dürfen den beiden jetzt nur keine Gelegenheit geben, sich auszusprechen. Wie? Keine Ahnung. Vielleicht eine kleine Geschäftsreise? Lass dir etwas einfallen. Bis jetzt hat es doch wunderbar funktioniert, oder nicht? Ach Blödsinn! Sie wird es schon verkraften, du musst sie eben ein wenig trösten. Ja, gut. Bis dann also, adieu.«

»Mit wem hast du da gesprochen?«

Géraldine zuckte erschrocken zusammen und drehte sich um. Jean-Luc stand im Türrahmen und blickte sie mit gerunzelter Stirn an. Seine Augen lagen tief in den Höhlen, blitzten aber zornig. Géraldine duckte sich unwillkürlich im Sessel zusammen. Verdammt, hoffentlich hatte er nicht ihr ganzes Gespräch belauscht.

»Hallo Jean-Luc. Wie ich sehe, bist du deinen Gips los. Freut mich. Das Telefonat? Ach, ein alter Schulfreund hat Eheprobleme. Ich habe ihm lediglich ein paar Tipps gegeben, wie er seine Frau zurückgewinnen kann.« Géraldine merkte, dass ihr Lachen unecht klang, und bückte sich daher rasch, um etwas aus einer der Schreibtischschubladen zu kramen. »Du siehst müde aus. Schlecht geschlafen?«, fragte sie und zog einen Schnellhefter hervor. Sie versuchte, das Zittern ihrer Hände zu unterdrücken, und blätterte hektisch die Seiten durch.

»Ich hatte Schmerzen«, erwiderte Jean-Luc und setzte sich ihr gegenüber. Er musterte sie aus schmalen Augen.

Géraldine wurde nervös und biss sich auf die Lippen. »Ich muss mich beeilen, die Reisegruppe trifft bald ein«, sagte sie, stand schnell auf und ging zur Tür.

»Géraldine?« Seine Stimme hielt sie zurück.

»Ja?« Sie drehte sich um und versuchte, seinem Blick standzuhalten.

»Nicht so wichtig«, sagte Jean-Luc gedehnt.

»Na dann, bis später.« Sie lächelte ihn an und war auch schon verschwunden.

Jean-Luc schürzte die Lippen und starrte einen Moment auf die geschlossene Tür, dann stand er auf und drückte die Wahlwiederholungstaste des Telefonapparats.

»Weinbaugenossenschaft Beaumes-de-Venise. Was kann ich für Sie tun?«

Ohne zu antworten, legte er den Hörer wieder auf. Warum belog ihn seine Cousine?

81

Philippe stand unentschlossen vor Saskias Büro und knetete seine Hände, dann gab er sich einen Ruck und klopfte an die Glasscheibe.

»Ja bitte?«, tönte es aus dem Zimmer und er trat ein.

»Saskia, wie geht es dir? Wieder besser?«

Die Schweizerin saß vor dem Computer und klickte sich durch die neue Homepage der Firma. Sie hatte dunkle Ringe unter den Augen, sah müde und übernächtigt aus. Philippe fühlte sich schuldig und hätte sie am liebsten um Entschuldigung gebeten, aber natürlich war das unmöglich, sonst reiste sie wahrscheinlich sofort ab oder noch schlimmer, floh zu Jean-Luc.

»Es geht schon wieder, danke. Eine leichte Unpässlichkeit«, sagte sie ausweichend und Philippe nickte. »Ich komme mit dem Projekt gut voran. Bis Ende des Monats wird alles erledigt sein. Ich stelle gerade ein Handbuch zusammen, das meiner Nachfolgerin oder meinem Nachfolger erlaubt, die nötigen Anpassungen selbstständig durchzuführen. Also neue Bilder aufschalten, Texte einfügen, solche Dinge. Vor allem eure Produkte werden sich ja, wie ich vermute, saisonbedingt ändern, oder?«

Philippe erschrak. Sie wollte wieder in die Schweiz zurück? Verdammt, das hatte er vollkommen vergessen! Aber natürlich, die drei Monate waren ja bald um. Er wurde unruhig.

»Ausgezeichnet! Das geht ja flott. Ich hätte nicht gedacht, dass du das so schnell zum Laufen bringst. Ich bin wirklich beeindruckt«, sagte er und befühlte die Tickets in seiner Westentasche. Er musste es einfach versuchen.

Saskia lächelte und wandte sich erneut dem Monitor zu. Als Philippe keine Anstalten machte, ihr Büro zu verlassen, drehte sie sich wieder um.

»Ist noch etwas?«

Philippe schrak zusammen und stotterte: »Ja, oder nein, nun ja. Ich dachte, vielleicht würdest du gerne … Also es ist so. Heute beginnen die Theaterfestspiele in Avignon und ich habe zwei Tickets für die Premiere von Gorkis ›Barbaren‹. Das ist das erste Mal, dass sie dieses Stück aufführen, und ich würde es wirklich gerne sehen. Nur möchte ich nicht allein hinfahren. Lange Rede kurzer Sinn: Hättest du Lust, mich zur Premiere zu begleiten? Wir würden heute Nachmittag fahren, dort übernachten – natürlich in getrennten Zimmern – und morgen wieder zurückkommen.«

Wie Arnaud so vor ihr stand, erinnerte er Saskia an einen Abiturienten, der seine Angebetete darum bat, ihn zum Abschlussball zu begleiten. Ein Theaterstück in Avignon? Warum eigentlich nicht? Alles war besser, als weinend in der Wohnung zu hocken und zu leiden, weil Jean-Luc sie so schändlich belogen hatte.

»Das würde mich wirklich sehr freuen, Philippe. Ich komme gerne mit.«

Zuerst reagierte Arnaud nicht auf das, was sie gesagt hatte. Doch plötzlich begriff er, dass ihre Worte eine Zustimmung bedeuteten, und ein Strahlen flog über sein Gesicht.

»Oh, wirklich? Fabelhaft! Dann machen wir uns um 15 Uhr auf den Weg. Ist dir das recht?«, und als sie lächelnd nickte, sah es fast so aus, als würde er sie küssen wollen. Saskia hob erstaunt die Augenbrauen und Arnaud beeilte sich, zur Tür zu kommen.

»Also um drei, einverstanden?«, rief er beim Gehen.

»Ja, um drei.«

»Fein, fein. Dann lasse ich dich weiterarbeiten. Bis dann, danke.«

Er schloss die Glastür und ging pfeifend zu seinem Büro hinüber.

Saskia schüttelte den Kopf. Er war schon etwas merkwürdig, ihr Chef.

82

»Ariane, hier Jean-Luc Rougeon, kann ich mit Saskia sprechen?«

»Salut, Jean-Luc. Wie geht's deinem Arm? Alles wieder in Ordnung? Baptiste hat mir erzählt, dass ...«

Jean-Luc trommelte nervös mit den Fingern auf den Schreibtisch. Die Sekretärin der Genossenschaft schwatzte munter drauflos.

»Entschuldige, Ariane, aber ich bin etwas in Eile. Könnte ich jetzt bitte mit Saskia sprechen?«

»Nein«, erwiderte sie und Jean-Luc schnappte nach Luft, »weil sie nicht hier ist. Sie ist mit Philippe nach Avignon gefahren.«

Jean-Luc glaubte, sich verhört zu haben.

»Sie ist was?!«

»Nach Avignon. Zum Theaterfestival – das kennst du doch. Hast du denn nichts davon gewusst?«, fragte Ariane mit zuckersüßer Stimme, und Jean-Luc hatte den Eindruck, dass sie bei dieser Frage grinste.

»Ist das heute? Ja klar, wie dumm von mir. Gut, danke.«

Er legte ärgerlich auf. Was zum Teufel dachte sich Saskia dabei, einfach wegzufahren, ohne ihm Bescheid zu geben? Wie konnte sie es wagen, mit seinem Erzfeind zu konspirieren? War sie denn verrückt geworden?

Die Gedanken wirbelten in seinem Kopf herum, als hätte jemand in einem Wespennest gestochert. Am liebsten hätte er irgendetwas an die Wand geschmissen. Als Marie-Claire zufällig ins Zimmer trat, um die Pflanzen zu gießen, entlud sich seine ganze Wut an dem Mädchen. Er schrie sie an, bis sie weinend davonlief.

Jean-Luc stand ungestüm auf und warf dabei den Stuhl um, dass es krachte. Er riss die Tür auf und stürmte an ein paar verblüfften Angestellten vorbei nach draußen.

Géraldine, die zufällig durch die Eingangshalle ging, brachte sich hinter eine Säule in Sicherheit. Wenn ihr Cousin in dieser Stimmung war, war es das Beste, ihm aus dem Weg zu gehen. Ein Lächeln umspielte ihre Lippen. Sie wusste ganz genau, was ihn so in Rage brachte. Sie nahm ihr Handy und löschte Philippes Kurzmitteilung. Gut gemacht, Arnaud! Es steckte doch mehr in ihm, als sie vermutet hatte.

83

Saskia starrte gebannt auf die mit rotem Stoff eingefasste Bühne, auf der ein russischer Chor ein herzergreifendes Lied sang. Im Hintergrund standen Mädchen, die anmutig Silberbänder durch die Luft schwenkten und damit ein Feuerwerk erzeugten. Sie bekam eine Gänsehaut. Die Aufführung war wirklich eindrucksvoll und sie fühlte sich in das russische Bauerndorf versetzt, das sich Geld und Einfluss vom Bau der Eisenbahn versprach, um dann ein so furchtbares Unglück zu erfahren. Saskia zog die Stola enger um die nackten Schultern, um sich vor der kühlen Nachtluft zu schützen.

Philippe betrachtete Saskia aus den Augenwinkeln. Seine Freude war grenzenlos gewesen, als er gesehen hatte, dass sie sein Geschenk trug. Er hatte um Punkt halb acht vor ihrem Hotelzimmer gestanden und als sie die Tür öffnete, hatte er im ersten Moment an eine Erscheinung geglaubt. Genau wie Virginie es manchmal getan hatte, trug Saskia ihre blonden Haare aufgesteckt, was ihrem schlanken Hals schmeichelte. An ihren roten Augen sah er zwar, dass sie geweint haben musste, aber als er ihr elegant den Arm bot, lächelte sie und sein Herz vollführte einen Sprung.

Sie hatten im Speisesaal des Clarion Hotel Cloître Saint-Louis ein leichtes Abendessen eingenommen und manch bewundernder Blick hatte die schöne, blonde Frau an seiner Seite gestreift.

Philippe sonnte sich in der Aufmerksamkeit, die seine Begleiterin erregte. Er hatte dieses Gefühl schon lange nicht mehr gehabt und kostete es, wie damals mit Virginie, genüsslich aus. Im Gegensatz zu seiner Schwester, die sich ihrer Wirkung jederzeit bewusst gewesen war und sie auch gezielt einsetzte, schien Saskia aber nichts von der Anziehungskraft zu bemerken, die sie auf das männliche Geschlecht ausübte. Weder schweiften ihre Blicke auf der Suche nach einem potenziellen Flirtpartner über die anwesenden Männer, noch lachte sie affektiert, wie Virginie es zuweilen getan hatte, um im Mittelpunkt zu stehen.

Saskia war eher schweigsam und ihr Blick verlor sich gelegentlich in der Ferne, als denke sie über etwas nach. Philippe ahnte, was sich in ihrem Kopf abspielte, und versuchte, sie mit allerlei kleinen Anekdoten über die Weinbranche auf andere Gedanken zu bringen.

Gegen 21 Uhr machten sie sich auf den Weg und nahmen ihre Plätze in der separaten VIP-Loge vor der großen Freiluftbühne ein.

Philippe hatte das Clarion Hotel gewählt, weil es nicht weit vom ehemaligen Papstpalast entfernt lag und man ihn daher bequem zu Fuß erreichen konnte.

Die Kulisse, die sich ihnen bot, war atemberaubend. Vor dem gewaltigen Portal des Palastes, der im 14. Jahrhundert 67 Jahre lang Residenz der Päpste gewesen war, erhob sich eine Holzbühne, die mit riesigen Scheinwerfern angestrahlt wurde. Die Beleuchtung des monumentalen Bauwerks hatte man zu diesem Zweck reduziert, und nur ein paar wenige Spots illuminierten das graue Gemäuer, das dadurch noch imposanter wirkte. Die Aufführung war beeindruckend und bekam sogar Szenenapplaus, was bei den verwöhnten Einheimischen ungewöhnlich war.

Saskia schien das Theaterstück zu mögen. Ihre Augen strahlten und Philippe war froh, dass er sich getraut hatte, sie zu fragen. Nach Géraldines Anruf hatte er sich den Kopf zerbrochen, wie er die Schweizerin aus Beaumes-de-Venise wegbringen konnte, ohne dass es zu inszeniert wirkte. Das Theaterfestival war ihm erst eingefallen, als er kurz vor der Verzweiflung stand. Doch wie es schien, war es eine gute Wahl.

Er hatte mit Ariane gesprochen und angedeutet, dass sie beide eventuell noch länger in Avignon bleiben würden. Zwar wusste Saskia noch nichts von ihrem Glück, doch er hoffte, sie überreden zu können, den Ausflug um ein paar Tage zu verlängern. Ariane hatte vielsagend geschwiegen, doch Philippe wollte sich nicht vor seiner Sekretärin rechtfertigen und hatte ihr lediglich die Adresse des Clarions mitgeteilt, sollte es plötzlich geschäftliche Probleme geben.

Tosender Applaus riss ihn aus seinen Gedanken. Rings um ihn herum standen die Menschen auf und klatschten euphorisch. Saskia strahlte über das ganze Gesicht und pfiff vor Begeisterung sogar durch die Finger, was ihm ein schallendes Lachen entlockte. Sie war auf eine Weise charmant und unkompliziert, die ihn sehr berührte.

»Einfach grandios, Philippe! Atemberaubend! Ich bin ganz hin und weg! Vielen Dank für die Einladung.«

Saskias Begeisterung steckte ihn an und er nickte lebhaft.

»Ja«, sagte er, »dieses Jahr hat sich der Festivalleiter selbst übertroffen. Eine wirklich gelungene Aufführung. Und keine Ursache. Ich habe zu danken, dass du mich begleitest. Es wäre schade gewesen, das Theater zu verpassen. Hättest du Lust, noch irgendwo etwas trinken zu gehen? Einen kleinen Schlummertrunk?«

»Gute Idee. Ich bin so aufgekratzt, dass ich sowieso nicht einschlafen kann.«

Sie waren dem Strom der Zuschauer entkommen, der sich nach der Vorführung in Avignons Gassen ergoss, und Philippe steuerte auf ein Restaurant zu. Sie setzten sich an einen kleinen Bistrotisch, der unter einer grünen Pergola stand, und er bestellte zwei Gläser Champagner. Zur Feier des Tages, wie er Saskia erklärte, als sie abwehren wollte.

»Auf Avignon!«, rief sie, als der Kellner die beiden langstieligen Gläser mit der perlenden Flüssigkeit brachte.

»Auf Avignon und seine schönste Besucherin!«, stieß Philippe an.

84

»Mit einem hungrigen Tiger ist leichter auszukommen. Es wäre nett, wenn du nicht jeden, der dir über den Weg läuft, anfällst. Unsere Mädchen flattern schon wie verschreckte Hühner durch die Gänge. Wir können es uns nicht leisten, sie in der Hochsaison zu verlieren, nur weil der Chef schlecht gelaunt ist.« Soledat funkelte Jean-Luc ärgerlich an. »Also entweder reißt du dich jetzt zusammen, oder ich werde unangenehm. Privates und Geschäftliches muss man trennen, das solltest du langsam wissen. Ich weiß nicht, was vorgefallen ist, aber wir kämpfen hier ums Überleben. Benimm dich also nicht wie ein liebeskranker Teenager. Habe ich mich klar ausgedrückt?«

Jean-Luc lag eine scharfe Erwiderung auf der Zunge, doch der Respekt gegenüber seiner Mutter behielt die Oberhand und er nickte stumm. Soledat wollte noch etwas sagen, überlegte es sich dann aber anders und verließ das Büro, um die Wogen zu glätten, die ihr Sohn auf dem ganzen Gut aufwirbelte.

Jean-Luc warf den Kugelschreiber, mit dem er nervös gespielt hatte, an die gegenüberliegende Wand, wo er in tausend Stücke zerbrach. Es war wirklich zum Verrücktwerden! Niemand sagte ihm, wo Saskia steckte, und auf ihrem Mobiltelefon konnte er sie nicht erreichen. Nele stellte sich unwissend, hatte aber ein hämisches Grinsen im Gesicht, das ihn zur Raserei brachte. Ariane, Philippes Sekretärin, schwieg wie ein Grab über den Verbleib ihres Chefs und seiner Angestellten. Und selbst Vincent gab ihm nur ausweichend Auskunft, wohin die Herrschaften verreist waren. Er hatte schon überlegt, Cécile in der Schweiz anzurufen, verwarf den Gedanken aber wieder. Es wäre doch recht peinlich, sollte sich herausstellen, dass sie von ihm und Saskia gar nichts wusste.

Jean-Luc stellte die wildesten Spekulationen darüber an, weshalb Saskia sich so benahm. Von Entführung bis zur vorübergehenden geistigen Umnachtung hatte er schon alle möglichen und unmöglichen Szenarien in Gedanken durchgespielt, fand aber keine annehmbare Lösung. Vielleicht war aber die naheliegendste Erklärung auch die richtige, nämlich, dass Saskia ihn nicht liebte und es ihm auf diese Weise zu verstehen gab.

Er schlug mit der Faust auf den Schreibtisch. Gut, wenn sie es so haben wollte, dann sollte ihm das recht sein. Niemand war unersetzlich, schon gar keine Frau, die gab es wie Sand am Meer. Er war die letzten Jahre sehr gut ohne weibliche Begleitung ausgekommen und in Zukunft würde es nicht anders sein. Liebe? Pah, Liebe war doch nur ein Versuch, die sexuelle Anziehungskraft zwischen zwei Menschen zu erklären. Er brauchte keine Liebe, er hatte seine Arbeit und das Gut.

Jean-Luc erhob sich und pfiff nach Gaucho, dann verließ er das Anwesen durch eine Seitentür. Er hatte keine Lust, jemandem zu begegnen, sondern wollte eine Weile allein sein. Die Übelkeit, die ihn seit letzter Nacht quälte, schob er auf die fehlende Nahrungszufuhr und wusste doch ganz genau, dass dies eine Lüge war. Alles war eine Lüge gewesen. Alles!

85

»Möchtest du noch einen Orangensaft?« Arnaud sah Saskia fragend an.

Sie saßen im Innenhof des Hotels und frühstückten unter einem blauen Sonnenschirm. Das gepflegte Atrium war bis auf den letzten Platz besetzt. Saskia erkannte einige Zuschauer wieder, die gestern mit ihnen in der Loge gesessen hatten.

Trotz des Durcheinanders in ihrem Kopf war die Nacht erholsam gewesen und sie fühlte sich besser. Der Ausflug hatte ihr gutgetan. Changer les idées – den Kopf freibekommen, wie der Franzose sagt.

»Nein danke, Philippe, ich bin satt. Brechen wir nach dem Frühstück gleich auf?«, fragte sie und schenkte dem Kellner, der ihren benutzten Teller abräumte, ein Lächeln. Hier im Schatten war es angenehm kühl. Saskia verspürte keine große Lust, den Rest des Tages in ihrem stickigen Büro zu verbringen, aber schließlich war sie ja zum Arbeiten angestellt worden und Arnaud hatte gewiss geschäftliche Termine. Des Weiteren war Arbeit das Beste, um nicht an Jean-Luc denken zu müssen.

Sie seufzte. Was er wohl tat? Ob er sie vermisste? Aber nein, sicher nicht. Wahrscheinlich war er ganz froh, dass sie nicht erreichbar war.

»Bitte? Entschuldige, ich habe dir nicht zugehört. Was hast du gesagt?«

Arnaud schmunzelte. »Ich habe dich gefragt, ob du eventuell Lust hättest, den Pont du Gard zu besichtigen, wenn wir schon in Avignon sind. Er ist in einer knappen halben Stunde zu erreichen und wirklich sehr beeindruckend.«

Der kann ja Gedanken lesen, ging es ihr durch den Kopf.

»Musst du, beziehungsweise müssen wir nicht wieder zurück? Du hast doch sicher viel zu tun und ich sollte noch ein paar Layouts korrigieren«, sagte sie, aber es klang nicht sehr überzeugend und eigentlich tat sie es bloß aus Höflichkeit.

»Nun«, erwiderte Arnaud lachend, »es hat auch seine Vorteile, wenn man der Chef ist. Bei mir arbeiten kompetente Leute, die mich gut vertreten, darüber müssen wir uns nicht sorgen. Und da ich ansonsten nie in Urlaub fahre, werde ich mir die paar Tage einfach gönnen. Also, wollen wir?«

»Ja, gern. Man hört ja so viel über den Pont du Gard. Und im Grunde bin ich ja eine Touristin, da muss ich das doch gesehen haben.«

Arnaud nickte zustimmend. »Aber unbedingt!«

86

Jean-Luc schnupperte am Korken. Keine Anzeichen von Fäulnis. Er goss sich einen Schluck in das zierliche Glas und schwenkte die goldgelbe Flüssigkeit ein paar Mal. Der Wein hatte genau die richtige Konsistenz, floss satt und ölig an der Innenseite des Glases hinab. Er nahm einen großen Schluck und langsam entfaltete der Muskat sein volles Aroma. Köstlich!

»Ist er gut?«, fragte Géraldine und linste über seine Schulter. Wie zufällig streiften ihre Brüste dabei Jean-Lucs Rücken. Er trat einen Schritt zur Seite.

»Er ist perfekt!«, meinte er und reichte ihr das Glas.

Seine Cousine probierte den Wein und nickte zustimmend.

»Ein wahrer Rougeon!«, rief sie pathetisch. Sie stellte das Weinglas auf den Tresen, dabei klaffte ihre weiße Bluse auseinander. Jean-Luc erhaschte einen kurzen Blick auf ihren Spitzen-BH. Sie bemerkte seinen Blick und schmunzelte.

»Immer noch Schmerzen?«, fragte sie und strich mit dem Zeigefinger zärtlich über seinen Arm. Jean-Luc schüttelte den Kopf.

Weshalb soll ich ihrem Werben eigentlich nicht nachgeben?, überlegte er. Géraldine war schön, klug und kannte sich hervorragend in der Weinbranche aus. Sie wäre die perfekte Partnerin und war nicht so zickig wie manch andere Frau. Man konnte auch ein Paar sein, wenn man sich nicht liebte, oder wenn es nur der eine tat. Und sie tat es schon eine ganze Weile. Also, wieso nicht einlenken und den Verstand einmal gebrauchen?

Seine Cousine sah ihn verlangend an und spürte wohl, was in ihm vorging, denn sie schmiegte sich plötzlich an seine Brust und bot ihm ihren Mund.

Es war nur eine Sekunde, in der Jean-Luc zögerte, dann beugte er sich hinunter und presste seine Lippen auf die ihren.

Es war kein zärtlicher Kuss. Er biss sich regelrecht fest und Géraldine stöhnte. Aus Schmerz oder aus Verlangen? Jean-Luc war es egal. Sie sollte nur spüren, dass er nicht der Traumprinz war, den romantische Mädchen sich erhofften. Er nahm sich das, wonach es ihn gelüstete.

»Ach du Scheiße!« Nele stand, wie vom Blitz getroffen, in der Tür und das Tablett mit den Weingläsern in ihren Händen schwankte bedrohlich. Jean-Luc erwachte aus seiner Trance, riss sich von seiner Cousine los und stürmte an seiner verblüfften Angestellten vorbei hinaus ins Freie.

Géraldine befühlte ihre wunden Lippen und lächelte zufrieden.

»Probleme?«, wandte sie sich dann an Nele und ordnete dabei ihre Bluse.

»Nein … das heißt …«, stammelte die Holländerin und schluckte.

»Dann ist ja alles in Ordnung, oder?«

Nele nickte und öffnete den Mund.

»Noch was?« Géraldine hob die Augenbrauen. Doch Nele schüttelte stumm den Kopf.

»Dann geh wieder an die Arbeit. Wir haben viel zu tun!«

87

»Der Pont du Gard ist das beeindruckendste Zeugnis römischer Zivilisation in der Provence. Rund 1000 Menschen waren drei Jahre lang beschäftigt, das mit einer Länge von 275 Metern imposanteste Aquädukt fertigzustellen. Drei Arkadenreihen (zwei eindrucksvolle und eine geradezu zierlich wirkende mit 35 Bögen) überspannen in knapp 49 Meter Höhe das Flüsschen Gardon. Die bis zu sechs Tonnen schweren Quadersteine wurden dabei so exakt zugeschnitten, dass sie durch den gegenseitigen Druck ohne Mörtel zusammengefügt werden konnten.

Der Pont du Gard ist Teilstück eines rund 50 Kilometer langen Aquäduktes, das die römische Metropole Nîmes mit jenem Trinkwasser versorgte, das heute unter dem Namen Perrier bekannt ist. Nur mithilfe einfachster Messgeräte nutzten die Römer ein Gefälle, das zwischen der am Rand der Cevennen gelegenen Quelle und Nîmes gerade mal 17 Meter beträgt. Das sind umgerechnet nur 34 Zentimeter pro Kilometer!«

Saskia stieß beeindruckt die Luft aus. Sie las Philippe aus dem Reiseführer vor, den sie aus ihrer Handtasche geholt hatte.

»Unglaublich, wenn man sich vorstellt, welche Mittel denen damals zur Verfügung standen.«

Philippe nickte, sah aber weiter geradeaus und konzentrierte sich darauf, einen Traktor zu überholen. Sie näherten sich dem Dorf Remoulins und überall standen Wegweiser, die zum Viadukt führten.

»Oh, da steht, dass man die Brücke nicht mehr betreten darf.« Saskia verzog enttäuscht den Mund. »Schade, ich hätte gerne hinuntergespuckt.«

Philippe lachte. »Auf was für Einfälle du immer kommst. Es gibt dort ein Museum. Vielleicht wird dich das ein wenig darüber hinwegtrösten«, erklärte er und legte ihr dabei die Hand auf den Arm. Saskia zuckte zusammen und er zog seine Finger schnell wieder weg.

Blödmann, dachte er, lass ihr Zeit und mach jetzt nicht alles kaputt. Er suchte krampfhaft nach einem Thema, das unverfänglich genug war, um die plötzlich eingetretene Stille zu überbrücken.

»Erzähl mir doch von deinen Eltern, wenn es nicht zu schmerzhaft für dich ist. Du erwähntest, dass sie verstorben sind.«

Ihm war auf die Schnelle nichts Besseres eingefallen und er biss sich auf die Lippen. Vielleicht war dies nicht gerade das beste Thema. Womöglich schmerzte sie der Verlust noch zu sehr, aber wider Erwarten lächelte Saskia und begann zu erzählen.

Nele betrachtete das Display ihres Handys. Sie kaute an den Fingernägeln, was sie eigentlich seit der Grundschule nicht mehr tat. Sie konnte sich nicht entscheiden, ob sie ihrer Freundin erzählen sollte, was geschehen war, oder ob es klüger war, zu schweigen. Noch immer erschien es ihr wie ein schlechter Witz. Jean-Luc und Géraldine? Sie schüttelte den Kopf. Saskia hatte ihr doch erzählt, dass Jean-Luc seine Cousine zwar als Arbeitskraft schätze, ihre ständigen Annäherungsversuche jedoch stets abgewehrt hatte. Was war denn bloß los mit ihm? Er hatte auch nicht ausgesehen, als ob er mit der Situation glücklich gewesen war, in der sie die beiden überrascht hatte. Sollte sie vielleicht zuerst mit ihm reden? Aber ob er mit ihr über sein Liebesleben sprechen würde, bezweifelte sie. Was für eine verzwickte Lage!

Nele beschloss, abzuwarten. Saskia würde sich sicher später bei ihr melden und dann könnte sie immer noch entscheiden, ob sie es ihr erzählte. Sie steckte das Handy wieder in ihre Jeans und seufzte.

88

Der Besucherparkplatz war noch leer, als sie um 9 Uhr am Pont du Gard ankamen. Philippe stellte seinen Wagen unter einem der wenigen Bäume ab, die den Hauch eines kühleren Plätzchens suggerierten. Als sie ausstiegen, schlug ihnen die Hitze wie eine Wand entgegen. Innerhalb von Minuten klebte Saskias T-Shirt an ihrem Körper. Sie fächelte sich Luft zu und eilte in den Schatten des flachen Gebäudes, vor dem sich eine Gruppe Touristen drängelte, die sich um Ansichtskarten rissen.

»Ich gewöhne mich wohl nie an diese Hitze!«, stöhnte sie, als Philippe gemächlichen Schrittes auf sie zukam. Er grinste und betrachtete interessiert die dunklen Flecke, die sich unter ihren Brüsten gebildet hatten. Als er bemerkte, dass sie seinem Blick folgte, wandte er schnell den Kopf zur Seite.

»Möchtest du zuerst ins Museum oder zur Brücke?«, fragte er und musterte die schwatzende Reisegruppe mit Unbehagen.

»Natürlich erst einmal zum Pont«, erwiderte Saskia, »danach kühlen wir uns im klimatisierten Museum ab, einverstanden?« Sie runzelte die Stirn. »Es ist doch klimatisiert, oder?«

Philippe nickte lächelnd. »Der Fortschritt ist auch in der Provence nicht aufzuhalten«, scherzte er und wandte sich zum Gehen.

»Un moment«, hielt Saskia ihn zurück und ihr Blick schweifte suchend umher. »Ich muss zuerst noch ein gewisses Örtchen aufsuchen.« Sie entdeckte das gesuchte Schild über einem der Eingänge und drückte ihm ihre Handtasche an die Brust. »Zwei Minuten!«, rief sie und verschwand hinter einer der Türen.

Philippe blickte erstaunt auf den Beutel, den ihm Saskia so spontan überlassen hatte. Die Versuchung war groß und er wog das Risiko ab, erwischt zu werden. Dann trat er hinter den kleinen Souvenirladen, der mit kitschigen Andenken überladen war, und öffnete den Reißverschluss.

Frauenhandtaschen sind das letzte Mysterium dieser Welt, ging es ihm durch den Kopf, als er das bunte Durcheinander betrachtete. Taschentücher in allen Stadien des Gebrauchs, lose Zettel, ein Deodorant, Haarbürste, Kaugummi, Haarbänder in verschiedenen Farben, ein Geldbeutel, der Reiseführer und, wonach er gesucht hatte, ihr Mobiltelefon. Er warf einen kurzen Blick zum Eingang und entsperrte das Gerät.

Sie hatte zwanzig ›Anrufe in Abwesenheit‹ von einem Absender namens JL erhalten. Er blätterte weiter. Zehn ungeöffnete Kurzmitteilungen. Auch hier überwog das Kürzel JL.

Mit ein paar Handgriffen löschte Philippe die SMS. Zum Lesen blieb leider keine Zeit, was er sehr bedauerte, doch er konnte sich denken, worum es in den Mitteilungen ging. Auch die Anzeige der ›Anrufe in Abwesenheit‹ löschte er und verstaute das Handy danach wieder in der Tasche.

Pech gehabt, Jean-Luc, dachte Philippe und lehnte sich grinsend an die warme Mauer.

89

»Gott, bin ich ein Idiot!«

Jean-Luc Rougeon hatte in seinem Leben schon viele Fehler begangen, die er mehr oder minder bereute, aber diesen hier bedauerte er zutiefst. Welcher Teufel hatte ihn bloß geritten, seine Cousine zu küssen und sich gleich noch von Saskias bester Freundin dabei erwischen zu lassen? Wenn Dummheit wehtäte, müsste er ununterbrochen schreien.

Doch bevor noch mehr Geschirr zu Bruch ging, beschloss er, in den sauren Apfel zu beißen und Saskia die Sache zu beichten. Obwohl er immer noch nicht ahnte, was mit ihr los war und weshalb sie sich nicht mehr meldete, war Jean-Luc überzeugt, dass ein Missverständnis vorlag. Trotz seiner gestrigen Gedanken lag ihm enorm viel an dieser Beziehung und er wollte sie nicht kampflos aufgeben. Aber wie sollte er kämpfen, wenn er nicht wusste, wer der Gegner war und weshalb es Krieg gegeben hatte? Nele zögerte sicher nicht, weiterzuerzählen, was sie gesehen hatte. Und dass dies Saskia nicht gefallen würde, davon war er hundertprozentig überzeugt.

Er wählte zum wiederholten Mal Saskias Handynummer, aber wie schon bei den zig Versuchen davor schaltete sich lediglich ihre Mailbox ein.

»Verflucht! Was ist nur los, Saskia?«

Ariane hatte ihm heute Morgen mit einem süffisanten Lächeln mitgeteilt, dass Philippe und die Schweizerin noch ein paar Tage wegbleiben würden, als er in einem Anfall von Verzweiflung mit dem Firmenwagen zur Weinbaugenossenschaft hinübergefahren war.

Ein Himmelfahrtskommando war ein Dreck dagegen. Ein paar Mal wäre er fast von der Straße abgekommen und die steilen Abhänge hinuntergestürzt, da er nur mit einer Hand fahren konnte. Aber es hatte ihm keine Ruhe gelassen und er wollte endlich von Saskia wissen, weshalb sie sich so benahm. Nur hatte er weder sie noch Arnaud angetroffen und musste unverrichteter Dinge wieder abziehen.

Die Flüche, die er während der Heimfahrt ausgestoßen hatte, hätten jedem Priester die Schamesröte ins Gesicht getrieben. Vielleicht war es einfach die Summe der Enttäuschung, der Verzweiflung und seiner Hilflosigkeit gewesen, die ihn zu diesem unüberlegten Kuss verleitet hatte.

Ein Fehler, der geleugnet wird, verdoppelt sich, sagte seine Mutter immer. Ja, er würde dafür geradestehen. Mit Géraldine würde er gleich sprechen und mit Saskia, wenn sie wieder da war. Er konnte nur hoffen, dass beide Frauen Verständnis zeigten.

90

Philippe betrachtete zärtlich die schlafende Frau auf dem Beifahrersitz. Sie hatte die Lippen leicht geöffnet und in ruhigen, gleichmäßigen Zügen hob und senkte sich ihre Brust. Eine blonde Strähne hatte sich aus ihrem Pferdeschwanz gelöst und fiel ihr federgleich über die Augen. Behutsam, um sie nicht zu wecken, strich er sie ihr aus dem Gesicht. Im Schlaf ähnelte sie mehr denn je seiner Schwester. Philippes Herz krampfte sich schmerzhaft zusammen. Er durfte es nicht zulassen, dass sie Frankreich verließ. Irgendetwas musste er sich einfallen lassen, damit sie ihren Aufenthalt verlängerte. Vielleicht sogar für immer hierblieb; mit ihm auf der Prieuré lebte, wo sie hingehörte.

Nachdem sie den Pont du Gard und das Museum besichtigt hatten und Saskia ein paar kitschige Souvenirs gekauft hatte, waren sie aufgebrochen. Es war auch höchste Zeit, denn nach und nach füllte sich der Parkplatz mit Reisebussen, aus denen Ströme von Touristen quollen. Sie bevölkerten das Gelände und es war praktisch nicht mehr möglich, das römische Aquädukt in Ruhe zu betrachten.

Eigentlich hatten sie vorgehabt, nach Avignon zurückzufahren, doch als sie jetzt abermals das Ortsschild von Remoulins passierten, bog Philippe nicht auf die N100 ein, sondern fuhr spontan Richtung Nîmes. Am frühen Nachmittag war der Verkehr erträglich. Seiner Schätzung nach würden sie nicht mehr als vierzig Minuten für die Strecke brauchen. Saskia konnte ruhig weiterschlafen und sich etwas ausruhen und er hatte die Möglichkeit, sie weiterhin zu betrachten.

Er schaltete den CD-Player ein. Paganini – Violinkonzert Nr. 1. Wunderbar! Philippe lächelte glücklich.

91

Endlich, Géraldine war am Ziel ihrer Träume! Zwar schmerzten ihre Lippen noch von Jean-Lucs Kuss, doch das war es wert. Er würde schon noch zärtlicher werden. Sie hatte ihn beobachtet, damals, als er mit Virginie auf dem Gut lebte. Wie zuvorkommend und behutsam er mit seiner Frau umgegangen war. So ruppig, wie er sich auch nach außen hin gab, war er doch im Grunde ein sensibler, zärtlicher Mann und sicher auch ein ebensolcher Liebhaber. Géraldines Herz schlug schneller, als sie sich zusammen im Bett vorstellte. Verdammt! Weshalb hatte sie sich vor ein paar Tagen diese verführerische Unterwäsche nicht gekauft? Jean-Luc war schließlich ein Mann und wie allen Männern gefielen ihm sicher aufreizende Dessous.

Géraldine sah auf ihre Uhr. Wenn sie sich beeilte, konnte sie wieder zurück sein, bevor die angemeldete Gruppe eintraf. Sie griff nach ihrer Handtasche und verließ das Büro durch die Terrassentür.

Jean-Luc stand nachdenklich vor dem Arbeitszimmer, in dem sich Géraldine aufhielt. Seine Hand lag bereits auf der Klinke, als er innehielt. Tief durchatmen, denn die nächsten Minuten würden vermutlich äußerst unangenehm werden. Deshalb gönnte er sich noch einen kurzen Moment. Aber vielleicht war es auch bloß Angst gepaart mit Feigheit.

Jean-Luc straffte die Schultern und stöhnte. Sein Arm schmerzte immer noch, dann räusperte er sich und trat ein. Doch das Büro war leer.

92

Saskia streckte sich und gähnte. Als sie Philippes amüsierten Blick bemerkte, hielt sie sich schnell die Hand vor den Mund.

»Entschuldige«, murmelte sie, »wie unhöflich.« Sie warf einen Blick zum Fenster hinaus und riss die Augen auf. Vor ihr erhob sich das ... Kolosseum? Entgeistert wandte sie sich an ihren Beifahrer. »Wie, wo?« Sie rieb sich die Augen. Tatsächlich war das Bauwerk vor ihnen dem römischen Wahrzeichen zum Verwechseln ähnlich.

»Nîmes.« Philippe lachte. »Wir sind in Nîmes und das Gemäuer vor uns ist das Amphitheater oder im Volksmund Les Arènes. Es ist kleiner als sein großer Bruder in Rom, dafür besser erhalten. Ich habe mir erlaubt, das Nachmittagsprogramm ein klein wenig umzugestalten. Ich hoffe, es ist dir recht?« Er sah sie fragend an.

»Nîmes? Oh! Ja, klar, das ist toll!« Saskia setzte sich aufrecht hin und massierte sich den verspannten Nacken. »Ich habe in meinem Reiseführer über Nîmes gelesen.« Sie bückte sich und holte den zerfledderten Baedeker aus ihrer Handtasche.

»*Nîmes: Der Legende nach wurde die Stadt an einer Quelle des Nemausus, Sohn des Herakles, gegründet. Diese Quelle war bereits in vorkeltischer Zeit einer Gottheit geweiht. Im Jahre 27 vor Christus siedelten hier Kriegsveteranen, die mit Augustinus gegen Kleopatra gekämpft hatten.*« Saskia lachte. »Eine Alterssiedlung für Soldaten also.«

Philippe schmunzelte. So konnte man es natürlich auch sehen.

Er kannte Nîmes Geschichte zwar noch aus der Schulzeit, ließ seiner Begleitung aber ihre Begeisterung und nickte ab und zu, wenn sie Beifall heischend zu ihm hinübersah.

»... *die Wasserleitung nach Nîmes endet am sogenannten Castellum. Von hier aus wurde das Trinkwasser in die verschiedenen Stadtteile geleitet.* Also sind wir jetzt praktisch vom Pond du Gard dem Wasser gefolgt, nicht wahr?«

»Ja, im Prinzip schon, wenn die Leitungen noch funktionieren würden«, stimmte Arnaud zu.

Saskia nickte lebhaft. »Leider fehlt hier eine Seite. Und der Stadtplan ist auch ganz zerrissen.« Sie blickte bedauernd auf das abgegriffene Buch in ihren Händen.

»Vielleicht solltest du dir einfach einen neuen Reiseführer kaufen«, bemerkte Arnaud und steuerte auf einen freien Parkplatz zu.

Saskia seufzte. »Ja, ich weiß. Es ist nur, er hat meinen Eltern gehört und ...« Sie zuckte die Schultern.

»Verstehe. Erinnerungen, nicht wahr?«

Sie nickte. »Im Übrigen ist er zweisprachig, was auch recht praktisch ist.« Sie grinste Arnaud an. »Oder hast du tatsächlich gedacht, ich könnte so gut Französisch?«

Arnaud lachte. »In der Tat habe ich mich gewundert, dass du so schnell und perfekt übersetzen kannst, aber du bist ja schließlich Saskia, der alles gelingt!«

Es war nur ein Hauch Spaß aus seinen Worten herauszuhören. Er meinte wirklich, was er sagte.

Schön wär's, wenn mir alles gelingen würde, dachte Saskia mit Wehmut. Dann säße sie nämlich nicht hier neben ihrem Chef, sondern würde mit ihrem Liebsten diese wundervolle Stadt besichtigen.

Sie hatte, als Arnaud mit dem Einparken beschäftigt war, verstohlen auf ihr Handy geblickt. Keine Anrufe und auch keine SMS von Jean-Luc. Die Enttäuschung darüber war schmerzhaft und hinterließ einen Kloß in ihrem Hals. Es war ihm also egal, was sie tat. Nun gut, er hatte sich folglich entschieden.

»Jetzt wird sich herausstellen, ob *ich* mich als Stadtführer eigne«, scherzte Arnaud und stieg aus. »Zum Glück kenne ich Nîmes recht gut. Wollen wir?«

»Aber immer.«

Saskia schob den Gedanken an Jean-Luc beiseite. Carpe diem, dachte sie, nutze den Tag!

93

Jean-Luc lag auf dem Rücken und starrte in die Dunkelheit. Wenn er den Kopf drehte und am Kissen schnupperte, hatte er fast den Eindruck, noch einen Hauch von Saskias Parfum erhaschen zu können. Aber natürlich war das Blödsinn! Die Bettwäsche war heute Morgen gewechselt worden und jetzt war auch ihr Geruch Vergangenheit. Er seufzte tief. Beunruhigend, wie sehr er Saskia vermisste. Er fühlte sich wie in der Mitte gespalten und als suche er jetzt krampfhaft nach seiner anderen Hälfte. Diese Zerrissenheit und der Umstand, dass er nicht wusste, was passiert war, machten ihn fast wahnsinnig.

Die Nacht war schwül. Er zog sein T-Shirt aus und warf es achtlos auf den Boden. An Schlaf war nicht zu denken. Jedes Mal, wenn er die Augen schloss, tauchte Saskias Gesicht auf. Die Erinnerung an ihre weiche Haut, ihre geflüsterten Worte riefen schmerzliche Sehnsüchte in ihm wach.

Irgendwann musste er trotzdem eingeschlafen sein, denn eine zarte Berührung ließ ihn aufschrecken.

»Pst …«, raunte die weibliche Stimme an seiner Seite und kühle Finger strichen verlangend über seinen Bauch.

Sie ist zurückgekommen! Jean-Luc lächelte im Halbschlaf und kuschelte sich näher an den weichen Frauenkörper. Er spürte warme Brüste an seinem nackten Rücken und wurde hart. Da er auf seinem gesunden Arm lag, war es ihm unmöglich, sie zu berühren und er drehte sich um. Endlich konnte er Saskias Silhouette in der Dunkelheit ausmachen. Sie trug die Haare offen. Er griff verlangend nach dem feinen Gold. Es fühlte sich rauer an als sonst. Er zog leicht daran. Ihr Gesicht kam auf ihn zu und Jean-Luc küsste die weichen Lippen. Plötzlich stockte er und keuchte. Mit strampelnden Bewegungen rutschte er so weit wie möglich von der Frau weg und tastete nach dem Lichtschalter.

»Was ist denn, Liebster?«, fragte Géraldine und setzte sich auf, als das Deckenlicht aufflammte. Ihre dunklen Augen waren voller Unverständnis und sie nestelte nervös an ihrer roten Reizwäsche herum.

94

»Madame, excusez-moi, Sie wollten um acht Uhr geweckt werden.« Die Stimme am Telefon war munterer, als Saskia ertragen konnte. Sie bedankte sich dennoch höflich und legte auf. Gestern war es spät geworden. Nachdem sie Nîmes Sehenswürdigkeiten besichtigt und bewundert hatten, waren sie nach Avignon zurückgekehrt und nach einer erfrischenden Dusche zum Abendessen ausgegangen. Bei einem vorzüglichen Hummer und einem interessanten Gespräch über die politische Situation Frankreichs in der EU hatte Saskia kaum an Jean-Luc gedacht, und wenn, dann jedes Mal einen großen Schluck Rotwein getrunken. Dem war es zu verdanken, dass ihr jetzt der Schädel brummte.

Sie tapste ins Bad und stellte sich unter die Dusche. Der heiße Strahl vertrieb den letzten Rest Müdigkeit, doch der pelzige Geschmack auf der Zunge wollte nicht weichen.

Arnaud hatte gestern am späten Nachmittag einen Anruf von Ariane erhalten, dass wichtige Geschäfte seine Anwesenheit erforderten. So hatten sie sich darauf geeinigt, heute um 9 Uhr abzureisen. Das war Saskia recht. So nett dieser Ausflug mit ihrem Chef war, so hatte sie doch das Gefühl, dass es sich nicht nur um eine freundliche Geste handelte, sondern er ernste Absichten hegte. Ihr waren die zufälligen Berührungen, die heimlichen Blicke und das Aufleuchten seiner Augen, wenn sie sich trafen, nicht entgangen. Doch sie fühlte außer einer gewissen Sympathie nichts für Arnaud und hatte jetzt weitaus größere Sorgen.

Saskia war zu dem Schluss gekommen, dass es feige und kindisch war, sich den Problemen mit Jean-Luc nicht zu stellen. Es würde sie ein Leben lang verfolgen, wenn sie keine Klarheit bekäme. Und zu dieser gab es nur einen Weg, nämlich, sich – wahrscheinlich ein letztes Mal – mit ihm zu treffen.

Saskia schminkte sich flüchtig, föhnte ihre Haare und packte anschließend ihre Sachen zusammen. Beim Verlassen des Hotelzimmers warf sie einen Blick zurück. Über dem Papstpalast, der durchs Zimmerfenster zu sehen war, türmten sich dunkle Wolken am Himmel. Ein Omen?

95

»Möchtest du noch Kaffee?«

Henriette stand mit der dampfenden Kanne vor Jean-Luc, der in der Morgenzeitung blätterte. Er schüttelte wortlos den Kopf und die Köchin wandte sich mit einem Schulterzucken ab.

»Der hat ja mal wieder eine Laune«, murmelte sie leise, »ich danke Gott dafür, dass ich nie der Versuchung erlegen bin, einen Mann zu ehelichen.«

Jean-Luc fuhr sich müde über die Stirn. Es hatte gestern Nacht eine hässliche Szene gegeben, als sich herausstellte, dass es nicht Saskias, sondern Géraldines weicher Körper in seinem Bett gewesen war.

Nachdem er ihr erklärt hatte, dass es keine Zukunft für sie beide gab, weil sein Herz allein für die Schweizerin schlug, war seine Cousine in Tränen ausgebrochen. Und als sie merkte, dass ihn das nicht erweichen konnte, hatte sie begonnen, ihn aufs Übelste zu beschimpfen. Regelrecht hysterisch war sie geworden und hatte ihm gedroht, dass er es noch bereuen würde, wie er sie behandelte. Natürlich war es seine Schuld, dass sich seine Cousine Hoffnungen gemacht hatte, und er konnte ihre Reaktion verstehen. Er seufzte. Es war alles so kompliziert.

Die Terrassentür wurde aufgerissen und seine Mutter schritt energisch und mit besorgtem Gesicht auf ihn zu. Er duckte sich automatisch. Géraldine hatte doch hoffentlich nicht …?

»Jetzt haben wir ein Problem!«, sagte Soledat atemlos. Sie setzte sich seufzend an den Frühstückstisch und griff nach der Kaffeekanne. »Géraldine ist krank und in einer Stunde kommt die Abordnung der Weinbaugenossenschaft von Châteauneuf-du-Pape für die Vertragsverhandlung. Nom de bleu! Was machen wir jetzt?« Sie sah ihren Sohn fragend an.

Géraldine krank? Na toll, das war also das, was er bereuen würde. Er schürzte die Lippen.

»Ich werde die Verhandlungen führen, da sehe ich kein Problem«, sagte er leichthin und faltete die Zeitung zusammen.

Seine Mutter schüttelte den Kopf.

»Du bist sicher ein guter Weinbauer, lieber Sohn, aber bei Verhandlungen beweist deine Cousine weitaus größeres Geschick. Vor allem, wenn es sich dabei um Männer handelt. Ich muss dich nicht daran erinnern, dass du, im Gegensatz zu ihr, keinen Erfolg bei den Herren gehabt hast?« Sie schmunzelte, als sie sah, dass er sich auf die Lippen biss. Versöhnlich legte sie ihm die Hand auf den Arm. »Sei nicht eingeschnappt, du hast andere Qualitäten. Schließlich sind wir ein Team und ergänzen uns gegenseitig, deshalb gibt es die Rougeons noch. Auch wenn das einigen gegen den Strich geht«, fügte sie nachdenklich hinzu.

Jean-Luc nickte wortlos. Was sollte er seiner Mutter auch erwidern? Dass Géraldine gar nicht krank war und ihn nur bestrafen wollte? Dass sein wirres Liebesleben die Zukunft des Weinguts gefährdete?

»Ich werde die Verhandlungen selbst führen«, sagte seine Mutter plötzlich und stand auf. »Ich bin zwar nicht mehr ganz so taufrisch wie meine Nichte, aber manche Männer stehen ja auch auf reiferen Charme.« Sie kicherte und Jean-Luc musste allen Problemen zum Trotz schmunzeln. »Und letztendlich geht es ums Geschäft und nicht darum, jemanden flachzulegen.« Sie lachte schallend, als sie Jean-Lucs entsetzte Miene sah.

»Mutter, bitte!«, rief er empört.

»Das sagt man doch heute so oder etwa nicht?« Sie machte ein unschuldiges Gesicht, doch er bemerkte den Schalk in ihren Augen. »Also, Söhnchen. Ich wäre froh, wenn du in der Nähe bleiben würdest, damit ich dich rufen kann, falls ich Unterstützung benötigen sollte.« Sie sah auf ihre Uhr. »Vielleicht machst du kurz einen Krankenbesuch bei Géri? Ich bin sicher, sie freut sich. Bring ihr Blumen mit, die kommen immer gut an.« Sie wandte sich zum Gehen, blieb dann aber stehen und ihre Mine wurde ernst. »Etwas von Saskia gehört?«, fragte sie unvermittelt.

Jean-Luc schluckte. »Nein«, sagte er nur und presste die Lippen aufeinander.

96

»Möchtest du dich noch umziehen?«, fragte Philippe, als sie die Pappelallee zur Prieuré hinauffuhren.

Saskia schüttelte den Kopf. »Nein, das ist nicht nötig, danke«, erwiderte sie. »Ich habe keinen Termin und Ariane wird es sicher nicht stören, wenn ich in kurzen Hosen arbeite.«

Philippe lächelte. Seine Sekretärin würde gedanklich die Nase rümpfen, aber ihren Unmut vermutlich nur durch ein Heben der Augenbrauen kundtun. Sie gab viel auf korrekte Kleidung und kam nie anders als im gediegenen Zweiteiler zur Arbeit.

»Gut, wie du meinst. Ich muss mich sowieso beeilen.« Er bog am Monolith ab und parkte den Wagen vor dem flachen Bürogebäude. »Lass die Tasche nur im Wagen. Ich werde Vincent sagen, dass er sie dir nachher in die Wohnung bringt.«

Er stieg aus, umrundete den Wagen und hielt ihr die Beifahrertür auf.

Saskia kramte in ihrer Handtasche nach dem Büroschlüssel und wollte aussteigen.

»Saskia«, Philippe hielt sie am Arm zurück.

»Ja?«

»Vielen Dank für die zwei Tage.«

Sie lächelte. »Ich habe zu danken, dass du mich mitgenommen und den Reiseführer gespielt hast. Ehrlich gesagt, hatte ich noch nie so einen kulanten Chef.« Sie zwinkerte ihm zu, sprang aus dem Wagen und verschwand im Gebäude.

Philippes Lächeln gefror zur Maske. Sie sah also nur den Chef in ihm und nichts weiter! Die Enttäuschung überrollte ihn wie eine kalte Welle und er fröstelte plötzlich. Er griff sich an die Stirn und sein Blick wurde glasig. Nervös spielte er mit dem Autoschlüssel, den er immer noch in der Hand hielt.

Virginie, Virginie, was sind das denn für Töne? Jetzt ist doch alles wieder gut. Muss ich dir meine Liebe denn wirklich noch stärker beweisen?

Ein lautes Hupen ließ ihn zusammenzucken. Ein riesiger Laster stand auf der Zufahrtsstraße. Philippe schüttelte verwirrt den Kopf, trat zur Seite und der Fahrer tippte dankend an seine Mütze.

97

»Aber meine Herren, das macht doch keine Umstände!«

Soledat ging strahlend durch die Eingangshalle. Drei gut gekleidete Männer folgten der kleinen Frau wie Soldaten einem Feldwebel. »Ich werde nur schnell meine Köchin informieren, drei weitere Gedecke aufzulegen. Wenn Sie mich kurz entschuldigen? Danach zeige ich Ihnen gerne den Betrieb. Warten Sie doch einfach hier.« Sie wies auf die Sitzgruppe neben dem Empfangstresen. Mit einem Lächeln drehte sie sich um und musste sich beherrschen, nicht in lauten Jubel auszubrechen.

Es war eine zähe Verhandlung gewesen. Die Vertreter der Weinbaugenossenschaft von Châteauneuf-du-Pape waren versierte Geschäftsmänner und versuchten natürlich, die Preise zu drücken. Doch Soledat lag das Handeln im Blut und sie ließ sich nicht zu unbedachten Äußerungen oder Versprechen hinreißen. Nach zweieinhalb Stunden zähen Ringens, zwei Kannen Kaffee und mehreren geöffneten Weinflaschen hatten die Rougeons einen neuen Vertrag in der Tasche, der nur unwesentlich schlechter war als der mit Philippe Arnaud. Zwar mussten die Anwälte beider Parteien die Schriftstücke noch aufsetzen und diverse Unterschriften daruntergesetzt werden, doch das waren nur Formalitäten. Ein Handschlag hatte die neue Zusammenarbeit besiegelt. Soledat konnte mit Recht stolz auf sich sein.

Sie stürmte in die Küche, wo Henriette vor einem großen Topf stand, und sah sich suchend um.

»Ist Jean-Luc nicht hier?«, fragte sie aufgeregt.

»Vorhin war er im Garten«, erwiderte die Köchin und probierte die Suppe, dann warf sie eine Prise Salz hinein und rührte kräftig um. »Darf ich aus deinem Gesichtsausdruck schließen, dass die Verhandlungen gut verlaufen sind?«

Soledat lachte. »Ja, wir kommen mit einem blauen Auge davon. Jetzt wollen wir darauf anstoßen, darum suche ich meinen Sohn. Ach, übrigens, die Herren bleiben zum Mittagessen. Das ist doch kein Problem?«

Henriette schnaubte. »Der Tag ist noch nicht gekommen, an dem ich zu wenig Essen gekocht hätte!« Sie wandte sich um und schrie durch die Küche: »Marie-Claire, bitte noch drei Gedecke auflegen! Und sag deiner Cousine, dass sie sich endlich von der Latzhose lösen soll, sonst fallen ihr noch die Lippen ab!« Die Köchin kicherte und Soledat runzelte die Stirn. »Kinder«, murmelte Henriette und rührte weiter in der duftenden Bouillabaisse.

Soledat überquerte die Terrasse und sah gerade noch, wie sich Chantal errötend von einem der Arbeiter löste. Es war dem Mädchen offensichtlich peinlich, dass Mama Sol sie bei ihrem Treiben ertappte, und sie huschte wie ein verschrecktes Reh ins Haus. Der Lohnarbeiter seinerseits machte sich aus dem Staub. Soledat nahm sich vor, bei der nächsten Gelegenheit ihren Angestellten den Unterschied zwischen Arbeit und Freizeit zu erklären.

Sie öffnete das Holzgatter zum Gemüsegarten und sah sich um. Schon wollte sie sich wieder abwenden, als sie Gaucho bellen hörte. Der Hund jagte einem Stock nach und verschwand anschließend hinter den Brombeerbüschen. Mama Sol ging auf die dichte Hecke zu und erblickte ihren Sohn, der gedankenverloren auf einem alten Weinfass hockte und dem Hund die Ohren kraulte.

Sie schluckte, als sie Jean-Luc so in sich zusammengesunken sah. Er tat ihr unendlich leid. Saskias unsensible Behandlung hatte er nicht verdient. Soledat hatte so gehofft, dass die Schweizerin sein gebrochenes Herz wieder kitten würde. Und jetzt herrschte plötzlich absolute Funkstille. Was war bloß vorgefallen? Wenn ihr

Sohn sich doch bloß ein wenig öffnen würde, dann könnte sie ihm eventuell einen Rat erteilen. Aber er war derselbe Sturkopf wie sein Vater und machte aus seinem Herzen eine Mördergrube. Sie seufzte. Nun ja, wenigstens kam sie mit erfreulichen Nachrichten, die ihn hoffentlich ein wenig aufmuntern würden.

98

Saskia starrte auf den Telefonapparat, als könnte er ihr die Frage beantworten, ob sie die Nummer wirklich wählen sollte. Sie war nervös und knetete sich die eiskalten Finger.

»Sei kein Feigling«, murmelte sie, »es ist ja schon vorbei, du hast also nichts zu verlieren.«

Sie blickte durch die Glasscheibe auf Ariane, die sich bereitmachte, um in die Mittagspause zu gehen.

Ich warte noch, bis sie gegangen ist, dann rufe ich an, dachte Saskia und atmete tief durch. Der Akku ihres Handys war leer, sonst hätte sie Jean-Luc damit angerufen. Es widerstrebte ihr, den Büroanschluss für private Telefonate zu benutzen, doch diesen Anruf durfte sie nicht noch länger hinausschieben. Sie kannte ihre Schwäche, Unangenehmes hinauszuzögern, bis sich das Problem irgendwann von selbst löste oder in Vergessenheit geriet. Aber diese Sache war zu wichtig – war *ihr* zu wichtig –, als dass sie sie schleifen lassen konnte. Sie musste sich ihr stellen.

»Ich gehe dann«, rief Ariane und winkte ihr zu.

»Guten Appetit und bis später«, rief Saskia zurück und wartete, bis sich die Schiebetür hinter der Sekretärin geschlossen hatte. Jetzt oder nie!

Sie tippte zögerlich die Nummer ein und wollte schon wieder auflegen, als sich der Teilnehmer am anderen Ende meldete.

»Salut«, sagte sie unsicher, »ich bin's.«

99

»Wie kannst du es wagen!?« Philippes Stimme überschlug sich. Hektische rote Flecken bildeten sich auf seinem Gesicht. »Wenn du nicht schon für meine Eltern gearbeitet hättest, würde ich dich noch heute vor die Tür setzen!«

Er lief wütend in der Eingangshalle der Prieuré auf und ab. Vincent stand ruhig neben dem Kamin und betrachtete die hellen Kringel, die die Sonne auf den Steinfußboden warf.

»Eine unglaubliche Impertinenz!«, wetterte Philippe weiter. »Wie konntest du es wagen?«, schrie er noch einmal und stampfte wie ein Kleinkind mit dem Fuß auf. »Es steht dir nicht zu, solche Dinge zu entscheiden. Ich bin hier der Hausherr und es wird gemacht, was *ich* sage! Hast du gehört?«

Philippe brach ab und blieb keuchend stehen. Er schwankte leicht und griff sich an die Stirn. Vincent beobachtete ihn aus schmalen Augen, dann lief er schnell in die Küche, füllte ein Glas mit Wasser und kehrte zurück in die Halle. Philippe war unterdessen auf einen der weißen Polstersessel gesunken und betrachtete ein Bild, das er aus seiner Brieftasche geholt hatte.

»Weißt du eigentlich, Vincent, dass ihre Wimpern beim Schlafen einen Schatten auf ihre Wangen werfen?« Er schaute den alten Mann glücklich an.

Der Hausdiener reichte ihm das Glas und ein Röhrchen mit Tabletten. Philippe schluckte sie brav und trank das Wasser.

»Möchtest du Fisch zum Abendessen?«, fragte Vincent schließlich, weil er nicht wusste, was er sonst hätte sagen sollen.

Philippe nickte erfreut. »Fisch wäre großartig, danke.« Er stand auf und ging zur Treppe. Plötzlich blieb er stehen, schüttelte den Kopf und wandte sich nochmals an seinen Angestellten. »Bevor ich es vergesse. Würdest du bitte Saskias Koffer aus dem Wagen holen und in ihre Wohnung bringen?«

»Ja, natürlich«, erwiderte Vincent und stellte das Wasserglas auf den Tisch neben der Sitzgruppe. Dann öffnete er die Eingangstür und sah gerade noch, wie der Maurer mit seinem Transporter die Allee hinunterfuhr. Der Handwerker würde am Nachmittag noch mal vorbeikommen, da er mehr Steine benötigte, um alle Stellen zuzumauern.

Er stockte nur eine Sekunde, als er die Nummer der Weinbaugenossenschaft auf seinem Handy erkannte. Philippe oder Saskia, mehr Möglichkeiten gab es nicht.

Jean-Luc entschuldigte sich bei den Anwesenden und verließ das Speisezimmer, dann drückte er die grüne Taste und meldete sich.

100

Géraldine lag auf ihrem Bett und sah durch das Fenster auf die grünen Hügel hinaus, die im gleißenden Mittagslicht lagen. Sie kam sich albern und kindisch vor. Und sie schämte sich auch. Mama Sol hatte ihr Tee und Gebäck bringen lassen, als sie sich heute Morgen krankheitsbedingt entschuldigen ließ. Géraldine wusste, was auf dem Spiel stand, sollten die Verhandlungen mit der Delegation von Châteauneuf-du-Pape scheitern, und doch hatte sie in ihrem verletzten Stolz so einfältig reagiert. Zum Glück war Soledat eine gewiefte Geschäftsfrau und hatte das auch ohne sie gemeistert, wie ihr Chantal vorhin berichtet hatte.

Géraldine dachte an Jean-Luc und die peinliche Situation gestern Nacht. Wie aus einem schlechten Film! Die Demütigung seiner Zurückweisung hatte sie so geschmerzt, dass sie komplett ausgeflippt war und ihm die schlimmsten Schimpfwörter und Drohungen an den Kopf geworfen hatte. Aus Scham darüber wäre sie jetzt gerne im Boden versunken. Sie wollte sich gar nicht vorstellen, wie unangenehm es für sie beide werden würde, wenn sie sich wieder über den Weg liefen, was ja unvermeidlich war.

So sehr es sie auch quälte, musste sie einsehen, dass sie Jean-Luc nie bekommen würde. Der Kuss gestern Nachmittag war keine Zuneigung gewesen, sondern die bloße Verzweiflung eines Mannes, der litt. Sie hatte das ganz tief in ihrem Herz gewusst, hatte sich die Wahrheit aber nicht eingestehen wollen. Doch jetzt war es an der Zeit, sich der Realität zu stellen. Sie hatte gekämpft und verloren.

Géraldine dachte an die Worte Aristoteles', die sie kürzlich gelesen hatte: *Ich schätze den als tapferer, der sein Verlangen überwindet, als jenen, der seine Feinde besiegt. Denn der schwerste Sieg ist der Sieg über sich selbst.*

Sie stand auf und stieg unter die Dusche. Wenn sie sich beeilte, könnte sie noch rechtzeitig den Kaffee am Mittagstisch trinken. Schließlich war Soledats Erfolg zum größten Teil ihren eigenen Vorverhandlungen zu verdanken, und es wäre jetzt eine gute Möglichkeit, weitere überregionale Kontakte zu knüpfen. So sehr sie an dem Gut hing, möglicherweise war es das Beste, sich über einen Stellenwechsel Gedanken zu machen. Sie war noch jung und konnte alles erreichen. Vielleicht sogar einen Mann finden, der sie wahrhaft liebte.

101

»Hallo Saskia.« Jean-Lucs Stimme klang rau, ein Sturm der Gefühle tobte in seiner Brust. Erleichterung, verletzter Stolz, Zuneigung und Ärger. Er räusperte sich und atmete tief ein. »Du hast dich lange nicht gemeldet.«

Auf der anderen Seite der Leitung blieb es still und er befürchtete schon, sie hätte wieder aufgelegt.

»Jean-Luc, ich ...« Sie brach ab.

Anscheinend kämpfte auch sie mit ihren Gefühlen. Am liebsten hätte er sie angefleht, zu ihm zu kommen, damit er sie in die Arme nehmen konnte. Aber wollte sie das denn noch? Er schluckte schwer.

»Ja?«, sagte er deshalb nur und setzte sich auf einen der Stühle, die um den Pool herumstanden.

»Ich war ein paar Tage weg. Mit Philippe. Er hat mich eingeladen. Es ... ich ...«, wieder brach sie ab und er hörte, wie sie schluchzte.

Das brachte ihn derart aus der Fassung, dass die ganze Unnahbarkeit, die er sich so mühsam aufgebaut hatte, wie ein Kartenhaus in sich zusammenfiel.

»Saskia, chérie, was ist denn nur los? Ist etwas passiert? Habe ich etwas gesagt oder getan, das dich verletzt hat?«

»Du, ich, weil ...«, Saskia stotterte und schluchzte gleichzeitig. Jean-Luc verstand kein Wort. Nur, dass sie sehr aufgewühlt war, konnte er ihrem Gestammel entnehmen.

»Ich verstehe überhaupt nichts, ma petite. Wollen wir uns nicht treffen und über alles sprechen?« Er sah auf seine Armbanduhr. Zu dumm, in einer halben Stunde musste er den drei Männern das Gut zeigen und ihnen Rede und Antwort stehen. Das konnte er unmöglich verschieben. »Saskia?«

»Ja?«, schniefte sie ins Telefon.

Jean-Luc schmunzelte, trotz allem, sie klang wie ein kleines Mädchen.

»Hör zu, ich kann hier vor vier Uhr leider nicht weg. Wichtige Geschäfte. Aber ich erkläre es dir gerne später. Und du wirst mir bitte sagen, was in den letzten Tagen passiert ist, einverstanden? Wollen wir uns in der Hütte treffen? Kannst du dort hinkommen?«

»Oui, je viens.« Saskias Stimme klang dünn.

Jean-Lucs Herz krampfte sich zusammen. Es schien ihr wirklich sehr schlecht zu gehen, und er musste unbedingt erfahren, was sie so aus dem Konzept gebracht hatte.

»Gut, also um vier. Ich werde da sein. Bis dann, mon chérie. Je t'aime.«

Die Worte waren ihm einfach so herausgerutscht, und bevor er noch etwas sagen konnte, hatte Saskia aufgelegt.

Jean-Luc blickte verblüfft auf sein Handy. Stimmte es denn? Liebte er Saskia? Aber natürlich, er liebte sie mehr als irgendetwas auf der Welt! Wieso hatte er ihr das bis jetzt noch nicht gesagt? War es vielleicht so einfach? Hatte sie lediglich darauf gewartet, diese Worte von ihm zu hören?

Lautes Gelächter drang aus dem Speisesaal auf die Terrasse. Jean-Luc stand schnell auf. Es war sehr unhöflich, so lange wegzubleiben, und er beeilte sich, an den Mittagstisch zurückzukehren.

Es ging aufwärts. Das Gut hatte einen neuen Partner. Und um vier Uhr würde sein Besitzer – so Gott wollte – auch wieder eine Partnerin haben. Er lächelte und atmete befreit durch.

102

»*Alouette, gentille Alouette, Alouette, je te plumerai. Je te plumerai la tête, je te plumerai la tête, et la tête, et la tête …*«

Philippe wiegte die Puppe hin und her und sang das Kinderlied mit seltsam hoher Stimme. Sein Blick war leer, die spärlichen Haare standen ihm wirr vom Kopf ab. Bald würde Virginie kommen und vielleicht gingen sie dann reiten. Mit dem kleinen, gescheckten Pony, das Papa ihnen zu Weihnachten geschenkt hatte.

Ein lautes Geräusch ließ ihn zusammenzucken. Er blickte durch die rosaroten Tüllvorhänge auf die Terrasse hinunter. Justine hatte einen Blumentopf fallen lassen und war jetzt eilig dabei, die Scherben zusammenzukehren.

Philippe schüttelte den Kopf und massierte sich dabei die Schläfe. Dieses Personal! Man hatte nur Scherereien mit ihm.

103

Er hat es gesagt! Saskia fuhr sich mit der Hand über die feucht geweinten Augen, dabei verschmierte ihre Mascara. Ein Lächeln glitt über ihr Gesicht, das aber so schnell verschwand, wie es gekommen war. Aber liebte er wirklich *sie* und nicht nur Virginies Ebenbild? Und warum hatte er wieder nichts von der Ähnlichkeit gesagt? Die gleichen Fragen wie vor ein paar Tagen gingen ihr durch den Kopf und sie kaute nervös an einem Bleistift. Es brachte nichts, sich jetzt verrückt zu machen. Sie würde Jean-Luc später dazu befragen. Auge in Auge konnte sie sich ein besseres Bild von seinen Gefühlen machen. Am Telefon war schnell etwas gesagt, das man nicht ehrlich meinte.

So sehr Saskia versuchte, sich die Zweifel zu bewahren, damit eine erneute Enttäuschung nicht noch mehr schmerzte, so sehr keimte doch langsam eine winzige Hoffnung in ihr auf.

Plötzlich fiel ihr auf, wie spät es schon war. Mist, sie würde das Mittagessen verpassen! Schnell schaltete sie den Computer aus und schloss danach Büro und Eingangstür ab. Als sie das Gebäude verließ, sah sie hinab ins Rhônetal, das unter einem blauen Dunst lag. Gleich einer Riesenschlange verharrte er träge in der Mittagshitze. Ein leichter Wind strich hier oben über die Weinberge und machte die Sommerhitze erträglicher.

Saskia atmete tief ein und straffte den Rücken. Es würde so kommen, wie es kommen musste. Doch die Vorfreude auf das Treffen mit Jean-Luc beflügelte ihre Schritte und lächelnd lief sie auf die Prieuré zu.

104

»Es ist wieder schlimmer geworden. Wir sollten mit dem Arzt sprechen.« Vincent legte sorgfältig die Lammkoteletts auf die Teller und dekorierte sie mit einem Rosmarinzweig. Adèle stand am Herd und nahm die Kupferpfanne vom Feuer, aus der es verführerisch nach gedämpften Auberginen duftete.

»Stimmt, es ist mir auch aufgefallen. Seit die Schweizerin hier ist, hat sich sein Zustand rapide verschlechtert. Kein Wunder!« Sie schnaubte verächtlich.

Vincent nahm seiner Frau die Pfanne ab und sah betrübt aus.

»Saskia kann nichts dafür, Liebes. Schließlich hat sie von alledem keine Ahnung. Und der Arzt sagte doch, dass die Krankheit jederzeit schlimmer werden kann.« Er seufzte und portionierte mit einem Löffel das Gemüse auf die Teller. »Ich werde Docteur Tabardon heute Nachmittag anrufen und ihm Bericht erstatten, da ich nicht denke, dass Philippe es selbst macht. Der Arzt wird wissen, was zu tun ist.«

Adèle nickte und rief ihre Tochter. Justine eilte herbei, nahm die beiden Teller in Empfang und verschwand durch die Schwingtür.

»Ich habe Angst, Vincent«, sagte Adèle plötzlich und blickte ihren Mann mit großen Augen an.

»Ich weiß«, sagte dieser. »Ich auch.«

105

»Um die Qualität zu halten, haben wir den Ertrag pro Hektar auf vierzig Hektoliter reduziert.«

Die drei Männer nickten. Einer beugte sich zu einer Rebe hinab, zupfte eine Beere aus einer Traube und betrachtete diese im Sonnenlicht.

»Wenn ich ehrlich sein darf, Jean-Luc, hat letztendlich diese Tatsache den Ausschlag für unsere Zusage gegeben. Wobei es natürlich noch andere Beweggründe gab«, fügte er hinzu und zwinkerte Géraldine verschwörerisch zu, die kokett kicherte.

Nach dem Mittagessen waren sie, die Vertreter von Châteauneuf-du-Pape und er selbst, zu einem Rundgang aufgebrochen. Seine Cousine hatte ihn mit einem scheuen Lächeln begrüßt, als sie plötzlich im Speisesaal aufgetaucht war. Zu Jean-Lucs Erleichterung hatte sie ihm keine weitere Szene gemacht.

Mama Sols Blick war zwischen ihnen beiden hin- und hergeflogen. Anschließend hatte sie ihn beiseitegenommen und gefragt, ob Géraldines Kurzkrankheit etwas mit ihm zu tun hätte. Nach einem Schulterzucken hatte seine Mutter daraufhin ärgerlich gemurmelt, dass ihr in letzter Zeit kein Mensch mehr etwas erklärte. Einer der drei Männer überschlug sich beinahe vor Freude, als seine Cousine so plötzlich am Mittagstisch aufgetaucht war. Ob da einer auf Freiersfüßen wandelte?

Jean-Luc gestattete sich sogar ein wenig Optimismus, wenn er an die Zukunft dachte. Doch im Moment freute er sich mehr auf sein Treffen mit Saskia. Er konnte es kaum erwarten.

Die zähen Verhandlungen hatten Soledat erschöpft. Sie entschuldigte sich nach dem Essen und zog sich auf ihr Zimmer zurück. Morgen würde ihr Mann aus Paris zurückkehren und es gab noch eine Menge vorzubereiten. Jetzt konnten die Kinder die Betreuung der neuen Vertragspartner übernehmen und sie selbst würde sich für einen Moment hinlegen.

Als sie durch die Eingangshalle ging, hatte sie plötzlich das unbestimmte Gefühl, dass das noch nicht alle Veränderungen auf dem Gut waren. Ein Frösteln schüttelte sie und ihr Arm schmerzte wieder. Hoffentlich kam der Mistral nicht zurück, dachte sie und griff nach ihrem Glücksbringer, der an einer goldenen Kette um ihren Hals hing. Der kalte Wind brachte nur Unheil.

106

Saskia stützte den Kopf in die Hand und betrachtete die Uhr, die über der Eingangstür hing. Der Zeiger quälte sich langsam von einer Minute zur anderen, als müsste er über Leim kriechen.

Sie hatte Arnaud beim Mittagessen gefragt, ob sie heute etwas früher Feierabend machen dürfe, was er ihr gestattete. Ihr Chef hatte beim Essen abwesend gewirkt und nur einsilbig geantwortet. Sein Blick wanderte mehrfach zum Fenster hinaus und blieb dort an einem imaginären Punkt haften. Dann lächelte er plötzlich und verfiel danach abrupt wieder in brütendes Schweigen.

Saskia fühlte sich in seiner Gesellschaft immer unwohler. Was war nur los mit ihm? Während ihres Ausflugs nach Avignon und Nîmes war er so charmant gewesen und jetzt schien es, als bemerke er sie überhaupt nicht. Sie beeilte sich daher mit dem Essen und entschuldigte sich. Arnaud quittierte es lediglich mit einer Handbewegung, als wolle er ein lästiges Insekt verscheuchen. Wirklich sehr ungewöhnlich.

Nachdem sie dem ungemütlichen Mittagessen entkommen war, hatte Saskia die längst überfällige Dusche genossen und stand nun unschlüssig vor dem Kleiderschrank. Was sollte sie bloß anziehen? Sie wollte unbedingt gut aussehen. Verführerisch und sexy. Aber warum eigentlich? Es war im Grunde ja gar kein Rendezvous, sondern nur ein klärendes Abschiedsgespräch. Oder doch nicht? Hoffnung und Zweifel kämpften miteinander. Schließlich entschied sie sich für ein eng anliegendes Sommerkleid, das sie sich in Saintes-Maries-de-la-Mer gekauft hatte. Es war zwar sündhaft teuer gewesen, aber Nele hatte sie praktisch dazu genötigt, den

Fummel zu kaufen. Saskia musste zugeben, dass ihr das Kleid hervorragend stand. Das dunkle, fast ins Violett gehende Blau ließ ihre blonden Haare leuchten und schmeichelte ihrem Teint. Für eine einfache Hütte in den Rebbergen war es sicher nicht das Passende, aber das war ihr egal. Sollte der Pirat nur Augen machen, wie immer er sich auch entschied!

Endlich sprang der Minutenzeiger auf halb vier. Rasch räumte sie ihren Schreibtisch auf, schaltete den Computer aus und schnappte sich ihre Handtasche.

»Ich gehe heute früher«, sagte sie schnell, damit die Sekretärin keine Gelegenheit bekam, nachzufragen, »Philippe weiß davon. Salut, à demain!«

»Bis Morgen«, sagte Ariane verblüfft und sah ihr kopfschüttelnd nach.

»Docteur Tabardon? Bonjour, hier spricht Vincent Thièche. Ich rufe wegen Philippe Arnaud an ... Ja, genau, die Prieuré ... Gut, danke, es geht um Philippe ... Ja, leider ... Wie Sie uns aufgeschrieben haben ... Nein, keine große Wirkung mehr ... Anfälle? Ja, immer öfters und länger ... Wie? ... Nein, ich glaube nicht, dass ich ihn dazu überreden kann ... Heute? Oh, das wäre natürlich ausgezeichnet! ... Um 19 Uhr? Gut, dann wird er sicher hier sein. Vielen Dank, Docteur.«

Vincent legte den Hörer auf und wandte sich an seine Frau. »Um sieben.« Sie nickte und drückte seine Hand.

107

Saskias Herz schlug ihr bis zum Hals, ihr Mund war staubtrocken. Schon von Weitem sah sie den Lieferwagen der Rougeons vor der kleinen Hütte parken. Sie hielt an und kontrollierte ihr Make-up im Rückspiegel, dann öffnete sie den Pferdeschwanz und schüttelte ihre Haare. Verzweifelt wühlte sie in ihrer Handtasche nach einem Pfefferminz, fand aber nur ein altes Kaugummipäckchen, das alles andere als frisch aussah. Egal, Hauptsache etwas im Mund!

Sie parkte das Auto neben dem Lieferwagen und stieg aus. In der Ferne sah sie einige Arbeiter, die durch den Rebberg gingen. Bald schon begann die Ernte und dann herrschte hier ein emsiges Treiben. Nele würde anschließend nach Holland zurückfahren, da während der Erntezeit keine Führungen und Degustationen stattfanden, und sie, Saskia, in die Schweiz zurückkehren.

Im Grunde war es also egal, wie dieses Gespräch ausging. So oder so war Ende des Monats alles vorbei. Saskia schluckte und erlaubte sich keine neuen Träumereien über eine Zukunft an Jean-Lucs Seite. Es gab keine Märchen und Prinzen waren seit der Französischen Revolution ausgestorben. Trotzdem brauchte sie Klarheit, das war sie ihrem Seelenfrieden schuldig.

»Dann wollen wir mal«, sagte sie halblaut, atmete einmal tief durch, klopfte an die Tür und trat ein.

Philippes Déjà-vu-Erlebnis war überwältigend, als er Virginie in die Hütte gehen sah. Er hatte sie doch vor diesem Kerl gewarnt, der nur schlechtes Blut in die Familie brachte. Und doch lief sie ihm nach wie eine läufige Hündin. Das war ja widerlich! Er schüttelte sich vor Ekel.

Die Erkenntnis traf ihn hart. Seine Schwester würde nicht die Kraft aufbringen, sich von diesem Individuum zu lösen. Wahrscheinlich hatte er sie mit einem Fluch verhext, damit sie ihm zu Willen war. Ja, genau, das musste es sein! Es war wie in dem Bilderbuch, aus dem Mama ihnen am Abend vorlas. Dort tanzte eine schwarze Hexe um einen brodelnden Kessel und sang dabei:

La méchante sorcière danse, danse, danse autour de son chaudron noir et maudite la belle, la belle, la belle princesse ...

Philippes Blick verfinsterte sich. Er musste seine Prinzessin retten. Jawohl, das war seine Pflicht! Denn jeder stolze Ritter befreite schließlich die schöne Prinzessin aus den Klauen des Ungeheuers. Doch wie sollte er vorgehen? Eine Falle oder ...

Das Surren seines Mobilfunktelefons riss ihn aus den Gedanken. Automatisch drückte er die grüne Antworttaste.

»Philippe? Wo bist du? Die anderen warten schon seit einer halben Stunde auf dich!« Arianes Stimme war zugleich besorgt und ärgerlich.

Philippes trotziger Blick löste sich auf. Verwirrt schaute er sich um. Was zum Teufel suchte er inmitten der Weinberge?

»Ich bin in zehn Minuten da, Ariane. Unterhalte sie ein wenig. Du kannst ja auf dem Tisch tanzen«, spaßte er und spürte selbst durch das Telefon die hochgezogene Augenbraue seiner Sekretärin. »Ein Scherz, meine Gute, ein Scherz. Bis gleich also.«

Da es keine Möglichkeit gab, den Wagen auf dem schmalen Weg zu wenden, fuhr Philippe rückwärts bis zur nächsten Abzweigung. Er konnte sich immer noch keinen Reim darauf machen, was er hier gesucht hatte. Wahrscheinlich wurde er alt. Schulterzuckend legte er den ersten Gang ein und fuhr, ein altes Kinderlied summend, zur Prieuré zurück.

108

Jean-Luc stand vor dem Fenster, als Saskia eintrat. Gott, war sie schön! Er musste sich beherrschen, sie nicht einfach an sich zu reißen und leidenschaftlich zu küssen.

»Salut!«, sagte sie betont munter und klammerte sich an ihre Handtasche.

»Salut«, erwiderte Jean-Luc ihren Gruß und schwieg dann. Er hatte nicht vor, den ersten Schritt zu machen. Vor allem, weil er nicht wusste, was er verbrochen hatte.

Nervös sah sie durchs Zimmer. Dann fiel ihr Blick auf das Bett und sie errötete. Jean-Lucs Lippen kräuselten sich. Also erinnerte sie sich, was sie dort getan hatten. Das war ein gutes Zeichen. Die Stille dehnte sich aus, wurde nur durch das Zirpen der Zikaden durchbrochen, die durch das offene Fenster zu hören waren.

»Warum hast du mir nicht gesagt, dass ich der Zwilling deiner verstorbenen Frau sein könnte?«, platzte es plötzlich aus Saskia heraus und ihre Augen füllten sich augenblicklich mit Tränen.

Jean-Luc starrte sie perplex an. Was war das denn für eine Frage?

»Ich dachte, du wüsstest davon«, stammelte er. Saskia schüttelte stumm den Kopf. »Nicht? Aber Géraldine? Meine Mutter ... oder Nele?« Er sah sie fragend an. Wieder schüttelte sie den Kopf. Jean-Luc kratzte sich am Kinn. Das war ja ein schönes Malheur! »Und wer hat es dir schlussendlich erzählt?«, fragte er, doch er kannte die Antwort bereits.

»Philippe«, bestätigte Saskia seine Vermutung und wischte sich eine Träne aus dem Augenwinkel.

Mit zwei Schritten war Jean-Luc bei ihr und drückte sie an seine Brust.

»Oh chérie, das tut mir ja so leid. Ich dachte wirklich, du wüsstest davon.« Er streichelte ihr das seidige Haar. »Es ist furchtbar, dass du es von Philippe erfahren musstest. Hat er irgendetwas über mich gesagt?«

»Nein, über dich haben wir nie gesprochen.«

Sie sah zu ihm auf und eine Wärme breitete sich in ihm aus, die von seinen Fingerspitzen bis hinauf zu den Haarwurzeln strömte.

Jean-Luc lachte. »Das erstaunt mich. Sonst lässt mein Schwager nämlich keine Gelegenheit aus, mich bei anderen schlechtzumachen.«

Er spielte mit einer ihrer Haarsträhnen und wickelte sie sich um den Finger.

Saskia erschauerte. Nicht mehr lange, dann wäre ihr alles egal, Hauptsache, sie konnte ihn berühren. Doch sie musste das jetzt zu Ende bringen, auch wenn es vermutlich schmerzhaft werden würde. Sie trat einen Schritt zurück und räusperte sich.

»Jean-Luc, ich muss dich etwas fragen und möchte, dass du mir die Wahrheit sagst. Bitte auch, wenn es dir unangenehm sein sollte.«

Jean-Luc schaute sie besorgt an, nickte aber zustimmend.

»Ich verspreche es dir.«

Saskia holte tief Luft. »Bist du nur mit mir zusammen, weil du Virginie in mir siehst?«

Sie blickte ihn erwartungsvoll an. Es hing viel für sie von seiner Antwort ab. So musste sich jemand fühlen, der darauf wartet, dass die Guillotine fällt.

Jean-Luc hatte sich dieselbe Frage gestellt, ganz am Anfang, als er bemerkte, dass sein Interesse an Saskia viel weiter ging, als es ein normales Arbeitsverhältnis erlaubte. Deshalb überraschte ihn ihre Frage nicht. Er hätte gerne ihr Gesicht in beide Hände genommen, trug aber immer noch die Armschlinge, deshalb berührte er nur leicht ihre Wange.

»Bei allem, was mir heilig ist, Saskia, versichere ich dir, dass ich dich liebe, weil du du bist. Nicht, weil du zufällig einer Frau ähnelst, die mir einmal sehr viel bedeutet hat, sondern weil du die Sonne meines Herzens bist. Ich möchte dich beherrschen und gleichzeitig dein Diener sein, dich einsperren und dir im selben Atemzug die Welt zu Füßen legen, dich besitzen und dir doch alle Freiheiten lassen. So etwas ist mir noch nie passiert und es erschreckt mich. Du bist mein letzter Gedanke am Abend und mein erster am Morgen. Nicht, weil du Virginies Gesicht hast, sondern weil du ein Herz besitzt, das so groß ist wie die Welt. Und du alles Gute in mir hervorbringst; meine Unruhe besänftigst; meinen Hunger und meine Sehnsüchte stillst. Und vor allem liebe ich dich, weil du eine Nervensäge bist«, fügte er augenzwinkernd hinzu.

Saskia strömten während seiner Worte die Tränen übers Gesicht, doch sein letzter Satz brachte sie zum Lachen. Mit einem Schluchzen warf sie sich an seine Brust. Er strauchelte und zusammen fielen sie auf das alte Bett, das empört quietschte.

Sie hörte einen Motor aufheulen, doch das Geräusch entfernte sich wieder und sie entspannte sich. Es wäre ihr peinlich, würden die Arbeiter sie hier zufällig überraschen. Aber das alles spielte eigentlich gar keine Rolle. Jean-Luc liebte sie! Vor Glück hätte sie am liebsten laut geschrien, getanzt oder gesungen. Einfach irgendetwas Verrücktes angestellt. Sie kuschelte sich an seine Brust und sein Duft war ihr so vertraut, dass es ihr wehtat. Jean-Luc stöhnte leise und Saskia merkte erst jetzt, dass sie auf seinem verletzten Arm lag.

»Oh, entschuldige!«

Sie wollte aufspringen, doch Jean-Luc hielt sie fest.

»Geh nicht weg, chérie, die paar Schmerzen sind nichts gegen das, was ich in den vergangenen Tagen durchgemacht habe.«

Saskia öffnete den Mund, um etwas zu erwidern, doch er verschloss ihre Lippen mit einem Kuss.

109

»Grand-mère!« Magali sprang aus dem Auto und warf sich in Soledats Arme. »Ich habe dich in Paris *so* vermisst! Schau, was ich dir mitgebracht habe.«

Ihre Enkelin zog ein zerquetschtes Fruchttörtchen aus der Hosentasche und überreichte es stolz ihrer Großmutter.

»Hm, Aprikosentörtchen«, sagte diese lächelnd und schnupperte an dem lädierten Blätterteiggebäck. »Das hebe ich mir für den Nachtisch auf, einverstanden?« Sie zwinkerte Magali zu und diese nickte glücklich.

François, ihr Enkel, stand etwas verlegen vor dem staubigen Van, dem man die Strecke Paris – Beaumes-de-Venise ansah, und tat, als ginge ihn das alles nichts an. Es ziemte sich anscheinend für einen Neunjährigen nicht mehr, überschwängliche Gefühle zu zeigen. Und als seine Großmutter sich zu ihm wandte, streckte er ihr lediglich die Hand hin und zog die Baseballkappe etwas tiefer in die Stirn.

»Salut, grand-mère.«

»Salut, François«, sagte diese schmunzelnd und schüttelte ihm kräftig die Hand. Ihr Enkel glich immer mehr seinem Onkel Jean-Luc, der in diesem Alter sämtliche Liebkosungen seitens der Familie auch vehement abgelehnt hatte. »Wie war denn Paris?«, fragte sie und François' Augen leuchteten auf.

»Cool«, sagte er, doch mit seinem französischen Akzent klang es lustig. Soledat musste sich auf die Zähne beißen, um nicht zu lachen.

»Das freut mich. Dann wirst du es hier aber sicherlich wieder ganz öde finden, nicht?«

François runzelte die Stirn, als hätte er diesen Aspekt noch nicht in Betracht gezogen. Jetzt musste Soledat doch lachen und drehte sich deshalb zu ihrer Tochter um, die Ignace Rougeon aus dem Wagen half.

»Wie war die Fahrt?«, wandte sie sich an Odette und griff hilfreich nach dem Arm ihres Gatten. »Salut, mon grand. Wie geht es dir?«, fragte sie warm.

Ihr Mann starrte sie einen Moment ausdruckslos an, dann hellte sich sein Gesicht auf und er drückte seiner Frau einen Kuss auf die Wange.

»Gut, gut, danke. Was gibt's zum Abendessen?«

Soledat warf einen schnellen Blick zu ihrer Tochter, die nur die Schultern zuckte.

»Ich glaube Fisch, chouchou«, beantwortete sie seine Frage und strich ihm dabei zärtlich über die Wange.

»Oh, Fisch, gut!« Er wandte sich zum Eingang und überließ das Ausladen des Gepäcks den zwei Frauen.

»Es ist Zeit für seine Medikamente«, sagte Odette und mühte sich mit einem großen Koffer ab. »Man merkt sofort, wenn die Wirkung nachlässt, dann vergisst er viel.«

Ihre Stimme klang müde und resigniert.

»Wo ist denn Maurice?«, fragte Soledat und half ihrer Tochter mit dem schweren Gepäckstück.

»Er ist im Dorf ausgestiegen und wollte noch schnell zur Bank. Ich bin nur die kurze Strecke bis hierher gefahren. Aber ich bin todmüde. Die Kinder waren anstrengend und haben praktisch die ganze Fahrt gestritten.«

Soledat nickte verständnisvoll. »Danke«, sagte sie plötzlich und umarmte ihre Tochter, die sofort in Tränen ausbrach.

»Es ist so ungerecht, Mama, so ungerecht!«, schluchzte sie und Soledat strich ihr tröstend übers Haar.

»Ja, das ist es«, sagte sie leise.

110

Vincent öffnete die Tür, bevor der Arzt klingeln konnte.

»Monsieur le docteur! Besten Dank, dass Sie so schnell gekommen sind«, sagte er leise und warf einen Blick die Straße hinunter.

Der ältere Mann mit der großen, schwarzen Tasche betrat mit sorgenvoller Miene die Prieuré.

»Kein Problem, Vincent, das ist doch selbstverständlich.«

Emile Tabardon kannte die Familie Arnaud seit vielen Jahren und hatte seinen Vater, der selbst Arzt gewesen war, bereits als Knabe zur Prieuré begleitet. Nachdem er die väterliche Praxis übernommen hatte, hatte er auch dessen Patienten geerbt und behandelte Madame Arnaud und später, als sich herausstellte, dass sie ihre Krankheit ihren beiden Kindern vererbt hatte, auch Virginie und Philippe. In all den Jahren hatte sich Tabardon daher zu einem Spezialisten für tuberöse Sklerose entwickelt.

Diese seltene Erbkrankheit, die zu tumorartigen Veränderungen in fast allen Organen führt, war praktisch immer noch unerforscht. Emiles beruflicher Ehrgeiz bestand darin, bei der Entwicklung eines Medikaments mitzuhelfen. Bis heute war eine Heilung jedoch nicht möglich und die betroffenen Patienten konnten jederzeit daran sterben.

Bei Philippes Mutter war kurz vor ihrem Tod ein Tumor an der Hirnrinde festgestellt worden, der bei ihr zu Epilepsie und kognitiven Beeinträchtigungen geführt hatte. Wäre sie nicht an den Folgen eines Autounfalls gestorben, hätte sie womöglich ein langes Siechtum vor sich gehabt.

Bei ihren Kindern wurde die Krankheit schon im Kindesalter festgestellt und medikamentös behandelt. Lange Jahre hatte das bösartige Leiden dann in den beiden geschlummert und sich bei Virginie erst während der Pubertät merklich verschlimmert. Bei ihrem Bruder nach der Militärzeit, die er – seinen Worten nach – gehasst hatte. Tabardon nahm an, dass seelische und körperliche Reize zur Verschlimmerung der Krankheit führten. Leider konnte er diese Vermutung nicht beweisen, hoffte jedoch, dass sie wenigstens in Fachkreisen in Betracht gezogen wurde. Zurzeit arbeitete er an einer Abhandlung darüber, die er im nächsten Jahr auf einer Fachtagung einem größeren Publikum vorstellen wollte.

Er hatte Virginie Rougeon vor zwei Jahren die Risiken einer Schwangerschaft nicht verheimlicht und ihr nahegelegt, besser über eine Adoption nachzudenken. Die tuberöse Sklerose war eine dominant erbliche Krankheit, was bedeutete, dass sie mit einer fünfzigprozentigen Wahrscheinlichkeit an die Nachkommen weitergegeben wurde. Doch sie hatte nicht auf ihn hören wollen. Das war das letzte Mal gewesen, dass er sie gesehen hatte.

Nach ihrem Tod war Philippe nicht mehr zu den regelmäßigen Untersuchungen gekommen und hatte sich auch nicht dazu überreden lassen, weiterhin an den Analysen teilzunehmen, die Tabardon für seine Forschungen benötigte. Arnaud ließ sich danach seine Rezepte immer mit der Post schicken. Ob er die Medikamente eingenommen hatte, entzog sich daher Emiles Wissen. Er seufzte.

»Ist er da?«, wandte er sich an Vincent und bedankte sich, als ihm dieser den Mantel abnahm.

»Noch nicht«, erwiderte der Diener. Er nahm den Doktor am Arm. »Er weiß nicht, dass ich Sie angerufen habe. Ist es möglich, Ihre Anwesenheit wie einen zufälligen Besuch wirken zu lassen?«

Der Arzt nickte. »Ja, kein Problem. Bevor Philippe kommt, berichten Sie mir doch kurz, weshalb Sie sich Sorgen machen und glauben, die Krankheit habe sich verschlimmert.«

»Kommen Sie bitte in die Küche. Meine Frau und ich erzählen Ihnen alles, während wir das Abendessen zubereiten.«

Der Diener ging durch die Eingangshalle und Tabardon bemerkte, wie alt und gebeugt er in der Zeit geworden war, in der er ihn nicht mehr gesehen hatte. Emile staunte – wie immer, wenn er die Prieuré besuchte – über die exquisite Einrichtung und den Glanz, den das Anwesen ausstrahlte. Und doch lauerten hinter dieser schönen Fassade Leid, Schmerz und letztendlich der Tod.

111

Jean-Lucs Kopf lag auf Saskias nacktem Bauch. Mit seinem Finger zeichnete er Kreise auf ihre Haut, bis sie kicherte. Die Sonne war hinter die Felszacken der Dentelles gewandert und die Hütte lag im Schatten der hereinbrechenden Dämmerung. Die Konturen begannen zu zerfließen, doch keiner stand auf, um eine Lampe anzuzünden. Sie lagen auf dem großen Bett und schwiegen. Es war alles ausgesprochen worden, danach hatten sie sich leidenschaftlich geliebt. Die Vereinigung war körperlich wie seelisch erfüllend gewesen. Vielleicht noch mehr als die Male zuvor, da der Schmerz und die Unsicherheit der vergangenen Tage ihre Gefühle um ein Vielfaches verstärkt hatten. Saskia konnte sich nicht erinnern, je glücklicher gewesen zu sein.

Jean-Luc hatte alle Missverständnisse und Befürchtungen ihrerseits ausräumen können. Und sie glaubte ihm. Einfach so, ohne Zweifel, weil ein Mann, der sie mit solchen Augen ansah, nicht lügen konnte. Ein Wermutstropfen blieb jedoch. Was würde in vier Wochen geschehen, wenn ihre Aufenthaltsbewilligung für Frankreich ablief und sie wieder in die Schweiz zurückmusste? Würde es zur Trennung kommen oder bestand eine Möglichkeit, zusammenzubleiben? Das war ein Thema, das sie nicht angeschnitten hatten. Aber Saskia wollte in diesem Moment nicht darüber nachdenken. Es würde sich sicher eine Lösung finden. Sie strich Jean-Luc durch das schwarze Haar und massierte seinen Nacken.

»Hm, chérie, daran könnte ich mich gewöhnen«, raunte er und hob seinen Kopf. Zärtlich küsste er ihren Bauch und arbeitete sich dann Zentimeter um Zentimeter zu ihren Brüsten hinauf. Mit der

Zunge umspielte er eine Brustwarze, bis diese einer aufgerichteten Knospe glich. Er nahm sie in den Mund und saugte daran. Saskia wurde unruhig. Sie nahm sein Gesicht in beide Hände und küsste ihn verlangend.

»Komm«, flüsterte sie und rutschte zur Seite, damit er sich auf den Rücken legen konnte. Sie betrachtete seinen athletischen Körper und spürte das bekannte Ziehen zwischen ihren Beinen.

Wenn auch die meisten Künstler einen Frauenkörper für ästhetischer hielten, für Saskia gab es nichts Edleres als diesen nackten Mann an ihrer Seite. Sie berührte ihn sanft mit den Fingernägeln und strich langsam über seine Brust bis zur Taille hinab. Er sog hörbar die Luft ein und versuchte mit der gesunden Hand nach ihr zu greifen, doch mit einem süffisanten Lächeln entzog sie sich seiner Berührung.

»Warte«, flüsterte sie und beugte sich über sein Geschlecht. Mit einem Stöhnen ergab er sich ihrer Folter und nach ein paar Minuten rief er erstickt ihren Namen.

112

»Docteur Tabardon?«, rief Philippe erstaunt und stellte seine Aktentasche auf die antike Kommode neben dem Esstisch. Der Arzt erhob sich lächelnd aus dem Sessel und streckte Arnaud die Hand entgegen.

»Philippe, schön Sie zu sehen. Ich war gerade in der Gegend und dachte mir, ich mache einen kleinen Abstecher zur Prieuré. Ich komme doch hoffentlich nicht ungelegen?«, fügte er hinzu und machte ein fragendes Gesicht.

»Aber keineswegs«, erwiderte Philippe erfreut. »Schön, Sie wieder einmal begrüßen zu dürfen. Das ist ja eine Ewigkeit her, dass wir uns das letzte Mal gesehen haben, nicht wahr?«

Um genau zu sein, bei Virginies Beerdigung vor zwei Jahren, dachte der Arzt, was er jedoch nicht laut aussprach.

»Ja, ja, die Zeit, die Zeit«, erwiderte er lächelnd.

»Sie müssen unbedingt zum Essen bleiben«, schlug Philippe vor. »Vincent!«, rief er laut und drehte den Kopf wie ein Bussard hin und her, der nach einer Maus Ausschau hält.

Der Arzt beobachtete ihn aufmerksam. Ihm entging nicht, dass sich weiße Flecken an Philippes Hals gebildet hatten.

»Ja bitte?« Der Diener trat durch die Schwingtür und hielt ein Körbchen mit frischen Baguettestücken in den Händen. Er stellte sie neben die Butterröllchen, die bereits in einem kleinen Schälchen voller Eisstücke auf dem Tisch standen.

»Docteur Tabardon wird heute mit mir speisen. Leg doch bitte noch ein Gedeck auf, ja? Virginie ist heute nicht da, dann muss ich wenigstens nicht allein essen.«

Der Arzt und der Diener warfen sich einen Blick zu. Vincent schürzte die Lippen, was in etwa heißen sollte: Habe ich es Ihnen nicht gesagt?

»Sehr wohl, ein weiteres Gedeck, kommt sofort.«

Philippe lächelte glücklich und rieb sich die Schläfe.

»Einen Aperitif vor dem Essen, Docteur?« Er wandte sich bereits der Vitrine zu, in der eine Reihe Flaschen standen.

»Einen kleinen Pastis vielleicht. Aber wirklich nur einen kleinen, da ich annehme, Sie werden mir später doch mindestens *eines* Ihrer köstlichen Erzeugnisse kredenzen«, erwiderte der Arzt.

Philippe nickte und schenkte ihnen beiden einen Anisschnaps ein, den er mit etwas Wasser verdünnte. Tabardon fiel auf, dass Arnaud auch unter motorischen Störungen litt. Erst beim dritten Versuch gelang es seinem Gastgeber, ein paar Eisstücke in die Gläser zu füllen.

»Darauf können Sie wetten, Docteur. A la votre!«, prostete er dem Arzt zu und stürzte das milchige Getränk in einem Zug hinunter.

113

»Wo ist eigentlich Jean-Luc?«, fragte Odette und hielt François am Arm zurück, der versuchte, seiner Schwester die Gabel in den Oberschenkel zu rammen. »Lass das jetzt, Frufru, sonst gibt's keinen Nachtisch!«, befahl sie genervt und bedachte ihren Mann mit einem ärgerlichen Blick. Maurice übersah wieder einmal, dass ein Machtwort anstand.

»Nenn mich nicht Frufru, Mama. Ich bin schließlich kein Baby mehr!«, erwiderte François mürrisch. Er betonte das englische Wort falsch und Mama Sol hustete in ihre Serviette. Wie's aussah, hatte ihr Enkel plötzlich ein Faible für das englische Vokabular.

»Dann benimm dich gefälligst auch nicht so«, konterte Odette.

»Aber Magali hat …«

»Tais-toi maintenant et mange! Sei jetzt still und iss endlich!«

Odette verdrehte die Augen. Die Kinder waren übermüdet und benahmen sich unmöglich. Zeit, dass die Racker ins Bett kamen.

»Ich habe keine Ahnung, wo sich dein Bruder herumtreibt«, beantwortete Soledat Odettes Frage. »Normalerweise sind Männer wie Hunde. Sie kommen zurück, wenn sie Hunger verspüren. Aber allem Anschein nach hat Jean-Luc seinen Appetit anderweitig stillen können.«

Soledat kicherte anzüglich und ihre Tochter hob die Augenbrauen.

»Mutter, bitte! Es schickt sich nicht, so zu reden. Und dazu noch vor den Kindern.«

Odette Leydier war durch und durch eine Rougeon und neigte zur Prüderie, was Soledat manchmal ausnutzte, um sie zu necken.

»Sei nicht so ein Miesepeter, Odette. Dein Bruder ist nicht verheiratet. Es ist ihm zu gönnen, wenn er mal ein bisschen Spaß hat.«

Ihrer Tochter blieb der Mund offen stehen und Maurice verschluckte sich an seinem Fisch. Er hustete. François klopfte seinem Vater mit voller Wucht auf den Rücken, bis dieser sich vor Schmerz krümmte.

»Lass gut sein, Sohn. Es geht schon wieder.« Er wischte sich mit der Serviette die Lachtränen aus den Augen und schnäuzte sich laut in sein Taschentuch.

»Ich finde das absolut nicht komisch, Maurice«, schimpfte Odette mit gerunzelter Stirn. »Schließlich haben wir einen Ruf zu verlieren. Und es reicht meiner Meinung nach vollkommen, wenn sich bereits *eine* Rougeon danebenbenimmt!«

Sie musterte Géraldine verächtlich, die ein perlendes Lachen hören ließ, als ihr einer der drei neuen Geschäftspartner ein Kompliment machte. Die drei Herren hatten ihren Besuch um ein paar Stunden verlängert. Und Mama Sol vermutete, dass dieser Umstand ihrer Nichte zu verdanken war.

»Ach, Odette«, erwiderte sie lächelnd, »lass den Kindern doch ihren Spaß.«

114

»Bleibst du die Nacht über bei mir?«, fragte Jean-Luc, während er Saskia mit einem Arm umschlungen hielt und mit dem Daumen über die Rundungen ihrer Brust streichelte.

»Hm?« Sie döste und zog sich die alte Steppdecke, die etwas muffig roch, über die Hüften. Ihr war plötzlich kalt und sie fröstelte.

»Ist dir kalt, chérie?« Jean-Luc zog sie noch enger an seinen warmen Körper.

»Ja, etwas … und Hunger habe ich auch.«

Sie beugte den Kopf und küsste Jean-Lucs Arm. Seine Haut schmeckte salzig, seine Härchen kitzelten sie in der Nase, sodass sie niesen musste.

»Santé!« Jean-Luc lachte. »Du wirst dich doch nicht erkältet haben?«

»Nein, nein«, erwiderte Saskia. »Und wenn doch, bleibe ich morgen im Bett und lasse mich von dir verwöhnen.« Sie zwinkerte ihm schelmisch zu.

»Dann heißt das ja?«

Sie nickte und Jean-Luc strahlte übers ganze Gesicht.

»Ich hoffe, dass ich Géraldine nicht wieder über den Weg laufe«, bemerkte Saskia und schmunzelte. »Die tödlichen Zerberusblicke tun nämlich immer noch weh.«

Jean-Luc blieb seltsam ruhig und lachte nicht, als sie den Spitznamen erwähnte, den er seiner Cousine verpasst hatte. Saskia entwand sich seiner Umarmung und setzte sich auf. Es war schon fast dunkel und sie musste sich über Jean-Luc beugen, um seinen Gesichtsausdruck sehen zu können.

»Ist was?«, fragte sie und verspürte plötzlich Angst.

Jean-Luc wich ihrem fragenden Blick aus und schwang die Beine vom Bett. Nackt ging er zum Holztisch und entzündete die Petroleumlampe. Augenblicklich verzog sich die Dunkelheit in die Winkel des kleinen Raums und verharrte dort als geheimnisvoller Schatten.

»Ich muss dir etwas beichten«, sagte er tonlos, setzte sich wieder aufs Bett, wandte ihr aber den Rücken zu. Seine Stimme klang gepresst.

Saskias Hals wurde schlagartig trocken. Lass es nichts Schlimmes sein, betete sie insgeheim. Sie schluckte. Jean-Luc schwieg und ihre Angst wuchs von Moment zu Moment. Was um Himmels willen musste er denn beichten? Tausend Gedanken schossen ihr durch den Kopf. War er doch verheiratet? Hatte er gar ein Kind? Musste er bald sterben? Ihr wurde eiskalt.

»Ja? Was denn?« Ihre Stimme kippte und sie räusperte sich.

»Als du weg warst«, begann er, »in Avignon, mit Philippe, da war ich so verletzt und wütend. Die Eifersucht brodelte in mir und … ich habe dich verflucht und wollte dir wehtun. Und da war Géraldine und hat sich aufreizend benommen. Ich will mich gar nicht rechtfertigen. Ich hätte ja einfach Nein sagen können, wie die Male zuvor, aber ich … ich habe sie geküsst. Zwar nur ein Mal, aber immerhin geküsst. Und Nele hat es gesehen. Es tut mir so leid.«

Jean-Luc wandte sich um und seine dunklen Augen warteten ergeben auf das Kommende.

Saskia fixierte ihn eine Sekunde, als hätte sie der Blitz getroffen. Dann öffnete sie den Mund und fing schallend an zu lachen. Sie warf sich aufs Bett und japste nach Luft, dabei hielt sie sich den Bauch.

Jean-Luc starrte sie an, als wäre sie verrückt geworden.

»Du findest das komisch?«, fragte er entgeistert.

»O ja«, versuchte sie zu erwidern, wurde aber durch einen weiteren Lachanfall unterbrochen. »Das ist wirklich komisch. Gott, und ich dachte, du müsstest sterben!«

»Quoi? Sterben? Moi? Wieso?« Jean-Luc sah sie wie ein begossener Pudel an.

»Oh Gott, oh Gott ... hör bloß auf. Mir tut bereits alles weh!«, kicherte sie und wälzte sich auf dem Bett.

»Saskia, bitte, reiß dich doch zusammen. Ich beichte dir hier einen Seitensprung, na ja, fast einen Seitensprung, und du machst dich über mich lustig! Wenn du mir wenigstens eine runterhauen würdest, dann könnte ich es verstehen. Aber so?«

Jean-Luc sah völlig verwirrt aus. Endlich erbarmte sich Saskia seiner und fing sich wieder. Sie wischte sich an der alten Decke die Lachtränen von den Wangen und setzte sich zu ihm auf die Bettkante. Dann nahm sie seine Hand.

»Jean-Luc«, begann sie und ihre Mundwinkel zuckten. »Ich dachte, jetzt würdest du mir etwas wirklich Schlimmes erzählen: Dass du doch verheiratet wärst oder irgendwo zwölf Kinder hättest oder bald sterben musst. Und dann sagst du, dass du Géraldine geküsst hast. Ich war einfach so erleichtert. Der Lachanfall war bloß die Reaktion darauf. Natürlich gefällt es mir nicht, dass du sie geküsst hast, aber ich kann es verstehen und werde dir deswegen sicher keine Szene machen oder irgendwelches Geschirr zerschlagen.« Sie blickte sich in der kleinen Hütte um. »Es ist ja auch keins da«, scherzte sie und gab ihm einen Kuss auf die Wange.

Jean-Luc fiel ein riesiger Stein vom Herzen. Mit so einer Reaktion hatte er nicht gerechnet. Virginie hatte ihm jedes Mal die Augen ausgekratzt, wenn er auch nur einen Blick auf eine andere Frau geworfen hatte, und sei sie noch so unattraktiv gewesen. Danach hatte sie jedes Mal tagelang nicht mehr mit ihm geredet.

»Aber nicht, dass du jetzt alle Frauen küsst, die dir über den Weg laufen, mein Lieber!« Saskia drohte ihm mit dem Finger. »Sonst muss ich dich bestrafen. Und du weißt ja jetzt, wie meine Foltermethoden aussehen.«

Jean-Lucs Lippen kräuselten sich. »Wenn das so ist, werde ich gleich Henriette küssen, wenn wir aufs Gut kommen.«

»Wage es ja nicht, du Schuft!«, protestierte Saskia und kniff ihn in die Brustwarze.

»Aua!«

Sie lachten beide und suchten ihre Kleider zusammen.

Jean-Luc beobachtete Saskia, als sie in ihr Kleid schlüpfte. Was für eine tolle Frau! Wie hatte seine Mutter gesagt? *Der Himmel schickt uns immer dann einen Engel, wenn wir nicht mehr an ihn glauben.*

Saskia spürte seinen Blick und wandte sich um.

»Je t'aime«, sagte er und sie lächelte.

115

Es hatte zu regnen begonnen. Wütend trommelten die Tropfen an die Fensterscheiben der Prieuré. Als Vincent dem Arzt die Eingangstür aufhielt, war der antike Läufer binnen Sekunden nass. Tabardon blickte stirnrunzelnd zum Himmel hinauf und schlug den Mantelkragen hoch. Sein Wagen stand einige Meter vom Eingang entfernt.

»Warten Sie einen Moment, Docteur, ich hole Ihnen einen Schirm.« Vincent durchquerte die Eingangshalle. Nach ein paar Sekunden kam er mit einem schwarzen Exemplar zurück, das er dem Arzt in die Hand drückte. »Aber erst draußen öffnen, es bringt sonst Unglück«, versuchte er zu scherzen, was ihm nicht recht gelang. Tabardon öffnete den Mund, doch Vincent brachte ihn mit einer Geste zum Schweigen.

»Nicht hier«, flüsterte er und warf einen bedeutungsvollen Blick zum Esszimmer, wo sich Philippe immer noch aufhielt. Der Arzt nickte und deutete auf seinen Wagen.

»Gute Idee«, meinte Vincent.

Zusammen hasteten sie durch den strömenden Regen zu Tabardons Citroën. Eine Weile saßen sie schweigend im dunklen Auto und hörten dem trommelnden Regen zu. Langsam bildete sich ein feiner weißer Film auf den Scheiben und der Arzt schaltete die Belüftung ein.

»Es ist schlimm, nicht?«, fragte Vincent plötzlich und sein Tonfall verlangte nach einem Widerspruch, wenn auch wenig Hoffnung bestand.

Tabardon nickte. Als er sah, dass der alte Diener nicht ihn ansah, sondern geradeaus starrte, sagte er seufzend: »Schlimmer, als ich gedacht habe. Um eine genaue Diagnose zu stellen, müsste ich ihn jedoch untersuchen.« Er brach ab und fuhr mit der Hand über das Lenkrad, um ein paar Staubpartikel zu entfernen.

Tabardon seufzte. Philippe Arnauds Gesundheitszustand war äußerst bedenklich. Normalerweise müsste er ihn umgehend in ein Krankenhaus einweisen. Leicht konnte er in seinem jetzigen Zustand eine Dummheit begehen; sich oder anderen etwas antun, einen Unfall bauen oder einen irreparablen Hirnschlag erleiden. Offensichtlich hatte Arnaud schon längere Zeit seine Medikamente nicht mehr eingenommen, weshalb die Krankheit auch so weit fortgeschritten war.

»Hat etwas in Philippes Leben ihn in letzter Zeit stark bewegt? Probleme im Betrieb? Ein Todesfall? Irgendetwas in der Richtung?«

Tabardon drehte sich zu Vincent und betrachtete das Profil des alten Dieners, das, im spärlichen Grün der Innenbeleuchtung, fast so krank aussah wie das seines Arbeitgebers. Vincent seufzte tief und begann zu erzählen.

116

»Oje!« Saskia verzog das Gesicht, als sie in den prasselnden Regen hinausschaute. »Petrus gibt sich alle Mühe, mein bestes Kleid zu ruinieren.«

Jean-Luc kramte eine Pelerine aus einer Truhe, die er ihr um die Schultern legte.

»Sie ist zwar etwas aus der Mode, aber wenigstens wasserdicht.« Er blickte amüsiert auf Saskias Sandaletten. »Die würde ich allerdings ausziehen, mon trésor, sonst kannst du sie nachher wegwerfen.«

»Ja, du hast recht.« Saskia bückte sich und löste die Riemchen. »Wir treffen uns also auf dem Gut. Bis später!«

Jean-Luc nickte, hielt sie aber zurück, als sie loslaufen wollte.

»Gib mir noch einen Kuss für unterwegs«, sagte er lächelnd und küsste sie leidenschaftlich. »Ich kann gar nicht genug von dir bekommen, mon ange. Du hast extremes Suchtpotenzial.«

Saskia lachte. »Danke, ich nehme das als Kompliment.«

Sie löste sich aus seinen Armen und hastete zu ihrem Auto. Trotz der Regenpelerine wurde sie pitschnass. Sie bückte sich und wischte sich mit einem Lappen die schlammverkrusteten Füße ab. Vorsichtig fuhr sie rückwärts aus der Einfahrt und schlug den Weg zum Gut ein.

Die Scheibenwischer gaben sich die größte Mühe, dem Wolkenbruch Herr zu werden. Saskia lächelte glücklich vor sich hin und freute sich auf eine heiße Dusche. Sie erinnerte sich an das letzte Mal, als Jean-Luc ihr das Haar gewaschen hatte, und tastete dabei über ihre wunden Lippen. Die Sache mit dem Suchtpotenzial konnte sie ebenfalls bestätigen.

117

Vincent blickte den roten Lichtern des Wagens nach, bis sie nicht mehr zu sehen waren, dann wandte er sich um und stellte den nassen Schirm an die Hausmauer. Seine Hände zitterten, als er die schwere Eingangstür verschloss. Er blieb einen Augenblick stehen und wischte sich über die Wangen.

Adèle und er hatten sich immer vor diesem Moment gefürchtet. Justine war jung und würde überall eine Anstellung bekommen, aber was sollten *sie* tun, wenn es zum Schlimmsten kam? Sie hatten praktisch ihr ganzes Leben auf der Prieuré verbracht und kannten nichts anderes.

Er blickte sich in der Eingangshalle um und hatte fast das Gefühl, sie zum ersten Mal zu sehen. Die eindrucksvolle Steintreppe, die weiße Sitzgruppe, die imposanten Deckenbalken, die exquisiten Bilder an den Wänden. Sie waren ihm so vertraut und doch würde das alles vermutlich bald jemand anderem gehören.

Aus der Küche hörte er Topfgeklapper. Seine Tochter und seine Frau waren noch mit dem Abwasch beschäftigt. Normalerweise half er ihnen dabei, doch im Moment war er nicht in der Lage, in ihre fragenden Augen zu blicken, die nach Antworten suchten.

Vincent wandte sich nach links, ging ins Kakteenzimmer und setzte sich auf einen der Rattanstühle. Er barg sein Gesicht in den Händen und seine Schultern zuckten.

Philippe gönnte sich nur selten eine Zigarre, doch wenn, dann genoss er sie mit allen Sinnen. Er paffte blaue Ringe in die Luft und lehnte sich zufrieden im Stuhl zurück. Sein Blick fiel auf die zierliche Kaffeetasse zu seiner Linken. Er runzelte die Stirn. Seit wann trank Virginie denn Kaffee? Normalerweise bestellte sie nach dem Abendessen doch eine Chocolat chaude.

Justine trat durch die Schwingtür, und begann das restliche Geschirr abzuräumen. Sie bemerkte seinen Blick und lächelte schüchtern.

»Haben Sie noch einen Wunsch, Monsieur Arnaud?«, fragte sie und stellte das schwere Tablett wieder auf den Tisch.

»Nein danke, Justine«, erwiderte Philippe. Das Mädchen wandte sich zur Küche. »Oder doch. Bereite doch bitte eine heiße Schokolade zu. Ich werde sie dann meiner Schwester aufs Zimmer bringen.«

Er lockerte seine Krawatte, die ihn plötzlich unerträglich zu jucken begann, und kratzte sich am Hals.

Justine sah ihn erschrocken an. »Aber Monsieur Arnaud, Ihre Schwester ist doch tot. Ich verstehe nicht …«, sie brach hilflos mitten im Satz ab.

Wie von der Tarantel gestochen sprang Philippe vom Tisch auf und der Stuhl polterte zu Boden.

»Was fällt dir ein, du dumme Kuh, so etwas Schreckliches zu sagen?!«, schrie er aufgebracht und Justine fing an zu zittern. Ihre Augen wurden ganz dunkel vor Angst und sie wich vor ihrem wütenden Arbeitgeber zurück.

»Aber, aber«, stotterte sie.

»Aber, aber!«, äffte Philippe sie nach. »Nichts aber!«, donnerte er und schlug mit der Faust auf den Tisch, dass das Geschirr klirrte. »Wenn ich dich noch einmal so etwas Gemeines sagen höre, dann jage ich dich sofort vom Gut! Meine Schwester ist nicht tot! Und morgen werde ich ihr erzählen, was du Böses gesagt hast. Dann wird dich Mama ausschimpfen und Virginie wird dir …«

Er brabbelte etwas vor sich hin und fasste sich an den Kopf.

Justine verließ fluchtartig das Esszimmer. Sie würde keine Minute länger auf der Prieuré bleiben. Der Mann war ja komplett verrückt! Wenn es ihr doch nur gelänge, ihre Eltern davon zu überzeugen, sie zu begleiten. Bis jetzt hatten sie immer alles heruntergespielt, wenn Arnaud seine Aussetzer – wie sie sein Benehmen höflich nannten – hatte, doch jetzt wurde es wirklich unheimlich. Und Justine hatte keine Lust, weiter bei einem Irren zu arbeiten. Man war sich ja seines Lebens nicht mehr sicher!

118

»Aua!« Saskia rieb sich das Schienbein, während die große Vase neben der Tür bedenklich wackelte. »Seit wann steht *die* denn hier?«, flüsterte sie und konnte gerade noch verhindern, dass das antike Stück umfiel.

Das Gut der Rougeons lag bereits im Dunkeln, als sie nacheinander ankamen, und, um niemanden zu wecken, durch den Seiteneingang schlüpften.

Jean-Luc betätigte den Lichtschalter. »Ich habe keine Ahnung«, flüsterte er zurück. »Aber heute Morgen war sie bestimmt noch nicht da. Glaube ich wenigstens«, fügte er zweifelnd hinzu und zuckte dabei die Schultern.

Heute Morgen? Jean-Luc kam es vor, als lägen Jahre und nicht nur Stunden zwischen Sonnenauf- und Untergang. Es hatte sich so viel ereignet – so viel Gutes ereignet! –, seit er aufgestanden war. Liebevoll beobachtete er Saskia, die sich aus der viel zu großen Pelerine schälte. Sie bemerkte seinen Blick und hob die Augenbrauen.

»Ist was?«, fragte sie unsicher und sah an sich hinunter.

»Nein, chérie, alles in Ordnung«, sagte er schmunzelnd. »Hunger?«

Ihre Augen leuchteten auf. »Und wie!«

»Gut, dann wollen wir mal sehen, was die gute Nettie in ihrem Heiligtum für Schätze birgt.«

Sie schlichen leise den langen Korridor entlang, um die anderen Bewohner nicht zu wecken. Plötzlich tauchte aus dem Dunkeln Gaucho auf, der Saskia freudig ansprang, sodass sie beinahe zu Boden fiel.

»Hey, du Räuber!«, rief sie lachend. »Du hast mich wohl vermisst?«

Der Hund leckte ihr zur Antwort das Gesicht ab.

»Nicht nur er.« Jean-Luc lächelte.

Saskia warf ihm einen schelmischen Blick zu. »Aber im Gegensatz zu dir mochte mich Gaucho schon von Anfang an.«

»Ja, aber im Gegensatz zu mir verschenkt er seine Sympathie wahllos«, erwiderte Jean-Luc schlagfertig.

»Frecher Kerl!« Saskia warf ihm die nasse Pelerine an den Kopf. Gaucho knurrte, schnappte sich das Kleidungsstück und lief damit erhobenen Hauptes davon.

»Was ist das hier denn für ein Radau?«

Mama Sols verschlafenes Gesicht blickte durch einen Türspalt. Saskia und Jean-Luc blieben wie ertappte Kinder stehen.

»Oh«, sagte Soledat darauf. »Die Engel fliegen wohl trotz des Regens.«

Saskia sah sie entgeistert an, doch Jean-Luc grinste.

»C'est ça, Mama!«, erwiderte er und zog die verblüffte Saskia in Richtung Küche.

»Warte, Söhnchen!«, befahl seine Mutter und verschwand für einen Moment in ihrem Zimmer. Nach ein paar Sekunden trat sie abermals unter die Tür und reichte ihm eine kleine Schachtel. »Hier, die habe ich im Büro gefunden. Ich glaube, die gehört dir.«

Sie zwinkerte ihrem Sohn verschwörerisch zu und Jean-Luc nickte lächelnd.

119

Die Spieluhr stockte. Philippe gab ihr einen leichten Stoß. Anmutig drehte sich die Ballerina daraufhin weiter auf einem Bein. Er neigte den Kopf. Virginie mochte es zwar nicht, wenn er in ihren Sachen stöberte, aber diese Spieldose liebte er heiß und innig. Und immer, wenn er sich unbeobachtet fühlte, zog er sie auf und lauschte ihrem Klang. Papa schalt ihn zwar, wenn er sich mit Mädchenspielzeug abgab. Der weibische Tand verweichliche seinen Sohn, hatte er einmal zu Mama gesagt und alle Puppen aus Philippes Zimmer entfernen lassen. Und als er deswegen geweint hatte, verabreichte ihm sein Vater eine Tracht Prügel, dass er über eine Woche nicht mehr sitzen konnte. Seit damals schlich er sich manchmal in das Zimmer seiner Schwester und spielte heimlich mit ihren Puppen. Immer nur kurz, damit es niemand merkte. Und er gab stets acht, das Spielzeug genau wieder so hinzustellen, wie es gewesen war.

Der Sturm hatte sich gelegt. Mit gleichförmiger Monotonie schlug der Regen jetzt an die Fensterscheiben. Philippe ging zur Balkontür, öffnete sie und trat hinaus. Innerhalb weniger Sekunden war er durchnässt. Die feinen Gardinen bauschten sich im Durchzug und blieben dann an den feuchten Flügeltüren kleben. Sein Blick schweifte über den Garten, blieb einen Moment an der angebauten Wohnung hängen, folgte dann dem Kiesweg, der nur noch als graues Band zu erkennen war, und wanderte zum Horizont. Ob ihr wohl kalt war, in so einer Nacht?

Er kratzte sich am Hals und verspürte einen leichten Schwindel. Sein Mund war trocken. Er streckte die Zunge weit hinaus, um einige Regentropfen aufzufangen. Ja, ihr musste kalt sein. Sie fröstelte schnell und war ständig auf der Hut, sich nicht zu erkälten. Er würde ihr eine Decke bringen, damit sie sich wärmen konnte.

Philippe drehte sich um, nahm die rosa Satindecke vom Himmelbett und knüllte sie zusammen.

»Ich komme, ma princesse«, flüsterte er und eilte hinaus.

120

»Gibst du mir bitte noch ein Stück Brie?«, fragte Saskia zwischen zwei Bissen und nahm einen großen Schluck Rotwein. Jean-Luc beobachtete schmunzelnd, wie sie mit gesundem Appetit die Köstlichkeiten verspeiste, die sie gemeinsam aus Henriettes Kühlschrank geborgen hatten. Er mochte Frauen, die aßen und nicht bloß im Essen herumstocherten.

Jean-Luc hatte sich eigentlich vorgenommen, Saskia nicht immer mit Virginie zu vergleichen, aber schon wegen des identischen Äußeren kehrten seine Gedanken oft zu seiner verstorbenen Frau zurück, und diese zog bei den Gegenüberstellungen meist den Kürzeren.

»Hier, chérie, lass es dir schmecken.« Er goss sich selbst noch von dem köstlichen Rotwein ein und brach ein Stück Baguette ab. »Und lass mir etwas von dem Schinken übrig, du Vielfraß!« Lachend schnappte er sich die beiden letzten Scheiben vom Teller.

Saskia kaute mit vollen Backen. »Sport macht eben hungrig«, scherzte sie, »aber er macht auch unheimlich Spaß!«

Sie zwinkerte ihm schelmisch zu. Und in Jean-Lucs Augen leuchtete die Vorfreude auf.

»Wir müssen leise sein, es schlafen sicher schon alle. Oh!« Géraldine stand unter dem Türrahmen und brach mitten im Satz ab. Hinter ihr versuchte ein Mann sein Gleichgewicht zu halten und nicht auf ihren Rücken zu prallen. »Entschuldigt, wir dachten, es wäre niemand mehr auf, wir wollten eigentlich nur noch die angefangene Flasche Wein leeren und dann ins Bett ... ich meine schlafen ...«, sie brach ab und errötete heftig. Jean-Luc und Saskia warfen sich einen erstaunten Blick zu. Endlich besann sich Géraldine ihrer guten Manieren.

»Darf ich vorstellen? Cédric Beauville, Saskia Wagner. Jean-Luc kennst du ja schon.«

Der junge Mann trat zu Saskia und reichte ihr lächelnd die Hand.

»Enchanté, Madame«, sagte er höflich und nickte Jean-Luc zu.

»Nicht Madame, Cédric, nennen Sie mich einfach Saskia«, erwiderte diese. Man sah dem Mann deutlich an, dass ihm die Situation peinlich war, aber er straffte seine Schultern und nickte.

»Nun ja«, meinte Jean-Luc und betrachtete die leere Rotweinflasche, »in der ist nur noch Luft. Aber ich bin sicher, ihr werdet noch eine andere auftreiben, wenn ihr euch einen Schlummertrunk genehmigen wollt.«

Die beiden standen etwas verloren in der Küche, bis Géraldine das peinliche Schweigen brach.

»An und für sich haben wir ja schon genug getrunken. Es ist wohl besser, wenn wir uns jetzt zurückziehen, nicht wahr, Cédric?«

Der Angesprochene nickte, offensichtlich froh darüber, der unangenehmen Situation entfliehen zu können.

»Also dann, gute Nacht«, wisperte Géraldine und schon waren die beiden verschwunden.

Jean-Luc und Saskia sahen sich einen Moment verwundert an, dann fingen sie an zu grinsen.

121

Die Zweige schlugen Philippe ins Gesicht, doch er merkte nichts davon. An die rosarote Decke geklammert, ein seliges Lächeln auf den Lippen, stapfte er durch den strömenden Regen. Der Kiesweg lag bereits hinter ihm und vor ihm erstreckte sich offenes Gelände. Die Dunkelheit war bedrückend, doch Philippe hatte keine Angst. Er war den Weg zum Maulbeerbaum schon tausendmal gegangen. Mechanisch setzte er einen Fuß vor den anderen.

»Ich bin bald da, Virginie, bald da«, murmelte er glücklich. Der Boden war schlüpfrig. Immer wieder rutschte er aus und fiel unsanft in den Morast. Sein Schlafanzug war verdreckt, die Decke nur noch ein nasser, schmutziger Lappen. Als er sich unvermittelt inmitten junger Weinreben befand, griff er sich an die Stirn. Wieso pflanzten sie hier neu an? Hatte er die Anweisung dazu gegeben? Er konnte sich nicht daran erinnern und schüttelte verwirrt den Kopf.

Plötzlich zerriss ein unheimliches Grollen den monotonen Laut des fallenden Regens. Philippe sah sich erschrocken um. Die Erde unter seinen Füßen bewegte sich. Er torkelte unkontrolliert umher, versuchte, sich an den jungen Reben festzuhalten, doch die Weinstöcke knickten wie Grashalme unter ihm weg.

Philippe fiel zu Boden und schlitterte den glitschigen Hang hinunter. Die Decke entglitt seinen Händen. Verzweifelt krallte er sich am Boden fest. Spitze Steine bohrten sich in seine Haut und eine Lawine von Geröll schleifte ihn in rasender Geschwindigkeit ins Tal. Als er mit dem Kopf auf einen Felsen prallte, verlor er das Bewusstsein.

122

Saskia schreckte auf und wusste im ersten Moment nicht, wo sie sich befand. Sie keuchte, das Herz klopfte ihr bis zum Hals. In der Ferne hörte sie ein Grollen. Irgendwo im Haus heulte Gaucho, dass es ihr kalt den Rücken hinunterlief. Gaucho?

Nur langsam konnte sich Saskia orientieren. Die Hütte, die Versöhnung, der errötende Zerberus. Sie war auf dem Gut der Rougeons!

Sie tastete mit einer Hand übers Bett und berührte einen warmen Körper. Jean-Luc atmete gleichmäßig. Nach und nach beruhigte sie sich und kuschelte sich an seinen Rücken. Sie legte ihm behutsam die Hand auf die nackte Brust und schlief wieder ein.

Ein lautes Klopfen ließ sie zum zweiten Mal aus dem Schlaf schrecken. Sie öffnete die Augen. Die Sonne schien durch die Vorhänge. Jean-Luc regte sich an ihrer Seite. Erneut ertönte ein Poltern an der Tür.

»Jean-Luc! Wach auf, schnell!« Die Panik in der Männerstimme vor der Schlafzimmertür war nicht zu überhören.

Saskia rüttelte an Jean-Lucs Schultern. »Wach auf, ich glaube, es ist etwas passiert.«

Sie schnappte sich seinen Bademantel und ging zur Tür. Hervé, der Aufseher des Guts, stand davor. Für einen Augenblick sprach Verwunderung aus seinem Blick, dann räusperte er sich.

»Salut, Saskia. Kann ich Jean-Luc sprechen?«, drängte der Mann.

Sie fröstelte plötzlich und zog sich den Gürtel des Bademantels enger um die Taille.

»Ist etwas passiert?«

Der Mann nickte, beantwortete aber ihre Frage nicht und linste über ihre Schulter zum Bett.

»Chef! Du musst unbedingt kommen!«, rief er atemlos.

Jean-Luc hatte sich unterdessen aus den Decken geschält und blinzelte verschlafen in die Morgensonne. Als er seinen Aufseher in der Tür sah, war er mit einem Mal hellwach und sprang auf.

»Hervé? Was ist passiert?«, fragte er erschrocken.

»Der Südhang«, sagte dieser tonlos.

123

Vor dem Haus herrschte ein heilloses Durcheinander. Ein Wagen der Feuerwehr stand mit blinkenden Lichtern am Eingang. Uniformierte Männer liefen geschäftig hin und her. Schaufeln und Pickel wurden auf einen Laster geladen. Henriette stand im Morgenrock auf den Steinstufen und drückte einem Arbeiter Thermoskannen in die Hand.

Hervé gestikulierte wild mit den Händen und Jean-Luc versuchte krampfhaft, in seine Jeansjacke zu schlüpfen. Er hatte vorhin mit düsterem Blick dem Bericht seines Aufsehers gelauscht und dann, ohne Saskia eine Erklärung zu liefern, seine Kleider gepackt und war an ihr vorbeigestürmt. Sie hatte aus Hervés wirren Worten nur so viel verstanden, dass es zu einem Erdrutsch am Südhang gekommen war. Jetzt stand sie, immer noch im Bademantel, an einem Fenster und beobachtete die Szenerie.

Von Jean-Luc wusste sie, dass der Südhang das Problemkind der Rougeons war. Schon mehrmals waren dort Teile des Terrains abgerutscht. Bisher hatten sich die Schäden jedoch in Grenzen gehalten, doch jetzt musste es wohl infolge der starken Regenfälle zur Katastrophe gekommen sein. Hoffentlich war niemand verletzt worden.

»Saskia?« Nele stand in einem geblümten Schlafanzug im Korridor und sah ihre Freundin verwundert an. »Was machst *du* denn hier und warum ist hier so ein Krach?«

Sie hielt sich die Hand vor den Mund, als sie gähnte, und blickte zur Wanduhr, die 6 Uhr anzeigte.

»Es gab einen Erdrutsch am Südhang«, beantwortete Saskia ihre Frage.

Neles Augen wurden groß. »Oh, Shit! Wurde jemand verletzt?«, fragte sie erschrocken und trat zum Fenster.

»Keine Ahnung, ich hoffe nicht. Es gibt dort ja keine Häuser. Und es ist nachts passiert, da sollte auch kein Wanderer unterwegs gewesen sein, aber man weiß ja nie.«

Nele fuhr sich mit den Fingern durch die zerzausten Haare.

»Oh, mon Dieu! Quelle catastrophe!« Henriette trat zu den beiden Frauen und schien es überhaupt nicht ungewöhnlich zu finden, dass Saskia in Jean-Lucs Bademantel und mit bloßen Füßen in der Eingangshalle stand. »Kommt, ihr beiden, lasst uns in die Küche gehen und einen Kaffee trinken. Ich bereite später Sandwiches vor, die ihr den Männern bringen könnt. Quelle catastrophe!«, sagte sie noch einmal und bekreuzigte sich.

124

Nach und nach kamen alle Bewohner des Gutes in die Küche, wo Henriette einen riesigen Krug Milchkaffee und warme Croissants zubereitet hatte. Die Stimmung war gedrückt, die meisten unterhielten sich nur gedämpft. Sogar Gaucho hatte seinen Übermut verloren und lag mit traurigem Blick in einer Ecke.

Géraldine hielt Mama Sols Hände und strich ihr tröstend über den Arm. Saskia spürte einen Kloß im Hals. Jean-Lucs Mutter schien um Jahre gealtert und strahlte eine Resignation aus, die sie von ihr nicht kannte. Normalerweise war sie der Fels in der Brandung und krempelte einfach die Ärmel hoch, wenn es Probleme gab, doch jetzt saß sie zusammengesunken am Tisch und versuchte Haltung zu bewahren.

Die Tür ging auf und Ignace Rougeon trat in einem gestreiften Schlafanzug herein. Er warf einen erstaunten Blick in die Runde und nahm sich dann ein warmes Croissant vom Tisch.

»Ist jemand gestorben?«, fragte er fröhlich und setzte sich neben Saskia. »Salut, Virginie. Was macht die Malerei?« Er schnappte sich eine leere Tasse.

Saskia hatte keine Lust, die Verwechslung richtigzustellen, und sagte lediglich: »Danke, ich komme voran.«

»Fein, fein«, erwiderte Jean-Lucs Vater und nahm gehorsam die Pillen, die ihm Géraldine in die Hand drückte. »Ich will dir ja nicht zu nahe treten, aber du solltest noch etwas mehr üben.« Er kicherte und spülte die Medikamente mit einem Schluck Kaffee hinunter.

»Das werde ich«, murmelte Saskia und spürte den dankbaren Blick Mama Sols auf sich ruhen. Sogar Géraldine lächelte und sie freute sich darüber. Vielleicht hatte Jean-Lucs Cousine das Kriegsbeil endlich begraben.

»So«, sagte Henriette, stellte einen gefüllten Weidenkorb auf den Tisch und wandte sich an Saskia und Nele. »Ich wäre froh, wenn ihr den Männern die Verpflegung bringt, damit sie sich stärken können. Sagt ihnen, dass ich sie zum Mittagessen erwarte. Wir werden schon für alle Platz finden. Am Essen soll's nicht fehlen.«

Saskia und Nele standen gleichzeitig auf.

»Kannst du mir etwas zum Anziehen leihen?«, fragte Saskia leise und dachte an ihr Kleid, mit dem sie am vergangenen Abend hergekommen war.

»Ja, klar. Kein Problem. Meine Schuhe sind dir wahrscheinlich zu klein, aber wir sollten uns sowieso Gummistiefel von den Arbeitern ausleihen. Ist sicher eine schmutzige Angelegenheit dort draußen.«

Saskia nickte und zusammen verließen sie die Küche. Gaucho folgte den beiden Frauen zu Neles Zimmer.

»Wollen wir ihn mitnehmen?«, fragte sie ihre Freundin.

Nele blickte auf den schwanzwedelnden Hund.

»Klar, wieso nicht? Der stört doch nicht.«

125

Jean-Luc war entsetzt, als er aus dem Laster stieg. Dort, wo gestern noch seine jungen Reben am Hang wuchsen, gähnte jetzt ein riesiges, halbmondförmiges Loch. Der Erdrutsch hatte den gesamten Boden bis auf den nackten Fels freigelegt. Hier wachsen nie mehr Trauben, ging es ihm durch den Kopf.

Ein mächtiger Schuttkegel lag auf der Fahrbahn. Es würde vermutlich Tage dauern, bis die Straße nach Carpentras wieder befahrbar wäre. Die Feuerwehr hatte bereits Verstärkung aus den umliegenden Gemeinden angefordert und noch im Laufe des Tages würden von beiden Seiten Bagger damit beginnen, das Geröll wegzuschaffen.

Jean-Luc warf einen Blick zur Prieuré hinauf, von der man nur die hohen Bäume sah. Gott sei Dank war dort der Hang weniger steil. Es sah nicht danach aus, als hätten sie von der Seite her etwas zu befürchten.

Er seufzte. Zwar waren sie gegen Unwetterschäden versichert, doch den Ernteausfall bezahlte ihnen niemand. Philippe würde sich sicher über ihren herben Verlust freuen.

Die Männer nahmen ihre Werkzeuge vom Lastwagen und sperrten das Gebiet ab. Nicht lange, und die ersten Katastrophentouristen tauchten auf und standen den Arbeitern im Weg. Ein paar diskutierten, ob sie anfangen sollten, den Schutt wegzuschaufeln. Doch der Schlamm, die Steine und die zersplitterten Bäume hatten eine undurchdringliche Masse gebildet, dem wohl nur mit starken Maschinen beizukommen war. Im Grunde konnten sie gar nichts tun.

Jean-Luc hörte einen herankommenden Wagen und erkannte den Van des Gutes. Heraus sprangen, im wahrsten Sinne des Wortes, Gaucho, Saskia und Nele, Letztere mit einem Korb im Arm. Die gute Henriette!

»Salut, mon cœur«, sagte er zu Saskia und gab ihr einen Kuss. Die Anwesenden wechselten bedeutungsvolle Blicke und Saskia errötete. Dann blickte sie entsetzt auf die Umgebung oder das, was von ihr übrig geblieben war.

»Wow!« Nele stand genauso überwältigt vor dem riesigen Schuttkegel und hielt sich die Hand vor den Mund. »Schöne Sauerei, was?«

Jean-Luc nickte. »Das kannst du laut sagen«, erwiderte er und nahm der Holländerin den Korb ab.

»Und was wollt ihr tun?«, fragte sie und kickte einen Stein in den Schlick.

»Erst mal frühstücken, bis die Bagger kommen. Die meisten hier haben vermutlich noch nichts gegessen.«

Er rief den Männern etwas zu, die sich nicht lange bitten ließen. Ein jeder nahm sich dankbar ein Sandwich aus dem Korb. Einige setzten sich in ihre Autos, andere lehnten an den Kühlerhauben und einen Moment hing jeder seinen Gedanken nach. Saskia sah sich nach Gaucho um, der am Fuß des Schuttkegels im Schlick grub.

»Viens ici, Gaucho, du wirst ja ganz dreckig!«, rief sie ihm zu, aber der Hund machte keine Anstalten. Jean-Luc ließ einen Pfiff hören, doch noch immer grub der Hund wie ein Verrückter zwischen den Steinen. Jean-Luc runzelte die Stirn und drückte Saskia das angebissene Brot in die Hand.

»Ich werde mal nachsehen«, sagte er und kletterte über das Geröll.

Saskia reichte Nele das Sandwich weiter. »Warte, ich komme mit!«, rief sie.

Innerhalb kurzer Zeit waren ihre Stiefel voller Dreck und bei jedem Schritt sank sie in den Morast ein und hatte Mühe, die etwas zu großen Gummistiefel wieder herauszuziehen. Jean-Luc war unterdessen bei Gaucho angelangt und bückte sich. Er zog an etwas, das wie eine dreckige Plane aussah.

»Etwas gefunden?«, fragte sie atemlos.

»Hm ...« Jean-Luc runzelte die Stirn. »Hilf mir mal.«

Mit vereinten Kräften zogen sie an dem Stoff und mit einem schmatzenden Plopp gab der Schlamm das Objekt frei.

»Das ist eine Decke«, sagte Saskia überflüssigerweise. »Wo kommt die denn her?«

Jean-Luc zuckte die Schultern. »Keine Ahnung, vielleicht haben sie ein paar Camper vergessen.«

Sie warf ihm einen zweifelnden Blick zu. Seine Vermutung erschien ihr nicht logisch.

»Sieh mal!«, rief sie und wies mit dem Finger auf Gaucho, »er hat noch etwas entdeckt.«

Jean-Luc folgte ihrem ausgestreckten Arm und scheuchte seinen Hund weg, der wie ein Irrsinniger weiter in dem Loch buddelte, aus dem sie die Decke gezogen hatten. Jean-Luc beugte sich hinunter, keuchte und wurde kreidebleich. Dann trat er zur Seite und erbrach die wenigen Bisse, die er vorher zu sich genommen hatte.

Epilog

Die Oktobersonne schien strahlend vom wolkenlosen Himmel und verfing sich in den gefärbten Blättern der Weinberge. Ein Schwarm Stare zog gegen die Dentelles de Montmirail, um in südlicheren Gefilden ihr Winterquartier zu beziehen. Es versprach, ein wundervoller Herbsttag zu werden.

Saskia fasste sich an den Hals und spielte gedankenverloren mit dem kleinen Engel, der an einer goldenen Kette hing. Jean-Luc hatte ihr das Schmuckstück an jenem Tag geschenkt, als Arnaud gefunden wurde. Ihre Gedanken schweiften zurück.

Man hatte Philippe Arnaud nur noch tot bergen können. Er hatte einen zerrissenen, blutgetränkten Schlafanzug getragen und war im Schlamm erstickt. Wieso er sich in jener unglückseligen Nacht so weit von der Prieuré entfernt hatte, konnte man nur vermuten. Vincent hatte die verdreckte Decke als diejenige aus Virginies Zimmer identifiziert und zu Protokoll gegeben, dass Philippe damit womöglich zu seiner Schwester wollte, die unter dem Maulbeerbaum begraben lag.

Der alte Diener hatte die Beamten angefleht, die Öffentlichkeit nicht über Philippe Arnauds Krankheit zu informieren, um sein Andenken nicht zu beschmutzen. Irgendwie war es den Behörden gelungen, den Umstand vor der Presse zu verheimlichen, dass er wie auch seine Mutter und Schwester an einer schrecklichen Erbkrankheit gelitten hatten. Binnen einer Woche waren die sterblichen Überreste von Philippe Arnaud, Letzter seines Geschlechtes, neben Virginie Rougeon-Arnaud unter dem Maulbeerbaum der Prieuré bestattet worden. Das ganze Dorf hatte an der Beerdigung teilgenommen und dem Präsidenten der Weinbaugenossenschaft das letzte Geleit erteilt.

Jean-Luc war am Boden zerstört gewesen. Seine verstorbene Frau hatte ihm nie etwas von ihrer Krankheit erzählt und er machte sich Vorwürfe, weil er es nicht bemerkt hatte. Vielleicht wäre dann alles anders gekommen. Aber wer wusste das schon.

Etwa eine Woche später war Géraldine zu Philippes Testamentseröffnung geladen worden, was alle sehr erstaunt hatte. Niemand konnte sich erklären, weshalb er ihr etwas hätte vermachen sollen. Aber das Erstaunen war noch größer geworden, als eine verstörte Géraldine danach aufs Gut gekommen war und ihnen berichtet hatte, sie hätte die Prieuré geerbt. Im Testament gab es jedoch die Klausel, dass, sollte sie vor ihrem Ehemann sterben und keine eigenen Kinder haben, die ganzen Ländereien, inklusive der Anlagen und dem Betrieb, an eine öffentliche Institution fiele.

Es gab ein allgemeines Rätselraten, weshalb Arnaud so eine ungewöhnliche Bedingung eingefügt hatte, doch Jean-Luc erzählte Saskia später, dass Géraldine mit Philippe gegen eine Verbindung zwischen ihm und ihr intrigiert hatte. Höchstwahrscheinlich hatte Philippe angenommen, Géraldine würde Jean-Luc heiraten. Und weil er seinem Schwager nie etwas gegönnt hatte, war dies vermutlich sein letzter Seitenhieb. Dieser sollte, wenn Géraldine vor ihm starb, auf keinen Fall die Prieuré erben.

Da es keine Verwandten aufseiten der Arnauds mehr gab, wurde das Testament nicht angefochten, und seit ein paar Wochen wohnte Géraldine nun auf der Prieuré und wurde weiterhin von den Thièches unterstützt. Ab und zu bekam sie Besuch von einem gewissen Cédric Beauville, der, so wurde gemunkelt, auch schon über Nacht geblieben war.

Géraldine hatte die Geschäfte der Weinbaugenossenschaft ohne langes Zögern übernommen und alle waren sich sicher, dass sie zur nächsten Präsidentin gewählt werden würde.

Es hatte seit jener Nacht nicht mehr geregnet. Die diesjährige Ernte versprach, eine der besten der letzten Jahre zu werden.

Jean-Luc hatte ohne große Schwierigkeiten aus dem erst kürzlich abgeschlossenen Vertrag mit Châteauneuf-du-Pape aussteigen können, was sicher auch Cédric Beauville zu verdanken war, und mit Géraldine ein neues Abkommen ausgehandelt. Es hatte sich herausgestellt, dass sich seine Cousine als eine noch zähere Verhandlungspartnerin entpuppte, als es sein Schwager gewesen war. Doch letztendlich hatten sie sich einigen können und die Rougeons würden weiterhin dazu beitragen, dass Beaumes-de-Venise eine führende Stellung in der Produktion von Muskatweinen einnahm.

Es klopfte an der Tür und Saskia drehte sich um.

»Dürfen wir hereinkommen?« Nele und Cécile traten durch die Tür und starrten sie bewundernd an.

»Süße, du siehst traumhaft aus!«, rief Nele und strahlte übers ganze Gesicht.

Saskia lächelte und fühlte, wie sich ihre Augen mit Tränen füllten.

»Fang jetzt bloß nicht an zu heulen, dann muss ich nämlich auch. Und meine Wimperntusche ist nicht wasserfest!« Cécile rollte mit gespielter Entrüstung die Augen und die drei Frauen lachten. »Komm jetzt. Die Hochzeitsgäste warten schon und ich kann mir vorstellen, dass Jean-Luc es kaum erwarten kann, endlich seine Braut zu sehen.«